CAPÍTULO UM

— Charlie!

Engasgando com a poeira da explosão, John escalou os escombros até o local onde ela estivera. As ruínas balançavam, e ele quase caiu ao tropeçar num bloco de concreto, mas conseguiu recuperar o equilíbrio, esfolando as mãos ao se segurar, desesperado, na superfície desmoronada. Quando enfim chegou, foi capaz de sentir a presença dela ali embaixo. Com toda a força, conseguiu empurrar e virar um imenso bloco de cimento, que caiu de cima da pilha com um baque seco, fazendo o chão crepitar. Acima de sua cabeça, uma viga de aço rangia e oscilava precariamente.

— Charlie! — John tornou a gritar o nome dela enquanto jogava longe outro bloco. — Charlie, estou indo!

Ele respirava com dificuldade e abria caminho pelo que sobrara da casa movido por desespero e adrenalina, que já se dissipava.

John trincou os dentes e persistiu. As mãos escorregaram no bloco seguinte, e foi quando ele se deu conta, atordoado, de que vinha deixando um rastro de sangue em tudo que tocava. Limpou as mãos na calça e tentou de novo. Dessa vez, o concreto rachado se moveu, e, equilibrando-o nas coxas, ele o carregou a três passos de distância e o soltou numa pilha de escombros. O bloco caiu em destroços, pedras e estilhaços de vidro, desencadeando uma avalanche, e então, em meio ao barulho das ruínas, ele a ouviu sussurrar:

— John...

— Charlie...

O coração de John parou quando ele a respondeu com um sussurro, e os escombros tornaram a se mover sob seus pés.

Dessa vez ele caiu, as costas batendo forte no chão, e ficou sem ar. Teve dificuldades para inspirar, seus pulmões haviam se tornado inúteis, até que, hesitante, a respiração foi voltando ao normal. Perdido, ele se sentou e viu o que o desabamento revelara: estava no pequeno cômodo escondido da casa onde Charlie passara a infância. Diante dele havia uma parede metálica, lisa, comum. No centro, uma porta.

Não passava de um contorno, sem dobradiças ou maçaneta, mas ele sabia o que era porque, quando os dois tinham parado de correr no meio da fuga, Charlie se deu conta do que havia ali e encostou o rosto, chamando por alguém, ou por algo, lá dentro.

— John...

Ela tornou a sussurrar o nome dele, e o som pareceu vir de todos os lugares ao mesmo tempo, ecoando nas paredes do aposento.

John ficou de pé e tocou a porta: estava fria. Encostou o rosto, assim como Charlie fizera, e a superfície ficou mais fria, quase drenando todo o calor da sua pele. John se afastou e esfregou a bochecha gelada, ainda observando a porta enquanto o metal reluzente começava a esmaecer diante dos seus olhos. A cor empalideceu e, em seguida, a porta começou a afinar, sua solidez desaparecendo até que parecesse vidro fosco, e John notou que havia uma sombra atrás, o vulto de uma pessoa. O vulto se aproximou, e a porta foi clareando até ficar quase translúcida. John chegou perto, imitando o vulto do outro lado. A pele do rosto era sedosa e reluzente, tinha olhos de estátua, esculpidos, mas que não enxergavam nada. John observou pela porta que os separava, a respiração embaçando a barreira quase transparente, quando de repente os olhos se abriram.

O vulto estava ali de pé, plácido, à frente dele, olhos cravados no nada. Enevoados e imóveis... mortos. Alguém gargalhou, um som descontrolado e triste que ecoou pelo pequeno cômodo fechado, fazendo John procurar desesperadamente a fonte. A risada foi ficando cada vez mais alta. John tapou os ouvidos à medida que o ruído penetrante se tornou insuportável.

— CHARLIE! — gritou ele mais uma vez.

John despertou no susto, o coração acelerado: a gargalhada ainda ecoava, seguindo-o mesmo fora do sonho. Desorientado, seus olhos dispararam por todos os cantos do quarto até se deterem na TV, a tela preenchida pelo rosto de um palhaço em meio a uma crise de riso. John se sentou e esfregou a bochecha no ponto em que seu relógio pressionara. Olhou as horas e respirou aliviado: ainda tinha tempo de sobra para chegar ao trabalho. Recostou-se e esperou a respiração voltar ao normal. Olhou novamente para a tela da TV e viu o âncora do noticiário local que segurava o microfone para um palhaço de circo, com direito a rosto pintado, nariz vermelho e peruca com as cores do arco-íris. Em volta do pescoço usava um colarinho que parecia saído de uma pintura renascentista, e a roupa era toda amarela, com pompons vermelhos fazendo as vezes de botões.

— Mas conte pra gente — disse o âncora com entusiasmo —, você já tinha esta roupa ou mandou fazer especialmente para a grande inauguração?

John desligou a TV e foi para o chuveiro.

* * *

Ele estivera ali o dia inteiro, mas o barulho continuava insuportável: um ruído retumbante e estridente pontuado por gritos e pelo ribombar intermitente das britadeiras, chegando a estremecer o solo. John fechou os olhos e tentou se livrar de tudo aquilo: as vibrações ressoavam em seu peito, preenchiam-no, e de repente, em meio ao barulho, gargalhadas desesperadas ecoaram em seu ouvido. O vulto do sonho apareceu de novo, em algum lugar ali, e ele sentia que, se olhasse para o lado certo, poderia ver o rosto atrás da porta...

— John!

O garoto se virou. Luis estava a poucos centímetros dele, encarando-o com um olhar intrigado.

— Chamei você três vezes.

John deu de ombros e indicou o caos que os rodeava.

— Ei, uma parte do pessoal vai sair depois daqui. Quer ir também? — perguntou Luis. John hesitou. — Vamos, vai te fazer bem. Você só tem trabalhado e dormido.

Luis soltou uma risada amistosa e deu um tapinha no ombro do colega.

— É, me faria bem. — John retribuiu com um sorriso e então olhou para o chão, com uma expressão triste. — Só que estou cheio de coisas para fazer. — Tentou soar convincente.

— Sei, cheio de coisas. Mas me avise se mudar de ideia.

Luis deu outro tapinha no ombro de John e voltou para a empilhadeira.

John ficou observando-o se afastar a passos largos. Não tinha sido a primeira vez que se recusara a ir com eles. Nem a segunda nem a terceira, e ocorreu-lhe que um dia parariam de tentar. Simplesmente desistiriam. Talvez fosse melhor assim.

— John!

E agora, o que foi?

Era o contramestre, gritando para ele da porta de seu escritório, um trailer que fora colocado mal e porcamente numa saliência de terra para o transcorrer da construção.

John caminhou com pesar pelo canteiro de obras, passando pela cortina de vinil na porta do trailer. Instantes depois, estava parado diante da mesa dobrável do contramestre, o revestimento plástico com textura de madeira quase descolando das paredes ao redor.

— Tem uns funcionários meus aí fora falando que você anda distraído.

— Estou concentrado no meu trabalho, só isso — respondeu John, forçando um sorriso e tentando evitar que sua frustração transparecesse.

Oliver abriu um sorriso tão convincente quanto o de seu funcionário.

— Concentrado — repetiu o contramestre. Assustado, John fechou a cara. Oliver suspirou. — Olha, eu te dei uma chance porque seu primo disse que você é trabalhador. Não levei em conta que você abandonou seu último emprego e nunca mais voltou. Sabe que assumi um risco contratando você?

John engoliu em seco.

— Sim, senhor. Eu sei.

— Pare com isso de "senhor". Só me escute.

— Olha, eu faço tudo o que me mandam. Não entendo qual é o problema.

— Você é lento. Parece que vive em outro mundo. Não trabalha em equipe.

— Como assim?

— Isto aqui é um canteiro de obras. Se você vive no mundo da lua ou não se preocupa com a segurança das outras pessoas, alguém pode acabar se machucando ou morrendo. Não estou dizendo que é para ficar de segredinho ou puxando o saco dos outros, mas você precisa cooperar com a equipe. Eles precisam ter certeza de que você não vai deixar ninguém na mão na hora do vamos ver. — John assentiu, como se compreendesse. — Este trabalho é legal, John. E também acho o pessoal aqui bacana. Não está fácil conseguir emprego ultimamente, e preciso que você foque no que interessa, porque da próxima vez que eu vir você com a cabeça nas nuvens... Bem, não me faça ter que tomar uma atitude. Entendido?

— Sim, entendido — confirmou John, entorpecido.

Ele não se moveu: continuou ali, naquele tapete marrom felpudo do escritório portátil, como quem espera ser dispensado depois de uma bronca do diretor da escola.

— Certo, pode sair.

E então ele saiu. A bronca lhe custara os últimos minutos do expediente. John ajudou Sergei a guardar parte do equipamento e, em seguida, partiu para o carro dando um "tchau" resmungado.

— Ei! — chamou Sergei. John parou. — Última chamada!

— Eu... — John interrompeu a frase ao avistar Oliver de canto de olho. — Fica para a próxima.

Sergei insistiu.

—Vamos lá, é a minha desculpa para não ir àquele lugar que abriu para crianças. Minha filha está pedindo a semana inteira para ir lá. A Lucy vai levá-la, mas os robôs me matam de medo.

John parou, e o mundo à sua volta ficou em silêncio.

— Que lugar?

— Então você vem? — insistiu Sergei.

O garoto recuou alguns passos, como se estivesse perto demais de um precipício.

— Quem sabe outra hora — enfim declinou John, e se encaminhou, decidido, até o carro.

Era um modelo velho marrom-avermelhado, que talvez fizesse sucesso no colégio. Mas ali não passava de um lembrete de que ele ainda era um garoto que não tinha virado a página, um sinal de status que se tornara um sinal de vergonha de um ano para outro. Ele desabou no banco, levantando uma cortina de poeira no interior do carro. As mãos tremiam.

— Controle-se — disse para si mesmo. Fechou os olhos e segurou firme no volante, recompondo-se. — Sua vida agora é essa, você aguenta — sussurrou, para então abrir os olhos e suspirar. — Parece alguma besteira que meu pai teria dito.

Virou a chave.

O retorno para casa deveria ter durado dez minutos, mas ele precisaria de meia hora para percorrer o caminho que escolheu, porque ia por fora da cidade. Se não passasse por lá, não correria o risco de trombar com pessoas que não queria ver. Mais importante, não se arriscaria a trombar com pessoas com quem queria falar. *Trabalhe em equipe*. Ele não conseguia guardar rancor de Oliver. John não trabalhava em equipe, não mais. Fazia quase seis meses que ia de casa para o trabalho e do trabalho para casa como se fosse um trem seguindo no trilho, parando de vez em quando para comprar comida, mas não muito mais que isso. Só falava quando necessário e evitava contatos visuais. Levava sustos quando as pessoas se dirigiam a ele, fossem colegas de trabalho dando um "oi" ou estranhos perguntando a hora. Até conversava, mas estava se aperfeiçoando na arte de falar enquanto se afastava. Era educado, mas sempre deixando claro que deveria estar em outro lugar, se fosse preciso até virava de repente na direção contrária para demonstrar isso fisicamente. Por vezes, tinha a sensação de estar desaparecendo, e chegava a ser irritante ou frustrante ser lembrado de que ainda não era invisível.

Estacionou numa vaga de seu prédio, uma construção de dois andares que não era destinada a inquilinos de longo prazo. A luz na janela do escritório da síndica estava acesa: ele passara um mês tentando mapear em que horários ela estaria por lá, mas desistiu ao concluir que não havia um padrão.

John pegou um envelope no porta-luvas e se dirigiu à porta. Bateu, mas não obteve resposta, ainda que ouvisse barulhos lá dentro. Tornou a bater, e dessa vez abriu-se uma fresta, pela qual uma idosa com pele de quem fumou a vida inteira o espiava.

— Oi, Delia. — John sorriu. Ela não retribuiu. — O cheque do aluguel. — Entregou a ela o envelope. — Sei que está atrasado. Vim ontem, mas não tinha ninguém.

— Foi no horário comercial?

Delia estudou o envelope com cuidado, como se desconfiada do que poderia haver dentro.

— As luzes estavam apagadas, então...

— Então não foi no horário comercial. — Delia mostrou os dentes, mas não exatamente em um sorriso. — Vi que você pendurou uma planta — disse ela.

— Ah, foi. — John deu uma olhada para trás, na direção do apartamento, como se pudesse vê-lo dali. — É legal ter alguma coisa para cuidar, não é? — Ele tentou sorrir outra vez, mas logo desistiu, sugado por um vácuo de julgamento que não dava espaço para leveza. — É permitido, não é? Ter uma planta?

— Sim, você pode ter plantas. — Delia deu um passo para dentro e pareceu prestes a fechar a porta. — É que as pessoas não costumam se manter por aqui, só isso. Normalmente vem a casa, depois a esposa, e só depois as plantas.

— Entendi. — John baixou o olhar para os sapatos. — Tem sido um ano... — começou, mas a porta bateu. — Complicado.

Ele passou mais um minuto encarando a porta e então partiu para o apartamento térreo na parte da frente do prédio, que agora seria seu por mais um mês. Era um quarto e sala com banheiro e algo que se assemelhava a uma cozinha. Ele deixava as persianas abertas quando não estava em casa para mostrar que não tinha nada: a região era propensa a furtos, e parecia uma boa estratégia sinalizar que não havia nada ali que pudesse ser roubado.

Assim que entrou, John trancou a porta e, com cuidado, passou o trinco. Seu apartamento era frio e escuro, tranquilo. Ele suspirou e esfregou as têmporas. A dor de cabeça não havia passado, mas ele já estava se acostumando.

O apartamento tinha pouca mobília, que já estava lá quando John alugou, e o único toque pessoal que ele dera à sala foi empilhar quatro caixas de papelão cheias de livros abaixo da janela.

John olhou para elas com uma familiaridade decepcionada. Foi até o quarto e se sentou na cama, as molas duras do colchão rangeram. Não se deu ao trabalho de acender a luz. Ainda havia luz do sol suficiente entrando pela janelinha suja acima da cama.

John virou-se para a cômoda, de onde um rosto familiar lhe encarava: uma cabeça de coelho de brinquedo, sem o corpo.

— O que você fez hoje? — perguntou John, seu olhar cruzando com o do coelho de pelúcia como se o bicho pudesse demonstrar algum sinal de reconhecimento. Theodore permaneceu inexpressivo, os olhos escuros e sem vida. — Você está com uma cara péssima, pior que eu.

John se levantou e se aproximou da cabeça de coelho. Não conseguiu ignorar o cheiro de naftalina e tecido sujo. Seu sorriso desapareceu, e ele ergueu o coelho pelas orelhas. *É hora de jogar você fora.* Cogitava aquilo quase todos os dias. Trincou o maxilar e, em seguida, colocou o bicho de volta na cômoda com cuidado e se virou, para não ter mais que olhar para ele.

Fechou os olhos; não que tivesse esperanças de que o sono viesse, mas torcia para que isso acontecesse. Não tinha dormido bem na noite passada, nem na anterior. Passara a ter medo de dormir. Adiava ao máximo a hora de se deitar: andava quilômetros pela rua até tarde da noite, voltava para casa e tentava ler, ou simplesmente ficava olhando para a parede. A familiaridade era frustrante. Pegou o travesseiro e voltou para a sala. Deitou-se no sofá pequeno, com as pernas de fora. O silêncio do pequeno apartamento começava a lhe apitar nos ouvidos, e ele pegou o controle remoto no chão e ligou a TV. A imagem era em preto e branco, e o sinal, péssimo: ele mal conseguia distinguir os rostos em meio aos chuviscos, mas o bate-papo do programa de entrevistas estava ágil e animado. Ele diminuiu o volume e virou de barriga para cima, encarando o teto e entreouvindo as vozes da televisão até pegar no sono pouco a pouco.

O braço dela estava flácido, a única parte do corpo que ele via pendendo de dentro da roupa de metal distorcido. O sangue escorria por sua pele em rios vermelhos, formando poças no chão. Charlie estava completamente sozinha. Se ele se esforçasse, seria capaz de ouvir a voz dela de novo: "Não me solta! John..." Ela chamou o meu nome. *E então, aquela coisa... Ele estremeceu, voltando a ouvir o barulho da fantasia estalando e rangendo. Olhou para o braço sem vida de Charlie como se o mundo ao redor deles tivesse desaparecido, e, conforme o barulho ecoava em sua cabeça, sua mente repetia pensamentos indesejados: os rangidos vinham de seus ossos. O dilacerado era de todo o resto.*

John abriu os olhos, sobressaltado. A alguns centímetros, uma plateia gargalhava, e ele olhou para a TV, o chuvisco e o falatório despertando-o para a realidade.

O garoto se sentou e alongou o pescoço para relaxar a musculatura: o sofá era muito pequeno e suas costas estavam contraídas. A cabeça doía, e, apesar de exausto, ele estava agitado, a descarga de adrenalina ainda percorrendo seu organismo. Ele saiu de casa, trancando a porta bruscamente, e inspirou o ar noturno.

Foi andando pela estrada em direção à cidade e ao que mais ainda pudesse estar aberto. Os postes da via eram bem afastados uns dos outros e não havia calçada, só um acostamento estreito de terra batida. Poucos carros passavam por ele, mas, quando o faziam, surgiam, imponentes, de uma curva ou de uma descida acentuada, cegando-o com faróis e a uma velocidade que, por vezes, ameaçava jogá-lo longe. Ele havia percebido que seus passos o levavam cada vez mais na direção da estrada, como numa espécie de jogo mortal. Quando via que tinha ido longe demais, se forçava a voltar ao acostamento, sempre tomado por um desapontamento secreto consigo mesmo.

Quando se aproximou da cidade, a escuridão foi novamente cortada pelas luzes de um farol, e John, protegendo a vista, afastou-se um pouco. Dessa vez, o carro diminuiu a velocidade ao passar por ele, até parar subitamente. John deu alguns passos até lá e viu a janela do motorista se abrir.

— John?

O carro deu ré e parou sem muito cuidado no acostamento, obrigando-o a sair do caminho. Uma mulher saltou do veículo e correu até ele, como se pronta para abraçá-lo, mas John não moveu um músculo, os braços abaixados, rígidos, e ela parou no último minuto.

— John, sou eu! — disse Jessica, com um sorriso que logo se desfez. — O que você está fazendo aqui?

Ela usava uma blusa de mangas curtas e esfregou os braços para afastar o frio da noite, olhando de um lado para outro da estrada quase deserta.

— Eu que te pergunto — retrucou ele, na defensiva.

Jessica apontou para um ponto atrás de John.

— Gasolina. — Abriu um sorriso efusivo, e ele não teve opção senão correspondê-la com um sorriso singelo. Tinha quase se esquecido dessa habilidade dela, de despejar aquela boa vontade entusiasmada nos outros como se fosse uma torneira aberta. — Como você está? — perguntou Jessica, com cautela.

— Bem. Trabalhando, na maior parte do tempo. — Ele apontou para as roupas de trabalho encardidas que nem considerara trocar. — O que você me conta de novo? — E então deu-se conta de repente do absurdo daquela conversa em meio aos carros passando. — Preciso mesmo ir. Tenha uma boa noite.

Ele se virou e começou a se afastar, sem dar a ela chance de falar.

— Sinto falta de sair com você! — gritou Jessica. — E ela também.

John parou e cavoucou a terra com o pé.

— Olha. — Jessica deu alguns passos ligeiros para alcançá-lo. — O Carlton vai passar umas semanas na cidade, por causa do recesso de primavera. A gente vai se encontrar. — Ela esperou, ansiosa por uma reação, mas John não respondeu. — Ele está louco para mostrar sua nova fase de garoto da cidade grande — acrescentou, com animação. — Quando falei com ele por telefone semana passada, ele fez um sotaque do Brooklyn para ver se eu percebia.

Ela deu uma risadinha forçada. John abriu um sorriso fugaz.

— Quem mais vai estar lá? — perguntou ele, encarando a amiga pela primeira vez desde que ela saíra do carro.

Os olhos de Jessica se estreitaram.

— John, em algum momento você vai ter que falar com ela.

— Quem disse? — rebateu ele bruscamente, retomando seu rumo.

— John, espera! — Atrás de si, John escutou quando ela começou a correr. Jessica logo o alcançou e passou a andar ao seu lado, acompanhando seu ritmo. — Posso passar a noite inteira aqui — advertiu ela, mas John continuou calado. —Você precisa falar com ela — insistiu.

Ele lançou à jovem um olhar feroz.

— A Charlie morreu — rosnou ele, as palavras lhe arranhando a garganta.

Fazia bastante tempo desde que ele dissera aquilo em voz alta. Jessica se deteve. Ele seguiu em frente.

— John, pelo menos fala *comigo*.

Ele não respondeu.

— Você está *magoando* a Charlie — completou ela, fazendo John parar. — Não entende o que está fazendo? Depois do que ela passou? Não tem cabimento, John. Não sei o que aconteceu com você naquela noite, mas sei o que aconteceu com a Charlie. E quer saber? Acho que nada se compara a ouvir você se recusando a falar com ela. Dizendo que ela *morreu*.

— Eu vi quando ela morreu.

John fitou as luzes da cidade.

— Não viu, não — contestou Jessica, e então hesitou. — Olha, estou preocupada com você.

— Só estou perdido. — John se virou para ela. — E depois do que passei, depois do que *nós* passamos, é mais do que normal que eu esteja assim.

Ele esperou um momento pela resposta dela, e então desviou o olhar.

— Eu entendo. Entendo mesmo. Também achei que ela tivesse morrido — disse Jessica. John abriu a boca para falar, mas ela continuou. — *Achei* isso até ela aparecer *viva*. — Jessica puxou John pelo ombro até o olhar dos dois voltar a se cruzar. — Eu a vi — acrescentou, a voz falhando. — Conversei com ela.

É ela. E o que... — Ela soltou o ombro dele e balançou a mão, como se lançasse um feitiço. — O que está matando a Charlie é o que *você* está fazendo.

— Não é ela — sussurrou John.

— Certo — irrompeu Jessica, e deu meia-volta.

Voltou para o carro e, em alguns instantes, estava na estrada, dando um cavalo de pau e cantando pneus. John não saiu do lugar. Jessica passou a toda, fez uma parada brusca, os freios gritando, e deu ré até onde ele estava.

— Vamos nos encontrar sábado na casa do Clay — avisou ela, cansada. — Por favor.

Ele olhou para Jessica. Ela não estava chorando, mas seus olhos brilhavam e o rosto estava corado. John assentiu.

— Talvez.

— Isso já é o suficiente para mim. Vejo você lá! — rebateu a garota, e foi embora sem dizer mais nenhuma palavra, o motor roncando na quietude da noite.

— Eu disse "talvez" — resmungou John para a escuridão.

CAPÍTULO DOIS

O lápis chiava no papel enquanto o homem sentado à escrivaninha preenchia com cuidado o formulário à sua frente. Ele parou de repente, tomado por uma súbita vertigem. As letras na página ficaram difusas, e ele ajeitou os óculos de leitura, mexendo a cabeça para a frente e para trás. Não fez diferença, então ele tirou os óculos e esfregou os olhos. E, tão subitamente quanto tinha chegado, a sensação se foi: o foco do aposento se ajustou e as palavras no papel ficaram perfeitamente nítidas. Ainda desconcertado, ele coçou a barba e começou a escrever de novo. A campainha tocou, e a porta da frente se abriu.

— Pois não? — ladrou ele, sem tirar os olhos do papel.

— Eu queria dar uma olhada no quintal — ressoou com doçura uma voz feminina.

— Ah, perdão. — O homem ergueu o olhar e sorriu por um instante, para então voltar ao formulário, escrevendo enquanto falava. — Meio quilo de sucata é cinquenta centavos. Pode ser mais se você encontrar uma parte específica, mas podemos ver isso quando você voltar. É só ir lá dar uma olhada. Você precisa trazer suas ferramentas, mas podemos ajudá-la a carregar quando estiver pronta para ir embora.

— Estou procurando uma coisa específica. — A mulher baixou o olhar e leu o nome no crachá dele. — Bob — acrescentou, tardiamente.

— Bem, não sei como posso ajudar. — Ele largou o lápis e então se reclinou e cruzou os braços atrás da cabeça. — É um lixão. — O sujeito gargalhou. — O máximo que fazemos é separar pedaços de carro das latinhas, mas é isso aí que você está vendo.

— Bob, você recebeu vários carregamentos de sucata nesse dia, e desse lugar.

A mulher pôs um pedaço de papel em cima do formulário que ele estivera preenchendo. Bob o pegou, ajeitou os óculos na ponta do nariz e olhou para ela.

— Bem, como eu disse, é um lixão — repetiu, devagar, mais preocupado a cada instante. — Posso te indicar a direção certa, mas não catalogamos as coisas.

A mulher deu a volta até o outro lado da escrivaninha e parou ao lado da cadeira de Bob, que se empertigou, nervoso, no assento.

— Soube que vocês tiveram uns probleminhas aqui ontem à noite — disse ela, despretensiosa.

— Nenhum problema. — Bob franziu o cenho. — Uns garotos invadiram. Acontece.

— Não foi o que me disseram. — A mulher examinou uma foto na parede. — Suas filhas? — perguntou com gentileza.

— Isso. Dois e cinco anos.

— São lindas. — Ela fez uma pausa. — Você as trata bem?

Bob se surpreendeu.

— Claro que sim — rebateu, tentando camuflar a indignação.

Houve um longo silêncio. A mulher inclinou a cabeça, ainda analisando a foto.

— Soube que você chamou a polícia porque achou que alguém tinha ficado preso nos montes de sucata lá fora — disse ela. Bob não falou nada. — Soube... — continuou a mulher, chegando mais perto da foto — que você acredita ter ouvido muitos gritos e barulhos, vindos de alguém sofrendo e em pânico. Alguma coisa presa. Uma criança presa, foi o que você achou. Talvez várias.

— Olha, nosso negócio é honesto e temos uma boa reputação.

— Não estou duvidando da sua reputação. Pelo contrário. Acho que o que você fez foi louvável, partir para um resgate no meio da noite, ferir as próprias pernas em meio a pedaços afiados de metal enquanto corria às cegas pelo quintal.

— Como você...? — A voz de Bob falhou, e ele parou de falar.

Moveu as pernas debaixo da mesa, esperando esconder os curativos que faziam volume nas pernas da calça.

— O que você encontrou?

Ele não respondeu.

— O que tinha lá? — insistiu ela. — Quando você engatinhou pelas vigas e pelo arame, o que tinha lá?

— Nada — sussurrou ele. — Não tinha nada.

— E a polícia? Não encontrou nada?

— Não, nada. Não havia nada. Eu saí de novo hoje só para... — Ele espalmou as mãos na escrivaninha à sua frente, recompondo-se. — Nosso negócio é honesto — insistiu ele com firmeza. — Não me sinto confortável para falar sobre isso. Se eu estiver metido em alguma encrenca, então eu acho que...

— Você não está em encrenca nenhuma, Bob, desde que me faça um favorzinho.

— Qual?

— É simples. — A mulher se debruçou sobre Bob, apoiando-se nos braços da cadeira, tão perto que seu rosto quase tocou no dele. — Me leve até lá.

Quando chegou ao estacionamento da obra, John logo avistou Oliver parado na frente do portão da cerca gradeada. De braços cruzados e de cara fechada, ele mascava algo. Quando ficou claro que o homem não sairia do caminho, John reduziu a velocidade, parou e desceu.

— O que está acontecendo? — perguntou.

Oliver continuou mascando o que quer que tivesse na boca.

— Vou ter que dispensar você — anunciou ele, por fim. — Está atrasado de novo.

— Não estou atrasado — protestou John, e então olhou o relógio. — Quer dizer, não muito. Vamos, Oliver. Não vai acontecer de novo. Sinto muito.

— Eu também — rebateu Oliver. — Boa sorte, John.

— Oliver! — gritou o garoto.

Oliver passou pelo portão e olhou para trás mais uma vez antes de desaparecer. John se debruçou no carro por alguns instantes. Vários colegas de trabalho estavam olhando, mas tentaram disfarçar quando o olhar de John encontrou o deles. O garoto entrou no carro e foi embora pelo mesmo caminho por onde tinha chegado.

Quando voltou ao apartamento, sentou-se na beira da cama e afundou o rosto nas mãos.

— E agora? — perguntou em voz alta, olhando ao redor. Seus olhos se acenderam mirando a única decoração. — Você continua horrível — disse ele para a cabeça decepada de Theodore. — E continua pior que eu.

A ideia de ir à casa de Clay naquela noite lhe ocorreu subitamente, desencadeando uma palpitação nervosa no estômago, mas ele não tinha certeza do que era, se ansiedade ou empolgação. *Também achei que ela tivesse morrido*, dissera Jessica na noite anterior. *Eu a vi. Conversei com ela. É ela.*

John fechou os olhos. *E se for ela?* Ele tornou a visualizar aquele momento que não saía de sua cabeça: a fantasia estremecendo, Charlie presa dentro da roupa que sacudia e rangia, e depois a mão e o sangue. *Ela não poderia ter sobrevivido.* Mas, sem ser convidada, outra imagem surgiu: Dave, que virou o Springtrap. Ele sobrevivera ao que aconteceu com Charlie. Usara a roupa amarela de coelho como uma segunda pele e pagara por isso duas vezes: as cicatrizes que lhe cobriam o torso feito uma blusa de renda abominável contavam a história de uma escapada por pouco, e a segunda... Charlie o matara ao acionar o fecho de molas, ou era isso o que todos achavam. Ninguém teria sobrevivido àquela cena. E, ainda assim, ele retornara. Por um momento, John imaginou Charlie estropiada e cheia de cicatrizes, mas, milagrosamente, viva.

— Mas isso não parece a pessoa que Jessica viu — ponderou ele com clareza para Theodore. — Uma pessoa estropiada e cheia de cicatrizes, não foi isso que Jessica descreveu. — Ele balançou a cabeça. — Não foi essa pessoa que eu vi na lanchonete.

No dia seguinte... ela parecia ter acabado de sair de um conto de fadas. John se recompôs e balançou a cabeça, tentando se concentrar no presente. Não sabia mesmo o que tinha acontecido com Charlie. Sentia-se chegando bem perto de uma pontinha de esperança. *Talvez eu estivesse errado. Talvez ela esteja bem.* Era o que ele desejara, o que qualquer um deseja em meio às dores do luto: *que não tenha acontecido, que esteja tudo bem.* O que eram vigas instáveis se transformou em terreno firme, e John sentiu um peso saindo das costas, o pescoço e os ombros se livrando de uma tensão que ele nem percebera que sentia. O cansaço de tantos meses insones lhe acometeu de uma só vez.

Ele olhou para Theodore; apertava a cabeça do coelho com tanta força que suas juntas tinham embranquecido. Soltou o brinquedo devagar e o acomodou no travesseiro.

— Eu não vou. Nem cheguei a cogitar ir, só queria que a Jessica me deixasse em paz. — Ele prendeu a respiração por alguns instantes e então soltou um longo suspiro. — Certo? — disse, seu tom de voz mostrando agitação. — O que eu poderia dizer para aquelas pessoas?

Theodore olhava inexpressivo para ele.

— Droga. — John suspirou.

As palpitações no estômago foram piorando à medida que John se aproximava da casa de Clay. Ele deu uma olhada no relógio do painel: ainda eram seis horas. *Talvez ainda não tenha ninguém lá*, pensou, mas carros se enfileiravam em ambos os lados da estrada sinuosa a meio quarteirão da casa. John enfiou o carro entre uma picape e um sedã enferrujado quase tão surrado quanto o dele e então saltou e se encaminhou para a festa.

Todas as janelas da casa de três andares estavam iluminadas, um farol em meio às árvores. John ficou parado, fora do alcance da luz. Ouvia a música lá de dentro, e risos. O som o fez empacar. Ele se obrigou a percorrer o restante do caminho até a porta, mas parou outra vez ao chegar: entrar ali parecia uma decisão enorme, algo que mudaria tudo. Por outro lado, ir embora também.

Ergueu a mão para tocar a campainha, mas hesitou. Antes de poder tomar a decisão, a porta se abriu diante dele. John pestanejou com a luz repentina e se viu cara a cara com Clay Burke, tão assustado quanto ele.

— John! — Clay puxou-o para dentro e lhe deu um abraço, dando tapinhas firmes nos ombros do garoto. — Venha, entre!

O policial deu um passo para trás para abrir caminho, e John o seguiu, analisando o cômodo com cuidado. Na última vez que estivera ali, a casa estava devastada, repleta de sinais de um homem em frangalhos. Mas já não se viam mais as pilhas de roupa para lavar e os arquivos policiais; os sofás e o chão estavam limpos; e o próprio Clay irradiava um sorriso genuíno. Ele capturou o olhar de John, e seu sorriso esmaeceu.

— Muita coisa mudou — disse, como se lesse a mente do garoto.

— A Betty...? — John parou de falar tarde demais. Balançou a cabeça. — Desculpa, não queria...

— Não, ela ainda não voltou para casa — explicou Clay, sem demonstrar reação. — Bem que eu gostaria. Talvez isso aconteça um dia, mas a vida continua — acrescentou ele, com outro breve sorriso.

John assentiu, sem saber o que dizer.

— John!

Marla acenou da escada e foi logo descendo com seu entusiasmo habitual, envolvendo-o num abraço antes que ele pudesse dizer ao menos um "oi".

Jessica apareceu, saindo da cozinha.

— Ei, John — cumprimentou ela, mais serena, mas também com um sorriso radiante.

— Estou tão feliz de ver você de novo! Quanto tempo! — disse Marla, finalmente soltando-o.

— É — concordou John. — Bastante tempo.

Ele tentou pensar em algo mais para dizer, e Marla e Jessica se entreolharam. Jessica abriu a boca, prestes a falar, mas foi interrompida quando Carlton disparou pelos degraus feito um furacão.

— Carlton! — exclamou John, dando seu primeiro sorriso sincero da noite.

Carlton deu um aceno empolgado e se juntou ao grupo.

— Ei — cumprimentou ele.

— Ei — repetiu John no instante em que Carlton bagunçou seu cabelo.

— Que isso? Virou o meu avô?

John fez um esforço meio indiferente para endireitar o cabelo enquanto passava os olhos pelos outros convidados.

— Estou surpresa por você ter vindo.

Marla lhe deu um tapinha nas costas.

— Mas é claro que ele ia vir — interveio Carlton. — Sei que você anda ocupado! Muitas namoradas, acertei?

— Como está Nova York? — perguntou John, procurando algo para falar enquanto ajeitava a roupa.

— Demais! A faculdade, a cidade... aprendizado... amigos. Eu participei de uma peça sobre um cavalo. É ótima. — Ele balançou a cabeça num meneio ligeiro. — Marla também está na faculdade.

— Em Ohio — acrescentou ela. — Estou estudando medicina.

— Que bacana — disse John, com um sorriso.

— É, tem sido bem puxado, mas vale a pena — comentou ela, animada, e John começou a relaxar, a amizade deles voltando a ser como nos velhos tempos.

Marla era a mesma de sempre, Carlton era o mesmo inescrutável de sempre.

— O Lamar está por aí? — perguntou Carlton, correndo os olhos de rosto em rosto.

Marla balançou a cabeça.

— Eu liguei para ele quando... Alguns meses atrás. No ritmo em que está, ele vai se formar antes do previsto.

— Mas ele não vem? — insistiu Carlton.

Marla abriu um sorrisinho.

— Ele disse assim: "Eu jamais, em hipótese alguma, vou pôr os pés naquela cidade de novo, nunquinha mesmo, nem morto, e vocês deveriam fazer o mesmo." Mas falou que todos nós estamos convidados a visitá-lo.

— Em Nova Jersey? — Carlton fez uma expressão de ceticismo e então voltou sua atenção para Jessica. — E, aliás, como você anda ultimamente, Jessica? Soube que o quarto do alojamento agora é só seu.

John ficou tenso, dando-se conta de repente do significado daquelas palavras. As luzes pareceram ofuscantes, o barulho, mais alto. Jessica olhou para ele de relance, mas John não percebeu.

— É — confirmou ela, virando-se para os demais. — Não sei o que aconteceu, mas um dia voltei para casa logo depois do... uns seis meses atrás, e ela estava empacotando tudo que dava conta de levar. Deixou o resto para o John e eu arrumarmos. Se não tivéssemos aparecido, acho que ela nem ia me dizer que estava indo embora.

— Ela disse para onde ia? — indagou Marla, franzindo a testa.

Jessica fez que não.

— Ela me abraçou e disse que sentiria saudade, mas sua única explicação foi que precisava ir. Não falou para onde.

— Bem, perguntar para ela sempre é uma possibilidade — ponderou Carlton.

John olhou para ele, assustado.

— Você já a viu por aqui?

— Ainda não, acabei de chegar, mas ela vem hoje à noite. A Jessica disse que ela está com uma cara ótima.

— Entendi — disse John.

Todos olharam para ele como se fossem capazes de ver o que estava pensando: *ela está com uma cara ótima, mas não a cara de Charlie.*

— John, vem me ajudar na cozinha! — convocou Clay, e John se afastou do grupo, aliviado, mas também com plena consciência de que não tinha capacidade de ajudar em nada na cozinha.

— O que foi? — perguntou John. Clay se debruçou na pia e o examinou de cima a baixo. — Precisa da minha ajuda para abrir o vidro de ketchup? — John ficava cada vez mais nervoso. — Alcançar alguma coisa na prateleira de cima?

Clay suspirou.

— Eu só quero ter certeza de que está tudo bem com você.

— Como assim?

— Achei que talvez estivesse nervoso. Sei que já faz um tempo que você e a Charlie não se falam.

— Também fazia um tempo que você e eu não nos falávamos — retrucou John, incapaz de conter a rispidez na voz.

— Bem, mas é diferente, e você sabe que é — rebateu Clay, seco. — Achei que um papo para dar uma levantada no seu ânimo faria bem.

— Levantada no meu ânimo?

Clay deu de ombros.

— Bem, você topa?

O homem o encarou com firmeza, mas com um olhar gentil, e o nervosismo de John arrefeceu.

— A Jessica contou para você? — indagou ele, e Clay inclinou a cabeça, pensativo.

— Em parte. Provavelmente não tudo. — Clay abriu a geladeira onde estivera encostado e entregou um refrigerante para John. — Toma. Tenta relaxar. Você está com os seus amigos. Esse pessoal aí ama você. — O policial sorriu.

— Eu sei — concordou o garoto, colocando a lata na bancada.

John olhou para a bebida por um segundo, mas não a pegou, sentindo que, se bebesse, estaria baixando a guarda, aceitando tudo que lhe fosse dito. Seria como tomar a mesma pílula que todo mundo havia tomado.

John olhou para a porta dos fundos.

— Nem pense nisso — advertiu Clay, bruscamente. John não tentou fingir que não estava pensando naquilo. Clay suspirou. — Eu sei como deve ser difícil para você.

— Sabe? — retrucou John com um tom áspero, mas a expressão de Clay não se alterou.

— Fique e converse com ela. Acho que você deve isso a ela, e a si mesmo.

Os olhos de John continuavam vidrados na porta.

— Você não pode estar feliz com todo esse desgosto que vem impondo a si mesmo.

Clay se inclinou para o lado, bloqueando o olhar de John.

— Tem razão — concordou o garoto. Então se empertigou e encarou Clay. — Não posso estar feliz com isso.

John foi até a porta dos fundos, abriu-a, desceu correndo os degraus de concreto, como se Clay pudesse estar em seu encalço, e contornou a lateral da casa até seu carro, com o coração a mil. Sentia-se meio atordoado e completamente inseguro quanto à sua decisão.

— John! — gritou alguém atrás dele.

A voz familiar foi como um choque percorrendo seu corpo, e ele parou, fechando os olhos por um segundo.

O garoto ouviu os saltos estalando no caminho de pedra, o som desaparecendo quando ela cruzou o gramado até ele. John abriu os olhos e se virou na direção da voz. Ela estava a poucos centímetros dele.

— Obrigada por parar — disse Charlie.

O rosto dela demonstrava nervosismo, os braços apertados ao redor do corpo como se, apesar do clima ameno, estivesse com frio.

— Eu só estava indo buscar a minha jaqueta — explicou John, tentando soar casual em meio a uma mentira óbvia.

Ele a olhou de cima a baixo, e a garota não se moveu, como se soubesse o que ele estava fazendo, e por quê. *Não é ela.* Parecia alguma prima deslumbrante de Charlie, talvez, mas não ela. Não a garota esquisita de rosto redondo e cabelo despenteado que ele conhecia praticamente desde que nasceu. Ela estava mais alta, mais magra, cabelo mais comprido e mais escuro. O rosto, espantosamente diferente, embora ele não soubesse explicar como. A postura, mesmo desajeitada, com os braços ainda envolvendo o próprio corpo, tinha um quê de elegante. Ao examiná-la, o primeiro choque de reconhecimento deu lugar a uma enorme repulsa. Sem querer, ele deu um passo para trás. *Como alguém pode acreditar que é ela?*, pensou. *Como alguém pode acreditar que é a* minha *Charlie?*

Ela mordeu o lábio.

— John, diz alguma coisa — pediu, em tom de súplica.

Ele deu de ombros, as duas mãos para cima em sinal de resignação.

— Não sei o que dizer — admitiu.

A garota assentiu. Descruzou os braços, como se tivesse acabado de se dar conta daquela posição, e começou a mexer nas unhas.

— Estou tão feliz de ver você... — afirmou, parecendo prestes a chorar.

John amoleceu, mas tratou de abafar o sentimento.

— Eu também — rebateu, num tom de voz monótono.

— Senti sua falta — começou ela, avaliando o rosto dele em busca de algo. John não fazia ideia do que deixava transparecer naquele momento, mas se sentia uma pedra. — Eu, é... Eu precisei passar um tempo fora — prosseguiu ela, insegura. — Naquela noite, John, pensei que eu fosse morrer.

— Eu pensei que você tivesse morrido — emendou ele, tentando engolir o nó que se formava na sua garganta.

Ela hesitou.

— Você acha que eu não sou eu? — perguntou Charlie, por fim, com toda a delicadeza.

Ele baixou o olhar por um momento, incapaz de dizer aquelas palavras na cara dela.

— A Jessica me contou. Tudo bem, John. Só quero que você saiba que está tudo bem.

Os olhos da garota reluziam com as lágrimas.

O coração de John batia forte, e, em questão de instantes, o mundo ganhou outro contexto.

Ele olhou para a mulher encolhida que tentava engolir o choro diante dele. De repente, as diferenças gritantes que via nela se tornaram detalhes que pareciam facilmente explicáveis. O salto alto, por isso estava mais alta. O vestido justo em vez do jeans e da camiseta de sempre davam a impressão de estar mais magra. Trajava roupas elegantes e usava uma linguagem corporal mais confiante, sofisticada, mas tudo aquilo era mais como se Jessica tivesse feito nela a transformação que vivia ameaçando fazer. Era como se Charlie tivesse simplesmente amadurecido.

Todos nós tivemos que amadurecer.

John pensou no caminho que fazia do trabalho para casa, e também em como sempre evitava passar pela casa dela ou pela área onde ficava a Freddy Fazbear's. Talvez Charlie tivesse questões que quisesse evitar. Talvez só quisesse ser diferente.

Talvez ela quisesse mudar, como você mudou. Quando você pensa naquele momento e no que aquilo causou a você, como deve ter sido para ela? Que tipo de pesadelos você tem, Charlie? John foi tomado por um desejo súbito e visceral de perguntar a ela, e pela primeira vez se permitiu fitá-la nos olhos. Ao fazê-lo, seu estômago deu solavancos, o coração acelerou. Hesitante, ela sorriu para ele, e ele sorriu também, imitando-a inconscientemente, mas sentiu alguma coisa gélida fisgá-lo por dentro. *Estes não são os olhos dela.*

John mudou de semblante, tomado pela calma. Ela ficou confusa por um momento.

— Charlie — disse ele, com cuidado. — Você se lembra da última coisa que eu falei antes de... você ficar presa naquela roupa?

Ela sustentou o olhar por um instante, e então fez que não.

— Me desculpe, John. Eu não me lembro de muita coisa daquela noite. Tem partes inteiras que estão simplesmente... em branco. Lembro de estar dentro da roupa e de ter desmaiado... durante horas, acho.

— Então você não lembra? — repetiu ele num tom sério. Parecia impossível que ela tivesse esquecido. *Talvez não tenha escutado.* — Você estava ferida? — indagou ele, bruscamente.

Ela assentiu em silêncio, os olhos voltando a se encher de lágrimas, os braços mais uma vez envolvendo o corpo. Dessa vez, aparentava sentir não frio, mas sim dor. Talvez sentisse mesmo. John deu um passo na direção dela, desejando, repentina e desesperadamente, prometer a Charlie que tudo ficaria bem. Foi então que o olhar dela voltou a cruzar com o dele, e John parou e recuou. Ela estendeu a mão, mas ele não se mexeu. Charlie esfregou os braços novamente.

— John, você quer me encontrar amanhã? — perguntou ela, com segurança.

— Para quê? — rebateu ele antes mesmo de ponderar sobre o assunto, mas Charlie não pareceu se abalar.

— Eu só quero conversar. Me dê uma chance.

O tom de voz da garota ficou mais grave, titubeante, e John assentiu.

— Claro. Sim, nos encontramos amanhã. — Ele hesitou. — Naquele mesmo lugar, pode ser? — acrescentou com cautela, esperando para ver como ela reagiria.

— O restaurante italiano? Do nosso primeiro encontro? — confirmou ela com tranquilidade, abrindo um sorriso gentil. As lágrimas pareciam ter cessado. — Por volta das seis?

John deixou escapar um suspiro profundo.

— É.

Ele voltou a encará-la e não desviou mais, permitindo-se, pela primeira vez naquela noite, acolher-se naquele olhar. Ela fez o mesmo, imóvel, como se estivesse com medo de assustá-lo. John anuiu e então se virou e foi embora sem dar nenhuma palavra. Caminhou depressa até o carro, usando todas as suas forças para manter um ritmo uniforme. Sentia como se tivesse feito algo maravilhoso e ao mesmo tempo cometido um erro terrível. Uma sensação estranha, uma descarga de adrenalina, e, dirigindo na escuridão, tornou a visualizar o rosto de Charlie.

Aqueles não eram os olhos dela.

* * *

Charlie ficou observando John ir embora, parada no mesmo lugar como se nunca na vida tivesse saído dali. *Ele não acredita em mim.* Jessica não quisera contar para ela sobre aquela estranha e inflexível convicção de John, mas a recusa dele em falar com ela, a relutância em sequer reconhecer a presença dela naquele dia na lanchonete eram bizarros demais para se ignorar. *Como ele pode achar que eu não sou eu?*

Os faróis do carro de John sumiram na primeira curva. Charlie ficou olhando para a escuridão onde ele estivera poucos minutos antes, sem nenhuma vontade de voltar para a casa iluminada e barulhenta. Carlton contaria alguma piada, Jessica e Marla a consolariam como fizeram naquele dia na lanchonete, quando ela fora mostrar a eles que, sabe-se lá como, por mais impossível que parecesse, havia sobrevivido. O caminho que tivera que percorrer de seu carro — na verdade, o carro emprestado da tia Jen — até a lanchonete parecera então uma caminhada quilométrica, o estômago se revirando de nervosismo ainda que ela soubesse, claro, que os amigos ficariam felizes em vê-la. Como poderiam não ficar? Cada passo foi difícil, incerto. Seus movimentos foram sofríveis, o corpo inteiro dolorido do dia anterior, embora não houvesse marcas para comprovar. Até respirar era exaustivo e nada familiar, além da sensação constante de que, se esquecesse de fazê-lo, pararia, morreria asfixiada ali mesmo no asfalto, a menos que lhe dissessem "Respire um pouco". Ela viu o grupo pela janela, quando estava a caminho da entrada, o coração a mil, e foi então que eles a viram e tudo se deu como ela ousara imaginar: Marla e Jessica correram até a porta, disputando quem a abraçaria primeiro e chorando ao se deparar com seu rosto cheio de vida. Charlie se deixou envolver pelo calor do alívio das amigas, mas, antes mesmo do abraço acabar, já estava procurando por John.

Quando o viu de costas para a porta, quase gritou seu nome, mas algo a impediu. Ele disse algo que ela não conseguiu ouvir, e, incrédula, Charlie presenciou John ignorá-la e segurando uma colher como se fosse uma arma. "John!", gritou ela por fim. Mas ele não se virou. Marla e Jessica a levaram às pressas para fora do restaurante, emitindo ruídos reconfortantes que deviam ser palavras, e Charlie se esforçou para enxergá-lo pela janela: o garoto não se movera. *Como ele é capaz de fingir que eu não estou aqui?*

Um rompante de dor acometeu-a de repente, transportando-a de volta para o presente, e Charlie segurou os próprios braços com força, ainda que isso não tenha ajudado: a dor estava por toda parte, ardendo, latejando. Ela trincou os dentes, pois não queria deixar escapar nenhum ruído. Às vezes a dor abrandava e Charlie conseguia escondê-la nos confins de sua consciência, às vezes chegava a desaparecer por dias, mas sempre voltava.

Você se feriu?, perguntara John; o primeiro e único sinal de que talvez ainda se importasse, e ela fora incapaz de responder. *Sim*, poderia ter dito. *Sim, me feri e continuo ferida. Às vezes acho que vou morrer por causa disso, e o que sinto hoje em dia é só um eco do que eu sentia. A sensação é de que todos os meus ossos estão quebrados, de que minhas tripas estão contorcidas e dilaceradas, de que minha cabeça se quebrou e tudo está vazando lá de dentro, e essa sensação nunca passa.* Ela respirou fundo algumas vezes, até que, aos poucos, a dor cedeu.

— Charlie? Você está bem? — indagou Jessica, de mansinho, aparecendo ao lado dela na calçada da casa de Clay.

Charlie assentiu.

— Não ouvi você chegando — disse, a voz rouca.

— Ele não quer magoar você, só está...

— Traumatizado — irrompeu Charlie. — Eu sei. — Jessica suspirou, e Charlie balançou a cabeça. — Desculpa, eu não quis ser grossa.

— Eu sei.

Charlie suspirou, fechando os olhos. *Não foi ele quem morreu, e a sensação era mesmo de morte.* Ela só conseguia rememorar poucas coisas daquela noite fatídica. Seus pensamentos não passavam de fragmentos e sussurros, nebulosos e obscuros, tudo girando devagar em torno de um ponto central: o barulho único e inconfundível do estalar dos fechos de mola. Charlie teve um calafrio e sentiu a mão de Jessica no seu ombro. Abriu os olhos e encarou a amiga, desolada.

— Acho que ele só precisa de tempo — disse Jessica, com gentileza.

— E quanto seria esse tempo? — questionou Charlie, e aquelas palavras soaram pesadas feito pedra.

CAPÍTULO TRÊS

— Já está pronto. — Uma voz delicada ressoou no escuro.

— Eu digo quando estiver pronto — rebateu o homem enfiado num canto, examinando com atenção um monitor. — Aumente mais alguns graus — sussurrou.

— Você disse antes que talvez fosse muito — ponderou a mulher no canto oposto, debruçada numa mesa.

A luz bruxuleante contornava sua silhueta enquanto ela analisava o que via.

— Ande logo — retrucou o homem.

A mulher tocou num mostrador, e então, de repente, se retraiu.

— O que foi? — contestou ele, sem tirar os olhos do monitor. — Aumente mais dois graus — ordenou, erguendo o tom de voz. Por um momento, o cômodo ficou em silêncio. Por fim, o homem se virou para a mesa. — Algum problema?

— Acho que está... — Ela não completou a frase.

— O quê?

— Se mexendo — concluiu ela.

— Claro que está. Claro que *estão*.

— Parece até que estão... com dor? — sussurrou ela.

O homem sorriu.

— Sim.

Uma luz brilhante piscou de repente no instante em que um estrondo súbito ecoou no centro do aposento. Luzes vermelhas, verdes e azuis piscaram em sequência, e uma voz animada irrompeu dos alto-falantes embutidos nas paredes, preenchendo o local com uma canção.

Todas as luzes se voltaram para ele: o urso de pelo branco e roxo. Suas articulações estalavam a cada giro dos eixos, os olhos espasmavam para a frente e para trás aleatoriamente. Tinha cerca de um metro e oitenta, as bochechas rosadas como duas bolas de algodão-doce, e empunhava um microfone cuja cabeça era igual a um globo de discoteca cintilante.

— Desligue esse troço! — gritou o homem desleixado, levantando-se com evidente dificuldade. Apoiando-se na bengala, ele foi devagar até o meio do aposento. — Volte, deixe que eu mesmo faço! — bradou, enquanto a mulher recuava até a mesa do canto.

O homem arrancou uma placa de plástico branco do peito do urso cantor e enfiou a mão na cavidade, depois o braço inteiro, puxando o que quer que encontrasse. À medida que foi desconectando os fios internos, primeiro os olhos pararam de girar, depois as pálpebras de pestanejar, e então a boca parou de cantar, e a cabeça, de virar. Por fim, com um último tranco, as pálpebras se fecharam e a cabeça tombou, sem vida, para o lado. O homem deu um passo para trás, e a pesada placa da cavidade peitoral do urso se fechou com um baque. A cabeça do animatrônico foi tomada pelo ruído de servomecanismos e rodas quebrados, desconectados, incapazes de fazê-lo se mover ou funcionar. Esguichos de ar jorraram por entre as emendas da carcaça nos últimos respiros das mangueiras de ar.

O barulho, enfim, parou, restando por um instante apenas os ecos se propagando no ar. O homem voltou-se para a mesa e foi cambaleando até lá. Olhou para baixo e examinou por alguns instantes o vulto retorcido que jazia ali. A superfície da mesa reluzia alaranjada e o metal quente sibilava. Ele pegou uma seringa da mão da mulher e a enfiou com força naquela massa contorcida. Manteve a agulha firme e puxou o êmbolo para cima, enchendo a seringa com uma substância fundida, até finalmente dar um puxão. O homem cambaleou de volta até o urso.

— Agora vamos dar a você um propósito maior — disse ele, olhando para a seringa brilhante.

Tornou a arrombar a placa peitoral do urso decrépito ali de pé, e então, com todo o cuidado, inseriu a seringa bem na cavidade torácica e empurrou o êmbolo. A cavidade se fechou, pesada demais para que o frágil homem conseguisse mantê-la aberta, e ele caiu para trás, usando o braço para se apoiar. A seringa se estatelou no chão, ainda quase cheia. A mulher correu e se ajoelhou ao lado dele, examinando o braço em busca de ferimentos.

— Estou bem — resmungou ele, e deu uma olhadela no urso, ainda imóvel. — Ele precisa de mais aquecimento.

O sibilar continuou enquanto o vulto se virava na mesa, soltando nuvens de vapor ao rolar na superfície quente.

— Não temos como aquecer mais — disse a mulher. — Você vai destruí-los.

O homem a fitou com um sorriso cálido e então de volta para o urso, que olhou para baixo, onde estavam os dois, os olhos arregalados rastreando os movimentos mais sutis.

— A vida deles agora vai servir a um propósito maior — anunciou o homem, extasiado. — Eles vão ser *mais*, assim como você foi.

Ele e a mulher ajoelhada ao seu lado se entreolharam, as bochechas pintadas e lustrosas dela reluzindo.

John entrou em seu apartamento e trancou o ferrolho, deslizando a corrente pela primeira vez desde que se mudara. Foi até a janela, brincou com a persiana e então parou, contendo o impulso de fechá-la e de se isolar completamente do mundo lá fora. Do outro lado do vidro, o estacionamento estava silencioso, a luz de um único poste e a placa de neon azul de uma loja de revenda de carros ali perto lhe conferindo um ar de mistério. Havia um zumbido nada familiar vindo de algum lugar, e John observou o local por alguns instantes, sem saber o que esperava encontrar. De todo modo, o barulho logo se dissipou, e ele foi ao banheiro para jogar uma água no rosto. Quando voltou, ficou paralisado: o zumbido voltara, dessa vez mais alto, e estava ali, dentro do apartamento.

John prendeu a respiração e escutou com atenção. Era um barulho calmo, o som de algo se movendo, mas regular demais, mecânico demais para ser um rato. O garoto acendeu a luz e se virou devagar, tentando detectar de onde vinha. Então se pegou olhando para Theodore.

— É você?

Pegou a cabeça de coelho decepada, a levou até o ouvido e ficou escutando o som esquisito que emanava do bicho de pelúcia. Houve um clique, e o barulho parou. John aguardou, mas o brinquedo ficou em silêncio. Ele devolveu Theodore à cômoda e esperou um momento para ver se o zumbido recomeçaria.

— Eu não estou maluco — disse para o coelho. — E não vou deixar você nem ninguém me convencer do contrário.

Ele foi até a cama e enfiou o braço debaixo do colchão, sem tirar os olhos do coelho, de uma hora para a outra sentindo-se observado. Pegou o caderno que escondera ali embaixo e voltou a se sentar na cama, os olhos na capa branca e preta. Era um caderno pautado simples, daqueles com um lugarzinho na capa para pôr o nome e a matéria, que John deixara em branco. Correu o dedo pelas linhas vazias sem querer abrir o caderno que permanecera intocado debaixo da cama por quase três meses.

Por fim, suspirou e abriu na primeira página.

— Eu não estou maluco — tornou a afirmar para o coelho. — Eu sei o que vi.

Charlie. John preencheu a primeira página com nada além de fatos e estatísticas, algo de que sabia bem pouco, conforme percebeu, envergonhado. Conhecera o pai de Charlie, mas não a mãe. O irmão continuava sendo um mistério. Nem sequer sabia se ela havia nascido em New Harmony ou se havia alguma outra cidade antes da Fredbear's, a lanchonete que tinham descoberto naquela primeira vez em que todos retornaram à Freddy's. John tivera o esmero de escrever a história que eles compartilharam: a infância em Hurricane, depois a tragédia na Freddy's e, em seguida, o suicídio do pai de Charlie. Depois disso, ela fora morar com a tia Jen. Ao colocar aquilo no papel, John se deu conta de que nunca tinha ido à cidade em que Charlie e Jen moravam. Não era longe de Hurricane, tanto que ela fora para lá de carro, e não de avião, na inauguração da bolsa de estudos em homenagem a Michael, havia quase dois anos, mas soava estranho que ela jamais tivesse mencionado o lugar em que morava.

John folheou as páginas, que iam ficando cada vez mais cheias, os detalhes preenchendo as lacunas conforme ele vasculhava avidamente suas lembranças. Rabiscara cenas inteiras pela memória, como a vez em que grudou chiclete no cabelo dela achando que seria engraçado. Charlie o encarara com aquele olhar travesso enquanto a professora do primeiro ano cortava uma mecha do cabelo da menina com uma tesourinha sem ponta de cabo azul. Ela dera um jeito de recuperar do lixo aquele chumaço de cabelo com chiclete quando ninguém estava olhando e o levou para o recreio. Assim que passaram pela porta da sala, ela sorriu para John e disse: "Quero devolver para você o seu chiclete." E aquela tarde se transformou num pega-pega, os dois correndo que nem loucos pelo pátio da escola, Charlie determinada a enfiar o pedaço de chiclete cheio de cabelo de volta na boca de John. Mas o plano não deu certo: os dois foram colocados de castigo. John abriu um sorriso ao ler sua versão rascunhada da história. Parecera importante começar pela infância deles, ter uma noção sólida e realista da Charlie daquela época e também do John daquela época. Ele suspirava a cada página.

Nas seguintes, ele tentara capturar tudo a respeito dela: seu jeito de se movimentar, de falar. Era difícil. Quanto mais o tempo passava, mais seriam as *lembranças que John tinha de Charlie*, e não *Charlie*, então ele escrevera o máximo que pôde, o mais rápido que pôde, começando três dias depois daquela noite. Estava ali seu jeito de andar, segura de si até perceber que alguém estava olhando. Lá estavam as declarações incoerentes que tendia a dar quando ficava nervosa na frente das pessoas, o que era frequente. Estava ali como ela às vezes parecia se perder em si mesma, como se houvesse outra realidade se passando dentro de sua cabeça e ela fosse momentaneamente parar num lugar onde ele jamais poderia acompanhá-la. John suspirou. *Como saber se era isso mesmo?* Ele virou o caderno de trás para a frente: começara de lá outro conjunto de pensamentos.

O que aconteceu com Charlie?

Se a garota na festa de Carlton, a garota que aparecera tão de repente na lanchonete, não era Charlie, então quem seria? A resposta mais óbvia, claro, era a existência de uma irmã gêmea. Charlie sempre se referira a um menino, mas Sammy poderia ser tranquilamente o apelido de Samantha, e a lembrança que Charlie lhe confidenciara, de Sammy ser levado do armário, era um sequestro, não um assassinato. E se a irmã gêmea de Charlie ainda estivesse viva? E se ela tivesse sido não apenas sequestrada por Springtrap, William Afton na época, mas criada por ele? E se ela tivesse sido criada e educada por um psicopata ao longo de dezessete anos, aperfeiçoada com todo o conhecimento que Springtrap foi capaz de apreender da vida de Charlie, e então tivesse sido enviada para ocupar o lugar da irmã? *Mas por quê? Qual seria o objetivo disso tudo?* A fixação de Afton por Charlie era perturbadora, mas ele não aparentava ter capacidade para algo tão elaborado... nem para cuidar de uma criança por tempo suficiente para lhe fazer uma lavagem cerebral.

John pusera no papel um bocado de outras teorias, mas, ao lê-las, nenhuma parecia lá muito plausível: ou ruíam sob seu escrutínio ou, como a Samantha imaginária, no fundo não faziam sentido. E, em todos os casos, ele não conseguia associá-las à Charlie com quem se encontrara mais cedo. A tristeza e o estupor dela pareceram muito reais. Visualizar seu rosto era uma coisa que passara a lhe causar uma dor tênue no peito. John fechou o caderno e, por um momento, tentou imaginar a situação inversa: Charlie, *sua* Charlie, lhe virando as costas, insistindo que não era ele, que o verdadeiro John estava morto. *Eu ficaria destroçado*. Ele se sentiria como Charlie aparentou naquela noite, implorando, abraçando a si mesma como se fosse a única coisa que pudesse fazer para não desmoronar. John se estirou na cama, segurando o caderno no peito, como um peso enorme. Fechou os olhos agarrado ao caderno como se fosse uma criança agarrada a um brinquedo e, ao pegar no sono, tornou a escutar o barulho da cabeça de Theodore: o zumbido e o clique.

No dia seguinte, John acordou tarde, tomado por um terror inexplicável. Olhou o relógio, se deu conta, em pânico, de que estava atrasado para o trabalho e, quase na mesma hora, lembrou que não tinha mais trabalho, uma realidade que traria consequências muito em breve, mas por ora não. Tudo o que tinha para fazer naquele dia era se encontrar com Charlie. O terror voltou a aflorar só de pensar naquilo.

No fim da tarde, enquanto revirava a cômoda em busca de uma camisa apresentável, alguém bateu à porta. John deu uma espiadela em Theodore.

— Quem é? — sussurrou.

O coelho não respondeu. John foi até lá. Pela janela, viu Clay Burke do lado de fora com o olhar fixo na porta, aparentemente fazendo a gentileza de ignorar que poderia espiar o apartamento de John se quisesse. John deixou escapar um suspiro e deslizou a corrente para tirá-la do trinco.

— Ei, Clay! Entra aí. — Clay hesitou, dando uma olhada na sala, que só não estava bagunçada porque não tinha quase nada. John deu de ombros. — Antes que você me julgue, lembre-se de que vi sua casa em condições piores — defendeu-se, e Clay sorriu.

— É, viu mesmo — concordou ele, por fim, e entrou.

A cabeça de Theodore fez o tal barulho, mas John preferiu ignorá-lo.

— O que foi isso? — perguntou Clay alguns segundos depois.

John esperou para responder, ciente de que o ruído cessaria logo, e, após alguns instantes, parou mesmo, com o clique habitual.

— A cabeça do coelho — respondeu John, com um sorriso.

— Sim, claro.

Clay olhou para a cômoda e depois para John como se não houvesse nada fora do comum.

Considerando-se o que os dois tinham vivido no passado, realmente não havia.

— E aí, em que posso ajudar? — perguntou John, antes que algo mais estranho pudesse acontecer.

Pego de surpresa, Clay ficou sem reação por um instante, mas logo respondeu, num tom ameno:

— Queria ver como você está.

— Sério? Não tivemos essa conversa ontem? — retrucou John, seco.

Ele pegou uma camisa limpa na cômoda e foi até o banheiro se trocar.

— Bem, é que... É sempre bom se certificar — disse Clay, falando mais alto para que John o ouvisse. O garoto abriu a torneira. — John, o que você sabe sobre Jen, a tia da Charlie?

John fechou a torneira abruptamente e deixou de lado seu ar petulante.

— O que foi que você perguntou, Clay?

— Perguntei se você sabe alguma coisa sobre a tia da Charlie.

John trocou rápido de camisa e voltou para o quarto.

— A tia Jen? Eu não cheguei a conhecer.

Clay olhou para ele com sarcasmo.

— Você nunca viu a tia Jen?

— Não foi isso que eu disse — retrucou John. — Por que você está me perguntando isso?

Clay hesitou.

— Charlie ficou muito ansiosa para ver você de novo quando eu mencionei que você tinha visto a Jen naquela noite — relatou, parecendo escolher as palavras com cuidado.

— Por que a Charlie se importaria se eu vi ou não a Jen? Aliás, por que você se importa?

John se esticou por trás de Clay para pegar um cinto pendurado no pé da cama e começou a enfiá-lo pelos passadores da calça.

— É que isso me fez perceber como tem um monte de coisas que não sabemos sobre aquela noite — explicou o policial. —

Acho que a sua conversa com a Charlie hoje à noite pode ajudar a preencher essas lacunas, se você fizer as perguntas certas.

— Você quer que eu interrogue a Charlie, é isso? — John deu uma risada seca.

Clay suspirou, deixando transparecer a frustração por sua calma rotineira.

— Não é isso que estou sugerindo, John. Só estou dizendo que, se a tia da Charlie estava lá naquela noite, eu ia querer fazer umas perguntas para ela.

John encarou Clay, que só lhe dirigiu um olhar plácido. O garoto pegou um par de meias e se sentou na cama.

— Mas por que você de repente decidiu me procurar? Ninguém acreditou em nada do que eu disse até agora.

— Por conta do que encontramos no complexo — respondeu Clay, mais facilmente do que John esperava.

Ele se endireitou.

— No complexo... Você quer dizer, na casa do pai da Charlie?

O policial lhe lançou um olhar indiferente.

— Acho que nós dois sabemos que aquele lugar era mais que uma casa — retrucou. John deu de ombros e não falou nada, esperando que o homem continuasse. — Algumas coisas que encontramos nos escombros eram... Podem não significar nada para outras pessoas, mas as coisas que eu vi ali... eram bem assustadoras, mesmo que a maior parte estivesse soterrada por concreto e metal.

— Assustadoras? Essa foi a conclusão de toda a sua equipe ou só a sua? — questionou John, sem se dar ao trabalho de disfarçar o sarcasmo na voz. Clay não pareceu notar, os olhos cravados em algum ponto entre os dois. — Clay? — chamou o garoto, ressabiado. — O que você encontrou? Como assim "assustadoras"?

Clay pestanejou.

— Não sei bem como definir de outra forma — respondeu. John balançou a cabeça. — Só digo uma coisa — acrescentou Clay, com aspereza. — Não estou pronto para virar a página do assunto Dave, William Afton ou sabe-se lá que nome ele vinha usando...

— Springtrap — lembrou John, baixinho.

— Não estou pronto para virar essa página — reiterou o policial.

— O que você quer dizer com isso? Acha que ele ainda está vivo?

— Só acho que não podemos descartar nenhuma hipótese — afirmou Clay.

John tornou a dar de ombros. Estava sem paciência, quase sem interesse. Estava farto de intrigas: Clay retendo informações, tentando protegê-los, como se guardar segredo já tivesse impedido que qualquer um deles corresse perigo.

— O que você quer que eu pergunte para ela? — John foi direto.

— Faça apenas com que ela converse com você. Tem sido maravilhoso tê-la aqui de novo, não me entenda mal, mas parece que ela está escondendo alguma coisa. É como se ela...

— Não fosse ela? — sugeriu John, com um ar zombeteiro.

— Não era isso que eu ia dizer. Mas acho que ela pode saber de alguma coisa que ainda não nos contou, talvez algo que não se sinta à vontade para compartilhar.

— E acha que ela vai se sentir à vontade para compartilhar comigo?

— Talvez.

— Isso me soa moralmente duvidoso — ponderou John, cauteloso. Na cômoda, o zumbido recomeçou. — Viu? Theodore concorda comigo — disse ele, apontando para o coelho.

— Ele sempre faz isso?

Clay se esticou para pegar o bicho de pelúcia, mas, antes que conseguisse encostar nele, a mandíbula de Theodore se abriu e a cabeça deu um pulo.

John tomou um susto, e Clay deu um passo para trás na mesma hora. Ambos ficaram olhando, petrificados: a cabeça não voltou a se mover, mas o ruído se transformou num murmúrio distorcido, mais alto e mais suave, às vezes quase imitando palavras, apesar de John não conseguir decifrar sequer uma sílaba. Alguns minutos depois, a cabeça voltou a ficar em silêncio.

— Nunca vi isso acontecer — falou John.

Clay estava debruçado na cômoda, o nariz quase tocando o focinho de Theodore, como se tentasse enxergar o interior do boneco.

— Daqui a pouco eu tenho que ir — avisou John, curto e grosso. — Não vou querer chegar atrasado, certo? Para começar essa nova relação franca e honesta com a Charlie.

Ele lançou um olhar breve e acusatório para Clay e se encaminhou rapidamente para a porta.

— Não precisa trancar? — indagou o policial quando John passou por ele.

— Não faz diferença.

* * *

Ainda estava claro quando John chegou a St. George e, ao checar o relógio do painel, ele se deu conta de que estava mais de uma hora adiantado. Mesmo assim, parou o carro no estacionamento do restaurante e saltou, grato pela oportunidade de andar um pouco e aliviar a ansiedade. Evitara St. George, cidade onde Charlie e Jessica fizeram faculdade. *Jessica ainda deve estar na faculdade*, pensou ele, sentindo uma pontada de culpa. *Eu deveria saber essas coisas básicas.*

O garoto passou pela vitrine de algumas lojas e, meio sem perceber, andou até o cinema a que tinha ido com Charlie na última vez que esteve ali. *Talvez a gente possa ver um filme. Depois do jantar-interrogatório.* John parou na calçada: o cinema não existia mais. No lugar, dois rostos gigantescos de palhaço sorriam para ele da janela de um restaurante novinho em folha. A porta da frente era grande, e os rostos eram quase do mesmo tamanho, pintados um de cada lado, e acima deles havia uma placa com letras em neon vermelho e amarelo: PIZZARIA CIRCUS BABY'S. As luzes de neon estavam acesas, brilhando inutilmente à luz do dia. John ficou parado, sentindo como se os tênis tivessem se fundido ao estacionamento. Um grupo de crianças passou correndo por ele e entrou, e um adolescente esbarrou nele, despertando-o de seu transe.

— É só continuar andando, John — resmungou para si mesmo, afastando-se do local, mas acabando por parar outra vez depois de apenas uns passos. — É só continuar andando — repetiu, num tom de voz mais severo, e se virou com um ar desafiador para encarar o restaurante.

Aproximou-se da porta e a empurrou. Deparou-se com um hall vazio, uma sala de espera onde versões menores dos palhaços da fachada sorriam que nem loucas nas paredes. Uma segunda porta trazia um BEM-VINDO pintado em letras cursivas. Havia um aroma familiar no ar, uma combinação específica de borracha, suor e pizza.

John abriu a segunda porta, e o barulho irrompeu. As luzes fluorescentes o deixaram desnorteado. Havia crianças por toda parte, gritando e gargalhando, correndo pelo lugar, e as musiquinhas e os bipes de fliperamas eram dissonantes. Havia brinquedos de grande porte, uma espécie de academia florestal à esquerda e uma grande piscina de bolinhas à direita, onde duas garotinhas jogavam reluzentes bolas coloridas numa terceira, que gritava algo que ele não conseguiu entender.

Havia mesas dispostas no centro, onde John viu uns cinco ou seis adultos batendo papo. Vez ou outra, davam uma olhada no caos ao redor e no palco nos fundos do aposento, cuja cortina vermelha estava fechada. John sentiu um calafrio, com um terrível déjà-vu, observou novamente aquelas crianças brincando e seus pais complacentes.

Foi em direção ao palco, parando duas vezes para desviar de crianças no meio de um pega-pega. As cortinas eram novinhas, o veludo vermelho felpudo reluzia, bordejado por fios e borlas douradas. John diminuiu o passo à medida que foi se aproximando, sentindo em seu âmago a tensão de um temor antigo, familiar. O palco batia mais ou menos em sua cintura, e ele parou na lateral para dar uma olhada. Em seguida, com todo o cuidado, segurou a cortina espessa e começou a puxá-la.

— Com licença, senhor — advertiu um homem atrás dele, fazendo John se enrijecer como se tivesse acabado de encostar numa panela quente.

— Desculpe — disse, virando-se e dando de cara com um sujeito de camisa polo amarela e semblante tenso.

— O senhor está aqui com os seus filhos? — indagou o homem, levantando as sobrancelhas.

Sua camisa dizia PIZZARIA CIRCUS BABY'S, e o crachá, STEVE.

— Não, eu... — John hesitou. — Sim, com várias crianças. Uma festa de aniversário, sabe? São primos, muitos primos. Fazer o quê, né?

Steve continuava olhando para ele com as sobrancelhas erguidas.

—Vou ter que encontrar uma pessoa agora... em outro lugar — completou John.

Steve apontou para a porta.

CAPÍTULO QUATRO

— Não! — gritou Jessica, desanimada, enquanto tentava a todo custo tirar as chaves de dentro do bolso da calça exageradamente justa, como ditava a moda.

Uma maçã caiu da sacola de supermercado que ela se esforçava para equilibrar no quadril, saiu rolando pelo corredor e foi parar no capacho de seu pior vizinho, um homem de meia-idade que parecia capaz de detectar até o menor ruído, para então, prontamente, reclamar. Na verdade, desde que ela tinha saído do quarto de alojamento que dividia com Charlie e fora morar naquele apartamento, seis meses antes, o sujeito viera bater em sua porta três vezes para reclamar do barulho do rádio. Em duas delas, o aparelho nem sequer estava ligado. Na maioria das vezes, o homem só olhava feio para ela sempre que os dois se cruzavam no corredor. Jessica não dava a mínima para a hostilidade. Quase se sentia em casa, como em Nova York. Ela deixou a maçã ali mesmo.

Quando enfim conseguiu abrir a porta, largou as sacolas na bancada da cozinha e deu uma olhada no local com uma satisfação serena. O apartamento não era dos mais sofisticados, mas era *dela*. Ao se mudar, Jessica se enfiou num turbilhão de faxina, esfregando a sujeira incrustada que devia estar recobrindo os rodapés desde que o prédio fora construído, uns cinquenta anos antes. Foram quase duas semanas de nada além de esfrega-esfrega entre aulas e lições de casa. Ela ia para a cama toda noite com os braços doloridos, como se tivesse pegado pesado nas aulas de musculação. Mas o apartamento atingira os parâmetros de limpeza de Jessica, ainda que no limite, o que não era pouca coisa.

Ela começou a tirar as compras das sacolas, arrumando tudo na bancada antes de guardar cada item.

— Manteiga de amendoim, pão, leite, banana... — murmurou, e então caiu no silêncio.

Tem alguma coisa errada. Jessica examinou o cômodo com cuidado, mas não havia nada fora do comum ali, e tudo parecia estar onde ela havia deixado. Ela voltou às compras.

Enquanto fechava a porta da geladeira, seus pelinhos da nuca se eriçaram. Jessica se virou como se esperasse pegar um ladrão em flagrante, o coração quase saindo pela boca, mas o apartamento estava vazio. Só para garantir, ela foi dar uma olhada na porta: trancada, como esperado. A garota ficou em silêncio por alguns instantes escutando os ruídos distantes do prédio, o zunido de um aparelho de ar-condicionado lá fora, um soprador de folhas do outro lado da rua, mas aparentemente nada que fugisse à normalidade. Ela voltou com cuidado para a bancada, terminou de guardar as compras e foi para o quarto. Quando se virou para o corredor, Jessica deu um grito: havia um vulto na escuridão bloqueando seu caminho.

— Jessica? — disse uma voz familiar, e a garota foi logo esticando a mão até o interruptor, pronta para sair correndo. A luz se acendeu: era Charlie. — Assustei você? — perguntou a amiga, hesitante. — Desculpa. A porta estava destrancada, mas eu deveria ter esperado lá fora — acrescentou, baixando o rosto. — Como já moramos juntas, pensei que...

— Charlie, você quase me matou de susto — retrucou Jessica, repreendendo a amiga num tom descontraído. — O que está fazendo aqui?

— Eu não falei para você que ia jantar com o John? — retrucou Charlie, e Jessica assentiu. — Você pode me emprestar alguma roupa? Quem sabe não me ajuda a escolher...

Charlie ficou hesitante, como se pedisse um favor imenso, e Jessica a olhou com um ar confuso.

— Sim, claro, com certeza. — Jessica tentou se acalmar. — Mas Charlie... até parece que hoje em dia você precisa da minha ajuda para escolher seus looks.

Jessica apontou para as roupas da amiga, com seus coturnos de sempre — ou melhor, uma versão mais elegante deles — combinados com uma saia preta midi e uma blusa vermelho-escuro de decote arredondado. Charlie deu de ombros e mexeu os pés.

— Eu só acho que... Pode ser que ele me ache mais bonita com uma roupa escolhida por você do que por mim, entende? O John parece não gostar do meu visual novo.

— Bem, Charlie... — Jessica parou, elegendo as palavras com cuidado. — Fingir que nada mudou não vai fazer bem para nenhum de vocês — declarou, com firmeza. — Vá como está agora. Está ótimo.

— Você acha? — perguntou Charlie, apreensiva.

— Acho.

Ela passou por Charlie e se dirigiu ao quarto, tomando todo o cuidado ao contornar a amiga, e Charlie foi atrás, parando na porta que nem um vampiro esperando um convite para entrar. Jessica olhou para Charlie e, de repente, se sentiu tranquila, como se a amizade das duas jamais tivesse sido interrompida. Jessica sorriu.

— Então quer dizer que você está nervosa? — perguntou, indo até a cômoda pegar sua escova, enquanto Charlie entrou e se sentou na cama.

— Sinto como se tivesse que provar algo para ele, mas não tenho certeza do quê — disse Charlie, correndo o dedo pela estampa florida da colcha de Jessica. — Aliás, você tinha razão.

Jessica se virou, escovando o cabelo, distraída.

— Ele quer sair com você hoje à noite — falou. — Acho que é um ótimo começo. Deixe o John passar um tempo com você. Não tem sido nada fácil para ele, sabe. Você tem que ter em mente que ele viu com os próprios olhos você morrer.

Charlie deu uma gargalhada, um som forçado, suave, e então ficou em silêncio.

— Só estou preocupada com ele. E não tenho nem como ajudá-lo, porque... — Ela hesitou. — Jessica, você lembra se ele falou alguma coisa importante naquela noite?

Algo mudou no tom de voz de Charlie, algo sutil, só uma nota de tensão. Jessica manteve um semblante neutro, fingindo não notar.

— Alguma coisa importante? — indagou Jessica.

— Algo... que eu lembraria. Que eu *deveria* lembrar.

Ela continuava com os olhos fixos na colcha, ainda dedilhando a padronagem como se tentasse memorizá-la.

Jessica hesitou. Ainda conseguia visualizar tudo, tão vívido quanto o presente, embora aquilo lhe causasse mal-estar. *Charlie ficou presa dentro da roupa do Freddy quebrado, distorcido, só com o braço para fora. John segurava a mão dela.* Jessica sentiu um calafrio, aquele barulho terrível e incomparável de esmagamento ecoando em sua mente.

— Jessica? — chamou Charlie, e a amiga aquiesceu de maneira vigorosa.

— Desculpa. — Ela pigarreou. — Eu não sei, você e o John ficaram sozinhos por alguns minutos. Não sei bem o que ele disse. Por quê?

— Acho que é importante para ele que eu lembre — explicou Charlie, voltando a dedilhar a colcha.

Jessica observou-a por um momento, subitamente desconfortável no próprio quarto. Como se pudesse senti-la, Charlie se levantou e a encarou.

— Obrigada, Jessica. Desculpa mais uma vez por ter entrado sem bater. Quer dizer, eu não bati porque a porta estava destrancada, mas você entendeu.

— Sem problemas, mas... da próxima vez, avisa assim que chegar, tudo bem?

Jessica sorriu, sentindo uma onda de ternura pela amiga. Levou Charlie até a porta e se despediu com um abraço. A amiga deu alguns passos, pegou a maçã no chão e a devolveu para Jessica.

— Acho que isto aqui é seu.

Charlie sorriu e foi embora.

Depois de ter fechado a porta, Jessica deixou escapar um suspiro. O nervosismo que aflorara enquanto Charlie estava em seu quarto não diminuíra. Ela se recostou na porta, repassando o que acabara de acontecer. *Por que o John ia querer que a Charlie se lembrasse da última coisa que ele lhe disse?* Jessica jogou a maçã alguns centímetros para cima e a pegou de volta.

— Ele está testando a Charlie — disse para o apartamento vazio.

Fora do prédio de Jessica, Charlie parou no estacionamento, frustrada. *O que ele falou de tão importante?* Ela atravessou o asfalto fervendo, pulou no carro e bateu a porta com uma força desnecessária. Ficou olhando para o volante com um ar petulante. *Eles estão mentindo para mim,* pensou. *Estou me sentindo uma criancinha, com todos os adultos escondendo segredos de mim. Decidindo por mim o que eu deveria ou* não *saber.*

Charlie deu uma olhada no relógio do carro; ela nunca lembrava se estava uma hora adiantado ou uma hora atrasado. Tinha uns vinte minutos antes do encontro com John.

— Não posso aparecer lá cedo — falou com todas as letras. — Aí é que ele não vai *mesmo* acreditar que sou eu.

Tentando afastar o mau humor, Charlie engatou a marcha e saiu do estacionamento.

Quando chegou ao restaurante, conseguiu ver John pela janela, sentado na mesma mesa da última vez, no fundo do restaurante. Ele olhava para o nada, como se estivesse perdido em pensamentos profundos ou completamente desconcentrado.

Charlie acompanhou a recepcionista até a mesa dele, e foi só quando chegaram bem perto que John pareceu se dar conta da presença das duas. Então, levantou-se, apressado. Quando Charlie foi cumprimentá-lo, John já tinha se sentado, então ela rapidamente recuou e fez o mesmo.

— Oi — disse ela, dando um sorriso meio sem graça.

— Oi, Charlie — respondeu ele, baixinho, e de repente abriu um sorriso. — Essa sua roupa está bem melhor do que a da última vez em que estivemos aqui.

— Deve ser só impressão sua, porque dessa vez não estou coberta de terra e sangue — retrucou Charlie com leveza.

— Verdade.

John riu, mas seus olhos refletiram um breve instante de satisfação.

Foi um teste. O pensamento disparou algo bem frio no estômago dela. Charlie sabia que isso ia acontecer, mas saber não tornava mais fácil ver os olhos dele, sempre tão ternos, encarando-a daquela forma calculista.

— Qual foi mesmo aquele filme que nós vimos? — perguntou o garoto, fingindo não saber a resposta. — Na última vez em que estive aqui fomos ao cinema, não foi? Está na ponta da língua.

— *Zumbis vs. Zumbis*! — disse Charlie.

— Isso, eu sabia que era de zumbi — recordou-se John, pensativo.

— E aí, o que você tem feito desde então? — propôs Charlie, tentando mudar de assunto. — Ainda está trabalhando com construção?

— Estou — confirmou John, e então olhou para a mesa. — Na verdade, talvez não. Acabei de ser demitido.

— Putz... Que merda.

Ele aquiesceu.

— Pois é. Quer dizer, a culpa foi minha. Eu cheguei atrasado e... foram outras coisas também, mas eu gostava muito do emprego. Bem... pelo menos era *um emprego*.

— Devem ter outras obras.

— É, acho que sim.

Ele analisou a garota, que o encarou, tentando não se deixar intimidar.

Acredite em mim, implorava ela em silêncio. *O que preciso fazer para você acreditar em mim?* Mas o que falou para ele foi:

— Senti falta disso.

John assentiu, seu olhar se abrandando por um momento.

— Eu também — respondeu, calmo, embora ela soubesse que aquilo só era em parte verdade.

— Você sabe que não fui embora por causa... Não foi por sua causa — confessou Charlie. — Desculpa se foi o que pareceu. Eu só precisava me afastar de tudo, de todo mundo. Eu...

— Já sabem o que vão pedir? — perguntou de repente a garçonete.

John endireitou a postura e pigarreou. Charlie olhou o cardápio, grata pela interrupção, mas as fotos dos pratos estavam estranhas, como se ela tivesse lido a descrição de comidas, mas não visse nenhuma.

— Senhorita? — A garçonete olhava, ansiosa, para ela.

— Vou querer o mesmo que ele — concluiu Charlie, depressa, fechando o menu.

A moça franziu o cenho, confusa.

— Ah, hum, certo... Então acho que preciso pedir. — John riu.

— Qualquer coisa está bom — disse Charlie. — Desculpa, já volto.

Ela se levantou apressada da mesa e foi para o banheiro, deixando John cuidar dos pedidos.

Ao entrar, a garota foi acometida por um forte déjà-vu. *Eu já estive aqui. Presa numa cabine, eu estava presa numa cabine.* Charlie bateu a porta e a trancou. *Eu não estou presa.* Correu os dedos pelo cabelo, mesmo sem precisar arrumá-lo, e lavou as mãos. Estava só ganhando algum tempo longe do escrutínio de John. Toda vez que ele olhava para ela daquele jeito indiferente e desconfiado, Charlie se sentia exposta.

— Eu sou a Charlie — afirmou ela para o espelho, voltando a alisar o cabelo com nervosismo. — Não preciso convencer o John de que eu sou eu. — As palavras soaram fracas no cômodo apertado. *Quem mais eu poderia ser?* Charlie lavou as mãos mais uma vez, se empertigou e voltou para o salão do restaurante. Sentou-se, pôs um guardanapo de papel no colo e encarou John.

— Ainda não lembro — soltou, tomada por uma imprudência obstinada.

John ergueu as sobrancelhas.

— Hein?

— Não lembro o que você me disse naquela noite. Sei que é importante para você e sei que talvez seja por isso que você pensa o que pensa a meu respeito, mas é que... eu simplesmente não lembro. Não tenho como mudar isso.

— Certo. — Ele deslizou as mãos até o canto da mesa e as apoiou no colo. — Eu sei... Eu sei disso. Hum... Aconteceu muita coisa naquela noite. Eu sei.

Ele deu um breve suspiro, mas logo sorriu, quase como uma forma de tranquilizá-la. Charlie mordiscou o lábio.

— Se é tão importante assim, por que você não me conta logo? — perguntou ela com delicadeza.

Na mesma hora, Charlie viu que não foi a coisa certa a se dizer. As feições de John se enrijeceram, e ele se afastou um pouco da mesa. A garota baixou os olhos para o guardanapo em seu colo. Nem percebeu que estivera rasgando o cantinho.

— Deixa pra lá — acrescentou, a voz pouco mais que um sussurro, deixando passar vários longos minutos. — Esquece o que eu falei.

Charlie ergueu o rosto, mas ele não respondeu à pergunta dela.

— Me dá licença um minutinho — disse John. — Já volto.

Ele se levantou e saiu.

Charlie ficou encarando a cadeira vazia. A garçonete se aproximou. Charlie notou, mas não se mexeu. Não tinha certeza de que conseguiria se mexer. *Isso está sendo horrível. Talvez eu fique aqui sentada para sempre. Vou virar uma estátua de mim mesma, um monumento a uma Charlie do passado. Uma Charlie que nunca mais voltará.*

— Senhorita? — A garçonete parecia preocupada, o suficiente para que Charlie, com um esforço hercúleo, virasse o rosto. — Está tudo bem, senhorita? — indagou a mulher, e Charlie levou outro longo instante para assimilar a pergunta.

— Está — respondeu, por fim. — Será que você consegue outro guardanapo para mim?

Ela ergueu o primeiro, semidestruído, como prova de sua necessidade, e a garçonete foi buscar outro. Charlie tornou a se virar para a cadeira vazia de John.

Ele então ressurgiu e se sentou, preenchendo o olhar vazio dela.

— Tudo bem? — perguntou.

Ela assentiu.

— A garçonete foi buscar outro guardanapo para mim.

Charlie apontou vagamente para a direção que a mulher seguira.

— Certo.

Antes que John conseguisse retomar a conversa, a garçonete voltou com o guardanapo de Charlie e a comida dos dois.

Ambos ficaram em silêncio enquanto a mulher os servia, e John abriu um sorriso e agradeceu. Charlie ficou olhando para o prato. Era uma massa. Ela pegou o garfo com cuidado, mas não tocou na comida.

— Posso fazer uma pergunta? — tentou John.

Ele finalmente tomou a atitude, e a garota foi logo concordando, ansiosa, e baixando o garfo.

Ele respirou fundo.

— Naquela noite, como você sobreviveu? Tinha... Tinha tanto sangue... — John hesitou, sem encontrar as palavras.

Charlie olhou para ele, para aquele rosto familiar que, sabe-se lá como, se voltara contra ela. Vinha tentando juntar as peças para contar tudo a ele, mas, ali, resolveu apenas falar:

— Não sei. Eu... Tem uns buracos em branco, e quando tento resgatar essas memórias, o pensamento me escapa, como se estivesse fugindo de uma arma afiada. — O distanciamento no olhar de John foi se dissipando um pouco à medida que ela falava. — Eu já tinha ficado presa numa roupa — prosseguiu Charlie. — Eu devo ter descoberto um jeito de sair ou, no mínimo, de me acomodar lá dentro. — Ela o encarou com nervosismo, e o olhar dele ficou mais intenso.

— Eu continuo sem entender. Como você conseguiu sair... ilesa?

John voltou a correr os olhos por ela, dando a impressão de que a examinava.

Com um nó na garganta, ela se virou, os olhos fixos na janela e no estacionamento lá fora.

— Eu não consegui — respondeu, firme.

John não falou nada, apenas procurou no rosto meio enviesado de Charlie a centelha de algo que pudesse reconhecer, ou *não*. Ela vinha dizendo todas as coisas certas, do jeito certo, e os sinais — mais que sinais — do trauma inabalável pelo qual ela passara naquela noite fizeram o estômago dele se contrair. A ex-namorada olhava ao longe, o maxilar trincado, como se estivesse lutando contra alguma coisa, e John foi tomado por um ímpeto súbito de ir até ela, de estender a mão e oferecer ajuda. Em vez disso, pegou o garfo e começou a comer, os olhos no prato, e não nela. *Ela sabe o que estou fazendo,* pensou, mastigando, infeliz. *Está dando as respostas certas. Acabei virando uma espécie de detetive.* John deu outra garfada e olhou para Charlie de relance. Ela continuava olhando para o estacionamento. Ele engoliu e pigarreou.

Antes que ele conseguisse dizer mais alguma coisa, Charlie virou-se e o encarou.

— Depois daquela noite, eu tive que ir embora. — Sua voz estava rouca, e seu rosto, tenso, as feições mais duras do que antes. — Tive que deixar tudo para trás, John. *Tudo*. Minha vida inteira tem sido assombrada pelo que aconteceu aqui, e os últimos anos... Mesmo antes disso. A minha vida inteira. — Ela cruzou o olhar com o dele por um instante e desviou, piscando bem depressa, como se segurasse as lágrimas. — Eu queria ser uma pessoa diferente. Era preciso, ou eu enlouqueceria. Sei que é um clichê achar que se pode mudar a vida mudando o corte de cabelo e as roupas. — Ela abriu um sorrisinho irônico e jogou o cabelo comprido para trás. — Mas eu não podia ser a *sua* Charlie para sempre, aquela garotinha ingênua, que tinha medo até da própria sombra, que *vivia* à sombra. Honestamente, eu nem sei o que você via naquela garota egoísta, desmiolada, *patética*.

Ela pronunciou aquela última palavra de um jeito tão ácido que quase estremeceu ao fazê-lo, um semblante ressentido em seu rosto, como se estivesse inundada pela aversão a quem fora no passado.

— Nunca achei nada disso de você — retrucou John, com calma, e olhou para baixo.

Ele corria o garfo pela borda do prato, sem saber o que dizer. Obrigou-se a levantar o rosto. A expressão de Charlie se atenuara e adquirira um ar aflito.

— Mas mesmo assim sou eu. — Ela deu de ombros, a voz falhando. John não conseguia responder, não sabia por onde começar. Ela mordeu o lábio. — Você continua não acreditando, não é? — indagou ela após alguns instantes.

Envergonhado, John se mexeu com desconforto no assento, mas Charlie insistiu:

— John, por favor, eu não entendo. Se você acha que eu não sou eu... Você acha o quê, então? Quem você acha que eu sou?

A garota dava a impressão de estar absolutamente confusa, e, mais uma vez, John se sentiu vacilar.

— Acho que... — Ele gesticulou como se tentasse segurar alguma coisa, sem sucesso. — Charlie, o que eu vi...! — exclamou, mas logo se conteve, lembrando que estavam em público.

Ele olhou ao redor, mas ninguém prestava atenção neles: o restaurante não estava cheio, mas todos estavam distraídos: os outros fregueses conversando com seus acompanhantes, e os funcionários conversando entre si.

— Eu vi você morrer — continuou ele, baixando a voz. — Quando você apareceu naquela lanchonete no dia seguinte, Charlie, eu quis acreditar que era verdade, e *continuo* querendo acreditar, mas eu... eu vi você morrer — finalizou, impotente.

Charlie balançou a cabeça devagar.

— Estou falando para você que estou viva. Como isso não basta? Se você quer acreditar em mim, por que não acredita?

A dor que havia na voz dela causou em John uma pontada de culpa, mas o garoto a encarou com toda a calma.

— Porque eu prefiro saber a verdade a acreditar em algo só para me sentir feliz.

Charlie o encarou com um ar inquisitivo.

— Então qual você acha que é a verdade? Quem você... — Ela engoliu em seco e recomeçou. — Quem você acha que eu sou, senão eu mesma?

John suspirou.

— Já pensei muito nisso — respondeu ele, por fim. — Praticamente o tempo todo, na verdade. — Charlie assentiu, mal movendo a cabeça, como se temesse assustá-lo. — Pensei em um monte de coisas, acho... Em teorias... hum...

— Tipo o quê? — indagou ela, num tom gentil.

— Bem...

O rosto de John estava corando.

Eu jamais deveria ter aceitado me encontrar com ela.

— John?

— Eu... acho que talvez tenha pensado que você poderia ser o Sammy — murmurou ele.

Ela pareceu confusa por um momento, como se não tivesse escutado bem, e em seguida arregalou os olhos e respondeu, com firmeza.

— Sammy está morto.

John pressionou as têmporas.

— Eu sei — disse, voltando a fitá-la nos olhos. — Mas, *Charlie*, olha só: eu não sei disso. Nem você. A última coisa... de que você se lembra... do Sammy... foi o quê?

— Você sabe a resposta — retrucou ela, com a voz baixa e seca.

— Você o viu sendo levado — continuou John, momentos depois. Ela não reagiu, o que ele entendeu como uma permissão para prosseguir. — Você viu o Sammy ser sequestrado, não morto. Pelo Dave, ou Afton... Springtrap. Mas e se ele não foi morto? E se Sammy foi criado pelo William Afton, e se foi distorcido, educado por um louco assassino para substituir você... para substituir a Charlie... após a morte? Além do quê, Sammy poderia ser um apelido para Samantha. Esqueci essa parte. Sammy poderia ter sido uma menina esse tempo todo. — Charlie ficou paralisada na mesa; mal dava a impressão de respirar. —

Sei como isso soa estranho quando eu falo em voz alta — John tratou logo de acrescentar. — É por isso que evito falar.

Charlie cobrira o rosto com a mão, e seus ombros tremiam. Ele interrompeu a fala assim que ela voltou a olhá-lo: dessa vez, estava gargalhando. Havia um tom histérico em sua risada, como se pudesse virar choro a qualquer momento, mas John, hesitante, tentou sorrir.

— Ah, John... — disse ela, por fim. — Eu nem... Você sabe que isso é uma maluquice, não sabe?

— Mais maluquice do que qualquer coisa que já vimos? — argumentou ele, sem muita convicção.

— John, você mesmo me levou para visitar a sepultura dele, lembra?

Ele parou, confuso por um momento, tentando encontrar sentido no que acabara de ouvir.

— Você mesmo me levou à sepultura do Sammy — repetiu ela.

— Levei você ao cemitério, mas nunca vi a sepultura do Sammy nem a do seu pai — corrigiu ele.

— Então vai lá ver qualquer hora dessas.

O tom de Charlie era paciente.

Imediatamente, John se sentiu um idiota.

— A tia Jen me alertou a não voltar para Hurricane — contou a garota, baixando o olhar. — Até agora, ela acertou todas. Aliás, você tem notícias dela?

— Da sua tia? — retrucou John, desconcertado com a mudança súbita de assunto. — Pensei que você tivesse ido morar com ela depois que saiu do alojamento.

— Isso — confirmou Charlie.

— Você estava morando com ela?

— Você a viu?

— Por que eu teria visto? — indagou John, devagar, se sentindo subitamente meio perdido na conversa.

Tinha visto Jen duas vezes: uma quando ainda era criança e outra naquela noite terrível, agachada ao lado do Freddy distorcido todo quebrado em uma poça do sangue de Charlie. Mas Charlie também não sabia disso.

— Você sabe que eu nunca cheguei a conhecê-la de verdade — disse ele, encarando Charlie.

A garota estava com um semblante pensativo, que não se alterou.

— Eu só pensei que talvez ela tivesse tentado entrar em contato — conjecturou Charlie, vagamente.

— Entendi. Eu aviso se ela tentar, está bem?

— Avise, por favor. Obrigada. — Foi só então que ela entendeu a dúvida dele. — Faz um tempinho que eu não a vejo. Ela me resgatou naquela noite, me levou para casa e me limpou, se certificou de que eu estava bem.

De relance, ela abriu um meio sorriso para John, que retribuiu com cautela.

— Achei que você tivesse dito que não se lembrava de nada daquela noite — observou ele, tentando evitar que seu tom soasse acusatório.

— Eu disse que não me lembro de muita coisa. Mas isso foi basicamente o que a Jen me falou. Para ser sincera, a primeira coisa de que me lembro é ela me acordando na manhã seguinte, me dizendo que tinha separado um vestido para mim. — Charlie fez uma careta. — Ela sempre quis que eu usasse roupas mais femininas. Quem levou a pior fui eu, é claro. Acontece que, depois de algumas experiências de quase morte, não tinha nada que eu quisesse mais do que uma transformação.

John sorriu, e ela bateu os cílios de forma exagerada. Mesmo sem querer, o garoto gargalhou.

— Então você acha que ela pode estar atrás de você? — Ele fez uma pausa, sem saber como formular a próxima pergunta. — Você quer que ela encontre você? — perguntou, finalmente, e Charlie deu de ombros.

— Eu gostaria de saber onde ela está.

— Ela não está na casa em que você está morando? Quando ela foi embora?

— Todo mundo acaba indo embora — respondeu ela, num tom sarcástico, e ele tornou a rir, dessa vez com menos empolgação.

Você não respondeu minha pergunta.

Charlie deu uma olhadela no relógio: como tudo que ela passara a usar, tratava-se de uma versão menor e mais feminina do antigo.

— Tem um filme legal de zumbi começando daqui a uns quinze minutos, se não me engano — disse ela, entusiasmada. — O cinema novo não é longe daqui. Que tal ver se a velha fórmula ainda funciona?

O que significa isso? John segurou um sorriso.

— Não vai dar para mim — respondeu ele, com uma relutância genuína. — Tenho que passar em outro lugar.

— E outro dia? — sugeriu Charlie.

— É, pode ser.

Ao voltar para o carro, John percebeu uma multidão do lado de fora da nova pizzaria. *Acho que os circus agradaram,* pensou. Ele foi chegando mais perto, tentando ver para onde Charlie tinha ido, mas ela tinha sumido. De repente, como se notasse pessoas escondidas numa foto, John reparou que na multidão que o cercava havia alguns palhaços: rostos pintados, fantasias brancas com babados, narizes de todas as cores e formas. Estavam por toda parte. John retirou-se daquela aglomeração, tropeçando num sapato de tamanho exagerado e quase caindo da calçada.

Quando se viu livre da multidão, respirou fundo e olhou de novo para o restaurante. Foi então que notou pela primeira vez o cartaz acima da entrada principal com um palhaço sorridente de cada lado. GRANDE INAUGURAÇÃO: VENHA VESTIDO DE PALHAÇO E COMA DE GRAÇA! John olhou ao redor. Mais gente vinha chegando, muitas pessoas fantasiadas, e ele sentiu os pelos da nuca se eriçarem. Ao olhar para trás, não notou nada sinistro, fora os palhaços. Obrigou-se a olhar para cada um deles individualmente: as fantasias mostravam diferentes níveis de dedicação, algumas eram bem estruturadas com collants, perucas e sapatos enormes, outras não passavam de um rosto pintado e camisetas puídas com estampa de bolinha. Mesmo assim, a sensação de desconforto de John não se aplacou.

São só pessoas fantasiadas, repreendeu a si mesmo, e em seguida caiu repentinamente na gargalhada, assustando uma mulher ali perto.

— Pessoas fantasiadas. Nunca vi isso dar errado — resmungou, afastando-se para procurar seu carro.

No caminho para casa, John se percebeu agitado. Por duas vezes, checou o velocímetro e viu que havia ultrapassado perigosamente o limite de velocidade sem nem perceber. Tamborilava no volante sem parar, pensando no dia seguinte. *E agora?* Ver Charlie o desestabilizara mais do que ele se dera conta. Após meses de rabiscos solitários, ruminando suas teorias bizarras, John se vira forçado a pôr suas convicções à prova, a fazer perguntas a Charlie e vê-la responder, e, enquanto isso, a se questionar: *você é ela? Você é a minha Charlie?* Passada a situação, parecia irreal, como um sonho longo demais, indesejado no mundo desperto. Conforme ia se aproximando da estrada que o levaria para casa, acelerou e ignorou a saída.

John estacionou o carro a alguns quarteirões da casa de Clay Burke. Tirou as chaves da ignição e as sacudiu por um segundo, nervoso. Então abriu a porta com determinação e saiu do carro. Encontrou a casa às escuras, a não ser por uma única janela, que ele supôs que fosse o escritório de Clay. *Será que o Carlton voltou para a faculdade?*, ficou se perguntando, sem saber se torcia pela presença ou pela ausência do amigo.

Bateu à porta e esperou, e então tocou a campainha. Um bom tempo depois, Clay abriu a porta.

— John. Que bom — disse o policial, cumprimentando o garoto e não aparentando nenhuma surpresa por vê-lo à sua porta. Abriu espaço para John entrar e o conduziu até o gabinete. — Aceita um café? — ofereceu, apontando para a caneca na escrivaninha.

— Está um pouco tarde. Se eu tomar café agora, passo a noite em claro.

Clay assentiu.

— Estou substituindo vícios piores. — Foi tudo o que o policial falou.

John deu uma olhada no cômodo. Na última vez em que estivera ali, eles tinham usado a escrivaninha como barricada contra um exército de animatrônicos raivosos.

— Você consertou a porta.

— Consertei — confirmou Clay. — Carvalho. Reforçado. O que traz você aqui?

— Saí com a Charlie hoje. — O policial ergueu as sobrancelhas, mas não disse nada. — Ela disse uma coisa, perguntou se eu tinha tido notícias da... — John parou, tomado por uma súbita sensação de que estava sendo observado.

Clay inclinou a cabeça, desconfiado, como se também sentisse algo.

Sem dar um pio, o policial foi até a janela fechada, parou ao lado de uma das compridas cortinas verde-claras e espiou lá fora.

— Todo mundo está meio ressabiado com esses malucos andando por aí com a cara pintada — comentou, mas mantendo a voz baixa. Ele fechou as cortinas e voltou para onde John estava. — Sente-se.

Havia duas cadeiras estofadas e um sofá verde-escuros. John optou pelo sofá. Clay pegou a cadeira da escrivaninha e a arrastou pelo tapete, sentando-se perto do garoto.

— O que a Charlie perguntou para você?

John olhou para a janela de novo. Sentia como se ondas de terror emanassem de lá, revolvendo-se por todo o cômodo como uma névoa invisível. Clay olhou para trás, mas só por um segundo. John pigarreou.

— Ela perguntou sobre a tia Jen. Se eu a tinha visto recentemente. Pensei que você pudesse saber de alguma coisa — concluiu, cheio de incertezas.

Clay parecia perdido em pensamentos, e John se perguntou se deveria repetir o que dissera.

— Não — respondeu, por fim, o policial. — A Charlie explicou por que queria saber da tia?

John fez que não.

— Ela só perguntou se eu tinha alguma notícia dela. Não sei que notícia eu poderia ter.

Ele escolhia as palavras com todo o cuidado, como se dizer a coisa certa na ordem certa fosse destravar uma porta na mente de Clay e convencê-lo a revelar o que sabia. Pensativo, o policial apenas assentiu.

— Você já esteve com a tia dela? — perguntou John.

— Não, nunca fomos formalmente apresentados. Ela era um pouco mais velha que o Henry, acho. — Ele ficou quieto por alguns instantes balançando a caneca, girando o restinho do líquido no fundo. — Quando se mudou para cá, o Henry era meio recluso. Todo mundo sabia que ele tinha perdido um filho. — Aos poucos, Clay se endireitou na cadeira. — Passei um tempo sem vê-los, nem mesmo a Charlie, e aí... — Ele deixou escapar um suspiro sofrido. — A Jen ficou por aqui mais ou menos um ano, foi ela quem cuidou da menina. Grudou feito cola na Charlie. Acho que o Henry não confiava mais nas pessoas, e eu não tiro a razão dele.

— Sempre tive a impressão de que... — John hesitou, voltando a escolher as palavras. — A Charlie sempre me deu a impressão de ser meio fria.

— Bem, como eu disse, depois de tudo que aconteceu... — pontuou o policial. — Fiquei surpreso quando a Jen levou a Charlie depois da morte do Henry.

— E a mãe da Charlie? — indagou o garoto, ainda hesitante. Sentia-se invasivo, ainda mais por Charlie não estar presente. Parecia que estavam falando dela pelas costas.

— Não, a mãe fugiu antes de Charlie e o pai se mudarem para Hurricane — esclareceu Clay. — Como sempre, Henry nunca dizia uma única palavra negativa sobre a ex-esposa. Nunca nem tocava no nome dela, na verdade, mas um dia eu perguntei, sabe, só por curiosidade. Talvez tenha sido o meu lado detetive, mas não resisti. Ele passou um bom tempo pensando antes de me responder, e então me olhou com uma cara triste e disse: "Ela não saberia o que fazer com a minha garotinha." Depois disso, não toquei mais no assunto. Achei que era o melhor a ser feito. Eu sabia que eles tinham passado por um período bem difícil. Acho que supus que a mãe da Charlie tinha sofrido algum tipo de colapso nervoso ou que tinha percebido que seria incapaz de ter por outro filho tanto afeto quanto o que sentia pelo que perdera. Mas preciso dizer, para dar crédito à tia Jen, que a Charlie parece ter sido criada muito bem. — Ele sorriu, assentindo. — Ela é um pouco estranha, mas com certeza é uma boa menina.

— Ela é singular, com certeza — observou John.

— Singular, isso — concordou Clay, seco.

As paredes sacudiram por um segundo quando um vento forte açoitou a casa. Incomodado, John correu os olhos pelo cômodo e notou algo familiar num dos cantos, enfiado entre uma prateleira de livros e a parede.

— É a Ella? — indagou John.

Clay ficou pasmo por um momento.

— A boneca? Isso apareceu nos escombros da antiga casa da Charlie. O resto foi levado embora, mas isso eu guardei.

— É Ella o nome dessa boneca — informou John. — Foi o pai da Charlie que fez. Ela dava voltas num trilho carregando uma xícara de chá.

— Perguntei para a Charlie se ela queria — contou o policial. — Ela não se interessou.

— Não se interessou? — repetiu John, ressabiado.

Clay balançou a cabeça, distraído.

— Acho difícil acreditar nisso — disse John, incrédulo, segurando o velho brinquedo nas mãos, e isso chamou a atenção de Clay.

— Bem, fale para ela que a boneca está aqui, caso algum dia ela mude de ideia.

— Vou falar. — John colocou a boneca de volta no chão. Clay tornou a olhar pela janela, preocupado. — Alguma coisa errada? — perguntou o jovem.

— Não, nada.

John ergueu as sobrancelhas.

— Tem certeza?

Clay suspirou.

— Uma criança foi raptada hoje de manhã.

— O quê?

— Uma garotinha. Desapareceu em algum momento entre meia-noite e seis da manhã. — O semblante de Clay não se alterou. John buscou algo para dizer, sem sucesso. — É a segunda só neste mês — acrescentou calmamente o policial.

— Não ouvi falar de nada disso — argumentou John.

Ele olhou mais uma vez para a janela quando o vento começou a uivar lá fora, depois se virou de novo para Clay, e, imediatamente, aquela pontada de medo voltou a fisgar sua cabeça.

— Você tem alguma pista? — John fez a primeira pergunta em que conseguiu pensar.

O policial demorou um bom tempo para responder, e John passou para a pergunta seguinte:

— Você acha que tem alguma coisa a ver com... Bem, rapto de crianças. Não é a primeira vez que isso acontece por aqui.

— Não, com certeza não. — Clay olhava fixamente para o espaço entre os dois, como se houvesse alguma coisa ali que ele conseguisse enxergar. — Não vejo como essas duas coisas poderiam ter alguma conexão. A essa altura, o Freddy já foi destruído.

— Certo. Então você não tem nenhuma pista?

— Estou fazendo o melhor que posso. — Ele baixou a cabeça e passou a mão pelo cabelo, voltando a se sentar, ereto. — Me desculpe. Isso me deixou uma pilha de nervos. Sinto como se estivesse revivendo aqueles dias: crianças, e com a mesma idade do meu menino, com a mesma idade que vocês tinham, sendo raptadas, uma atrás da outra, e naquela época também não teve nada que eu pudesse fazer para impedir.

— Michael — disse John, com calma.

— Michael. E os outros. Parece que a maldade não tem fim neste mundo.

— Mas é por isso que nós temos você, não é? — John sorriu.

Clay riu com desdém.

— É, eu queria que fosse simples assim.

— Você disse que duas crianças sumiram? — perguntou John, seus olhos voltando a ser atraídos pelo som do vento, que fazia galhos e folhas arranharem a casa.

Clay se levantou, caminhou até a janela com um ar quase desafiador e a abriu. John se assustou com o barulho. De onde estava, viu que Clay, fingindo tomar um pouco de ar, aparentava esquadrinhar a área.

Instantes depois, o policial tornou a entrar e fechou a janela, puxando também as cortinas.

— Pode não ser nada tão sério quanto parece, John. Em geral, surge uma explicação normal, e a maioria das crianças acaba sendo encontrada, de um jeito ou de outro. Duas semanas atrás, foi um garotinho chamado Edgar, se não me engano. De dois anos e meio.

— O que aconteceu?

— Fazia mais de um ano que os pais dele vinham brigando pela guarda. O pai acabou perdendo e passou a só poder ver o menino uma vez por mês, com visitas supervisionadas, o que posso garantir a você que não foi à toa. E Edgar, olha só que surpresa, desapareceu. Foi encontrado só alguns dias depois, são e salvo, fazendo uma viagem com o pai. Na maioria dos raptos, um dos pais está envolvido.

— É isso que você acha que está acontecendo agora? — perguntou John, cético.

— Não — respondeu o policial logo em seguida. — Não é — repetiu, com um tom mais sério. Respirou fundo e se inclinou para a frente. — E, para piorar, a cidade inteira está obcecada por esse restaurante novo, se fantasiando de palhaço...

Para a minha equipe é uma perda de tempo ficar controlando multidões, ou palhaços, como neste caso.

— Posso fazer alguma coisa para ajudar? — ofereceu-se John, embora não conseguisse imaginar o quê.

— Tem uma coisa, sim — disse Clay. — Se eu estiver certo, posso precisar de você. E vou precisar também... — Ele parou de falar.

— Da Charlie — completou John. — Você vai precisar da Charlie.

Clay assentiu.

— Não é justo pedir isso a ela — ponderou o policial. — Não depois de tudo que ela passou. Mas, se for preciso, eu peço.

— Sim.

Clay voltou a olhar para o espaço entre os dois, e John de repente se sentiu um intruso ali.

— Está ficando tarde.

— É mesmo, tome cuidado lá fora — aconselhou Clay, levantando-se depressa. — Quer levar minha arma? — indagou, como se não fosse nada de mais.

Ele sorriu, mas seu rosto demonstrava tensão, como se parte dele estivesse torcendo para que John aceitasse.

— Não precisa. — John deu um sorriso. — Tenho essas armas aqui. — Ele ergueu o punho, como se pronto para entrar numa briga.

— Tudo bem, valentão, então até mais — despediu-se, soturno, o policial.

John voltou para o carro, e o céu estava um breu. Foi então que se deu conta de que quando chegara já estava escuro, ele é que não tinha *percebido*. Os postes não ajudavam muito: os focos de luz eram engolidos pela noite. Seus passos ecoavam na quietude, e não parecia haver como abafá-los. O barulho distante da rodovia era fraco demais para encobrir qualquer ruído, e o vento, naquele instante, ficara em silêncio, como se tivesse se escondido temporariamente. Algo se movia alguns metros à frente, e John congelou: descendo a estrada, vinha mais um cliente do restaurante fantasiado, mas com esse havia definitivamente algo errado. Ele caminhava na direção de John, andando pelo meio da rua num ritmo constante. John permaneceu onde estava, entre duas mudas altas e delgadas plantadas perto da calçada, sem tirar os olhos da figura que se aproximava.

À medida que ela foi chegando mais perto, um frio subiu pela espinha do garoto: os movimentos do palhaço eram femininos, mas rígidos. Ainda que com graciosidade, a mulher andava como se fosse um robô. A respiração de John ficou entalada na garganta enquanto a figura se aproximava como uma assombração, olhando para a frente. Ele esperou, torcendo para se manter fora do campo visual dela. Ao passar por John, no entanto, a mulher voltou os olhos para o garoto, a cabeça movendo-se apenas o suficiente para registrar aquela presença.

John olhou para trás, primeiro admirando a beleza elegante e a simetria do rosto dela, dividido bem ao meio por algum truque de caracterização. Instintivamente, ele recuou um passo — já tinha visto monstros antes — e se preparou para correr ou, se necessário, lutar. Mas, no mesmo instante em que seu coração começou a bater forte no peito, a palhaça tornou a desviar o olhar e mergulhou na escuridão com a mesma elegância. John ficou observando por um momento e, em seguida, foi até o carro. Checou o retrovisor, mas não havia ninguém à vista. No caminho de casa, verificou o espelho mais do que o necessário. Seus pensamentos continuavam retornando àqueles olhos reluzentes e penetrantes: a palhaça olhara para ele como se o conhecesse, como se fosse capaz de decifrá-lo.

— Relaxe — disse John para o carro vazio. — Foi só uma esquisitona qualquer fantasiada.

Pronunciar aquelas palavras, contudo, não as tornou mais convincentes.

Clay voltou para o escritório, parou junto à janela e abriu um pouco as cortinas só para se certificar de que John dobrara a esquina e saíra dali. O policial suspirou. Sentou-se à escrivaninha, pegou o arquivo que continha o caso da segunda criança desaparecida e começou a revisá-lo. A informação de que precisava não estava lá, mas isso não o impedia de retornar àquelas páginas repetidas vezes. Seus policiais haviam cumprido muito bem seu papel: tinham ido aos lugares certos, conversado com as pessoas certas e feito as perguntas erradas. *Eles só não sabem o que eu sei.*

Ouviu um barulho no final do corredor, um rangido bem audível. Clay ergueu o olhar e tornou a pousar o arquivo com todo o cuidado na escrivaninha.

— John? — chamou, mas não houve resposta.

Com a calma já treinada, Clay se esticou silenciosamente para pegar a arma que mantinha num coldre debaixo da escrivaninha e a destravou. O policial foi até a porta aberta do escritório e parou, tentando escutar outro barulho que viesse do corredor escuro. Não ouviu nada. Clay fechou a porta, os ferrolhos estalando no lugar.

Foi até o centro do cômodo e ficou lá ouvindo atentamente. Permaneceu um momento em silêncio e olhou para baixo, os ombros relaxando, mas, de repente, ergueu o rosto e trincou os dentes. Num movimento deliberado, recuou um passo e se concentrou bem no meio da porta à sua frente. Clay ergueu a arma e mirou. Vários minutos se passaram, mas os olhos do policial não vacilaram. Havia algo no corredor.

John deixou a porta da frente bater e jogou as chaves na bancada da cozinha. Desabou no sofá, largando a cabeça para trás com o peso do cansaço. Depois de só alguns instantes, tornou a levantá-la: aquele barulho estranho ecoava de novo dentro do quarto. Parecia um pouco com os ruídos que a cabeça de coelho vinha fazendo, mas algo mudara, embora ele não conseguisse identificar o quê. Soava como uma voz, depois estática. Voz, estática. Havia ali um barulho que se repetia.

A porta do quarto de John estava quase fechada, e ele se levantou do sofá e foi se aproximando devagar, na ponta dos pés. Ele puxou a porta de leve para abri-la; o barulho estava mais alto e nítido: a voz permanecia ali, confusa e abafada. John acendeu a luz e foi até a cabeça de Theodore. Curvou-se para ficar cara a cara com o coelho, olhando nos olhos de plástico e ouvindo. A cabeça o encarava, murmurando palavras, estática, e, no instante seguinte, fazendo tudo de novo. John pegou a caneta e o caderno na cama e fechou os olhos, concentrando-se nos sons.

Um minuto depois, começou a identificar palavras.

— Brilho? — sussurrou. — Brilho... de alguma coisa. De prata?

Continuou ouvindo, mas não conseguia decifrar o resto. Cerrou os dentes e abriu os olhos, fitando o coelho de pelúcia que repetia a mesma frase incoerente. John inspirou profundamente e, em seguida, expirou, tentando relaxar a tensão do pescoço, da mandíbula e das costas. Sentou-se na cama, largou a caneta e o caderno e fechou os olhos de novo. *Apenas ouça.* Os sons se repetiam, várias e várias vezes. De repente, feito uma letra de música tocada pela milésima vez, tudo fez sentido; John entendeu.

— Estrela brilhante? Alguma coisa... prateada. Coral prateado? Estrela brilhante, coral prateado?

— Estrela brilhante, coral prateado — repetiu Theodore lentamente.

John tornou a ficar de pé e pôs a orelha perto do focinho de Theodore para confirmar.

— Estrela brilhante, coral prateado... — entonou o coelho.

John voltou correndo para o carro.

Quando chegou novamente à garagem de Clay, o garoto parou: a porta da frente estava escancarada, a luz de dentro da casa derramando-se no jardim. Ele subiu os degraus, depressa e aos berros:

— Clay! Clay, você está aí? — John entrou e se dirigiu ao escritório do policial, que ficava a poucos passos da porta de entrada. — Clay!

O garoto se ajoelhou ao lado do delegado. O homem estava caído no chão, de olhos fechados e com o rosto melado do próprio sangue, que formava uma poça embaixo da cabeça dele. John pressionou as veias no punho dele, esperando identificar alguma pulsação: após alguns segundos de agitação, encontrou, e foi inundado de alívio, ainda que só por um momento.

— Clay! — insistiu John.

O policial não respondeu. John olhou em volta, desesperado. A porta nova, a que Clay descrevera como "reforçada", estava em pedacinhos; o que restava permanecia preso apenas pela dobradiça superior. John puxou Clay como pôde até o corredor.

Ele tornou a olhar o escritório: a cadeira estava virada, e tudo que se encontrava na escrivaninha, espalhado pelo carpete. Ele deu um tapinha no ombro de Clay.

— Você vai ficar bem — disse, e então foi pegar o telefone do escritório para chamar uma ambulância.

Enquanto esperava a telefonista, ainda atordoado, olhou mais uma vez para a porta demolida. Outra lufada de vento adentrou a casa e saiu pela janela, dando a impressão de querer levar embora qualquer que tenha sido o horror que acontecera ali.

CAPÍTULO CINCO

O sibilar continuava. Não havia para onde escapar. A dor deles vinha a esmo, sem nenhum motivo que pudessem identificar, e, naquela confusão, eles se apoiavam um no outro.

— Aguentem firme — disse uma voz, e eles tremeram de medo, pois sabiam bem a quem pertencia aquela voz aterrorizante.

Paralisados feito um animal apavorado, tentando se esconder mas completamente expostos. Gritos sangrentos, viscerais, silenciosos para o mundo. A sombra tapava a luz que vinha de cima.

— Continuem balançando, e vou continuar tirando as partes de vocês que balançam — grunhiu a voz.

O sibilar ficou ainda mais alto e, com um estalo súbito e o lampejo de uma dor impressionante, a sombra recuou, levando algo nas mãos.

—Volto já.

* * *

— Passei menos de uma hora fora — explicou John, baixinho, inclinando-se para que Jessica pudesse escutá-lo em meio ao barulho da TV na sala de espera do hospital. — Quando voltei, ele estava lá caído. Se eu tivesse ficado um pouco mais com ele... — Ele foi parando de falar, e Jessica lhe lançou um olhar compreensivo.

John pegou a mochila do chão e colocou no colo, tocando no bolso da frente para se certificar mais uma vez de que Theodore ainda estava onde ele o enfiara.

— Você acha que foi só alguém ressentido? — indagou ela, ruborizando em seguida. — "Só" é modo de falar, não quis tirar a gravidade da situação, mas é claro que o Clay, por ser delegado, obviamente conquistou um bom número de inimigos. Provavelmente não teve nada a ver com... — Ela deu uma olhadinha em volta e baixou a voz. — Nada a ver com *a gente*.

John olhou a mochila no colo.

— A porta estava... *estraçalhada*, Jess.

A garota olhou nervosa para o corredor, como se temendo que Clay pudesse ouvir.

— Bem, de qualquer forma, você não tem culpa.

Um silêncio pesado se instalou entre eles, pontuado apenas pelas vozes um tanto descompensadas da TV, que exibia uma reportagem com palhaços medonhos. Por um momento, John se distraiu, em busca do menor sinal da aparição que passara silenciosamente por ele na rua, mas ela não estava no meio da multidão.

— As pessoas estão enlouquecidas neste fim de semana — comentou Jessica. — Todas essas fantasias estranhas... Você soube do menino que foi sequestrado?

— Soube. O Clay me contou. Na verdade, quando fui falar com ele...

John interrompeu a frase no momento em que uma enfermeira de avental azul chegou para falar com eles.

— John, Jessica? — perguntou, como quem já sabia a resposta.

— Sim, somos nós — confirmou Jessica, ligeiramente aflita.

A enfermeira abriu um sorriso.

— O delegado Burke quer vê-los. Tentei explicar que por enquanto só é permitida a visita dos familiares mais próximos, mas, bem... Ordens do delegado.

O quarto ficava apenas algumas portas à frente, mas as luzes fortes e as superfícies cinzentas e lustrosas eram desorientadoras. John semicerrou os olhos para escapar do brilho agressivo. Jessica foi na frente, mas pouco antes da porta do quarto parou subitamente, e John acabou esbarrando nela.

— O que houve? — perguntou, confuso.

Ela se virou e sussurrou:

—Você pode entrar primeiro?

— Posso, claro — aceitou ele, compreendendo a reação da amiga. — Ele não está tão mal assim, Jess. Eu garanto.

— Mesmo assim.

Com um olhar apreensivo, ela deu um passo para trás e deixou que John passasse.

Clay dava a impressão de estar dormindo. Usava uma camisola do hospital e estava com a pele amarelada, o rosto já sem nenhum vestígio de sangue. Uma linha de pontos pretos descia da testa até a bochecha, dividindo a sobrancelha ao meio.

— Ele quase perdeu o olho.

Jessica deu um pulo. Aparentemente, a enfermeira os seguira.

— Ele me parece bem apagado — observou John. — Você tem certeza de que ele queria falar com a gente?

— Ele vai e volta — retrucou a enfermeira. — Fiquem à vontade. Vai ser bom para ele conversar um pouquinho.

— Ei, Clay — começou John, todo desajeitado, ao se aproximar da cama. — O Carlton e a Marla estão vindo. Não devem demorar.

Jessica desviou o olhar para a idosa que dormia no outro leito, e a enfermeira passou por eles e fechou a cortina entre os dois pacientes.

— Privacidade, se é que isso é possível aqui — advertiu a enfermeira, com rispidez, saindo logo em seguida e encostando um pouco a porta.

Na mesma hora, os olhos de Clay se abriram.

— Que bom — disse ele. Sua voz estava aguda, e ele mal conseguiu levantar a cabeça do travesseiro, mas os olhos estavam alertas. — Não tirem nada da tomada. Ainda estou aqui — brincou, e John abriu um sorriso.

— Tudo bem, vamos esperar um pouco, então — rebateu o garoto.

— Como está se sentindo? — perguntou Jessica.

— Pegue a minha jaqueta — pediu o delegado, apontando para a única cadeira no recinto, com um casaco esportivo cinza-escuro pendurado.

Jessica se apressou para pegá-la, e Clay se atrapalhou com a roupa por um minuto, antes de retirar um envelope branco comprido do bolso interno. Empertigando-se um pouco, ele se esticou para entregá-lo a John. Quando o garoto o pegou, Clay, respirando pesado, desabou de novo no travesseiro.

— Vá devagar — advertiu John, aflito.

O homem assentiu levemente, os olhos fechados.

— Tem uma área... — murmurou.

— Como? — perguntou Jessica, aproximando-se de John, e ambos trocaram olhares preocupados.

— Tem uma área de cobertura.

A cabeça de Clay pendeu para o lado e sua respiração ficou mais lenta: parecia estar voltando ao estado de inconsciência.

— Será que é melhor chamar a enfermeira? — perguntou ela para John, que deu uma espiadela no monitor e fez que não.

— Os sinais vitais estão bons.

— Você não é médico, John!

— Você pode encostar a porta um pouco mais? — pediu o garoto, ignorando-a.

A contragosto, Jessica fez o que ele pediu, deixando a porta entreaberta. John virou o envelope: não continha endereço, estava selado e era pesado. Ele abriu, e algo pequenino caiu lá de dentro. Jessica apanhou o objeto, enquanto John examinava o restante do conteúdo: uma pilha de fotografias. A de cima mostrava ele e Charlie no restaurante na noite anterior. Parecia ter sido tirada do lado de fora, pela janela da frente. Ele continuou olhando as fotos. Cada uma rastreava parte do encontro dele com Charlie até o momento em que os dois se separaram: comendo, saindo do restaurante e se despedindo, todas as fotos tiradas a distância. Em algumas, a imagem estava torta, ou as pessoas, desfocadas. O fotógrafo não parecia interessado na qualidade da imagem. A última fotografia dessa sequência mostrava Charlie indo em direção à multidão na porta da pizzaria nova. John conseguia identificar a própria nuca no canto inferior da foto. Ele logo tratou de passar para a seguinte, que mostrava Jessica e Charlie numa loja de roupas, entrando e saindo de um provador com várias peças, conversando e gargalhando. As fotos pareciam ter sido tiradas do outro lado da loja, algumas tinham os cantos obscurecidos por algum tecido, como se o fotógrafo estivesse se escondendo atrás de uma arara de roupas.

John sentiu uma pontada raivosa de repulsa. As fotos do restaurante já eram revoltantes por si só, mas aquilo parecia uma invasão ainda maior, de um momento de intimidade. Ele olhou para Jessica. A garota tinha ido até a janela e segurava algo contra a luz, o que depois de um momento John identificou como um pedaço de filme. Ela baixou a mão e se virou para ele.

— Todas as fotos aqui são da gente — disse Jessica.

Ele ergueu a pilha de fotos.

— Estas também.

Sem falar nada, ela estendeu a mão, e John lhe passou metade da pilha. As fotos retratavam muitos outros eventos em momentos diferentes. Uma porção mostrava Jessica e Carlton se encontrando com Charlie num café. John mostrou uma para Jessica, que assentiu.

— Isso foi assim que a Charlie voltou — recordou-se. Ela franziu a testa e então mostrou uma foto de si mesma com Charlie e Marla saindo de um prédio. — Esta é na porta da minha casa — explicou, a voz tensa. — John, está parecendo que alguém contratou um detetive particular para nos seguir por aí. Como ele conseguiu isso? E *por quê*?

— Não sei — respondeu o garoto, voltando a olhar para a foto em suas mãos, a última da pilha.

Fora à noite, ao ar livre, mas estava bem nítida: ele próprio com as mãos enfiadas nos bolsos. O desespero em seu semblante era perceptível até mesmo de longe. Charlie estava de costas e se abraçava com tanta força que John conseguia ver os dedos dela agarrados ao vestido, uma espécie de afago inútil, contorcido. *Charlie*. A cabeça dele latejava, o peito doía. Num movimento automático, John dobrou e guardou a foto no bolso, virando-se então para se certificar de que ninguém tinha percebido. Jessica não disse nada.

Ele pigarreou.

— Voltei na casa do Clay porque queria mostrar uma coisa para ele.

— Mostrar o quê? — Jessica se aproximou.

John foi até a porta e espiou o corredor, depois atrás da cortina do leito da outra paciente no quarto. A mulher continuava dormindo. Ele tirou a mochila das costas e pegou Theodore. Jessica soltou um ganido e levou a mão à boca.

— Onde você arrumou isso?

John chegou a recuar diante da reação tempestuosa da amiga.

— Por que o escândalo?

— É esquisito. Eu sempre detestei esse troço. — Jessica agitou a mão perto do rosto. — Os experimentos de robótica da Charlie sempre me deixaram apavorada, mas até que é legal ver um desses ao vivo e a cores.

— Bem, este aqui tem um segredo interessante.

— Não deixa a Charlie ver. Ela tem jogado essas coisas fora, qualquer coisa associada ao pai dela. Deve estar passando por alguma daquelas cinco etapas de aceitação do luto, mas, mesmo assim...

— Não vou mostrar para ela, não se preocupe. Pode parecer loucura, mas o Theodore tem... conversado comigo, e ontem... — Ele não precisou continuar.

Um ruído embaralhado carregado de estática jorrou da cabeça do coelho, e Jessica se encolheu. Antes que ela pudesse dizer qualquer coisa, o som mudou.

Agora que John sabia quais eram as palavras, era mais do que óbvio para ele. Jessica inclinou a cabeça para o lado, ouvindo com atenção.

— Ele está dizendo "coral prateado"? — indagou.

— "Estrela brilhante. Estrela brilhante, coral prateado."

Theodore continuava repetindo a frase, mas John o enfiou de novo na mochila e o cobriu com uma camiseta, abafando o som. Ao lembrar-se das fotos, colocou-as de volta no envelope e também guardou na mochila.

— Você entendeu mais rápido que eu — confessou para Jessica.

Ela assentiu, com um ar distante e o olhar perdido.

— Coral prateado — repetiu.

— Tem ideia do que é isso? — perguntou ele, com uma fagulha de esperança.

— Coral Prateado é uma cidadezinha perto de Hurricane.

— Será que a família da Charlie já morou lá? — conjecturou John.

Jessica fez que não.

— Não, é uma cidade fantasma. Ninguém mora lá.

— Jessica! John!

A voz de Marla quebrou o silêncio do hospital. Carlton estava ao lado dela, com o rosto pálido e apreensivo.

O garoto passou direto por todos eles e foi até o leito.

— Pai, você está bem? — perguntou, hesitante, esticando-se para tocar na mão do policial e depois se afastando. — Ele está bem?

O olhar de Carlton se voltou aos demais, e Marla apressou-se para examinar os monitores.

— Está, sim, Carlton — tranquilizou ela, pondo a mão no ombro dele, que assentiu bruscamente, sem tirar os olhos de Clay.

— Vai dar tudo certo — garantiu John, tentando soar confiante. — Ele estava acordado agorinha mesmo, conversando. A enfermeira falou que ele vai ficar bem.

— O que aconteceu? — indagou Carlton, tentando demonstrar calma, e John balançou a cabeça.

— Não sei — retrucou, impotente. — Cheguei lá tarde demais.

Carlton não respondeu, mas puxou uma cadeira para o lado da cama e se sentou, apoiando o queixo na mão.

— Vai dar tudo certo — repetiu Marla, que então correu os olhos pelo cômodo, intrigada. — Para onde ela foi?

— Ela quem? — perguntou Jessica, ressabiada, olhando para John.

John olhou para a porta, e lá estava Charlie, parada do lado de fora.

— Charlie. Ei, pode entrar — disse ele, perguntando-se, cheio de culpa, se ela escutara algum trecho da conversa que eles tiveram poucos segundos antes.

Charlie deu um passo para dentro do quarto, não mais que isso. John deu uma olhadela na mochila, encostada no pé da cama de Clay. Para seu alívio, o ruído parecia ter parado. Quando ele ergueu o rosto, Charlie dava um sorriso envergonhado.

— Não gosto muito de hospitais — observou ela, delicadamente. — Ele está bem?

John percebeu que ela estava com o rosto virado, parada propositalmente num ponto de onde não conseguia ver Clay.

— Vai ficar — respondeu ele. — Está se recuperando.

Charlie assentiu, mas permaneceu onde estava, não parecendo muito convencida.

— John, que bom que você estava lá! — exclamou Marla. — Deve ter salvado a vida dele.

— Hum, talvez — retrucou o garoto. — Sei lá.

Ele apertou a mão dela e logo soltou. Virou-se para Charlie, que abriu um sorrisinho contido, os braços cruzados. A enfermeira apareceu, e Marla a chamou para pedir uma atualização sobre o estado de Clay. Jessica aproveitou a oportunidade para se aproximar.

— John, acho que já vou. Tenho aula hoje à tarde. Me busque lá às sete, e não se atrase.

— Certo — disse o garoto.

Jessica saiu do quarto, e Charlie ficou observando até a amiga sumir de vista. Então tornou a encarar John, cruzando o olhar com o dele por um instante antes de voltar sua atenção para a enfermeira. John olhou o local: sem Jessica ali, de uma hora para outra se viu inesperadamente isolado e pouco à vontade em meio a todas aquelas pessoas. Calado, escapou porta afora, ignorando a voz suave de Marla chamando seu nome.

Tinha avançado poucos metros pelo corredor quando Jessica o pegou pelo braço.

— John!

— Ei! — protestou ele, e então reparou que havia alguém ao lado da garota, uma mulher loura franzina e abatida, o vermelho dos olhos a única cor que se via na palidez de seu rosto. — O que houve? — perguntou, com cautela.

— Esta é Anna — disse Jessica. — Clay... O delegado Burke estava... está... ajudando a Anna a... — Ela pigarreou. — O filho dela está desaparecido. O delegado Burke estava ajudando.

— Ah... — reagiu John, sem jeito. — Eu sinto muito, senhora.

Anna assoou o nariz num lenço de papel amassado.

— Eu estava agorinha na delegacia e ouvi falar que... disseram que o delegado Burke estava aqui, e eu só precisava saber se ele está bem. Está? — indagou, aflita.

— Vai ficar — tranquilizou Jessica, e Anna assentiu, sem parecer muito convencida.

— Quando fui lá informar que o Jacob... estava desaparecido, o sargento de plantão me mandou preencher a papelada e me perguntou sobre o meu ex-marido, dizendo que provavelmente ele é que tinha sequestrado o Jacob. Eu falei para ele que aquele homem jamais sequestraria o Jacob, que não saberia o que fazer com ele!

— Entendi — disse John, desconfortável. — Mas nós não trabalhamos na polícia...

— Eu sei — respondeu depressa a mulher, balançando a cabeça. — Me desculpe, eu não estou conseguindo pensar direito, mas é que ouvi a enfermeira conversando com vocês na sala de espera. O delegado Burke estava lá quando o sargento me disse para ligar para o meu ex-marido. Ele me puxou num canto e fez algumas perguntas, disse que ia encontrar o meu filho, e eu acreditei nele.

— Ele é um bom policial — emendou Jessica, gentil. — E uma boa pessoa. Ele vai encontrar o seu filho.

Anna tapou a boca, abafando um soluço ao começar a chorar.

— Ele vai mesmo ficar bem? Ouvi falar que...

Ela não conseguiu terminar a frase, e John tocou seu ombro.

— Ele vai ficar bem — afirmou o garoto. — Acabamos de vê-lo, ele conversou com a gente. — Anna assentiu, ainda apreensiva. Jessica lançou um olhar impotente para John, que procurou algo para dizer. — Ele vai encontrar o... Jacob, tudo bem? — confirmou, e Anna, às lágrimas, aquiesceu.

— Anna!

Uma mulher mais velha irrompeu pelo corredor, e Anna se virou ao escutar seu nome.

— Mãe... — disse Anna, a fragilidade sumindo um pouco da voz.

A mãe da mulher envolveu-a num abraço apertado, e Anna se debulhou em lágrimas.

— Vai dar tudo certo — sussurrou a mãe de Anna.

Obrigada, disse ela baixinho para John e Jessica, e os dois assentiram, se entreolharam e partiram em direção à entrada do hospital.

Tão logo chegaram ao estacionamento, Jessica deixou escapar um arquejo, como se estivesse prendendo a respiração, e abraçou John com força. Surpreso, ele a abraçou de volta.

— Vai dar tudo certo — disse ele, e a amiga se afastou para encará-lo.

— Vai? — retrucou Jessica, as lágrimas fazendo seus olhos cintilarem. — É legal falar para a coitada daquela mulher que o Clay vai encontrar o filho dela, mas, John, você e eu sabemos que, quando crianças desaparecem nesta cidade... elas não são encontradas.

John fez que não. Queria contra-argumentar, mas sentia um nó na garganta.

— As coisas não precisam terminar assim desta vez — falou ele, sem convicção, e Jessica se recompôs e enxugou as lágrimas, adotando uma postura desafiadora.

— Não podem. Não podem terminar assim de novo, John. Se esse garotinho estiver envolvido nisso tudo, temos que encontrá-lo e levá-lo para casa. Pelo Michael.

John aquiesceu e, antes que pudesse falar mais alguma coisa, Jessica apertou o passo até o carro e foi embora, deixando-o sozinho no estacionamento.

Já à noite, John mal havia parado na frente do prédio de Jessica quando a garota apareceu correndo. Ela abriu a porta do carro e saltou para dentro feito um raio.

— Corre! — pediu, e ele pisou no acelerador.

— Qual o problema? O que aconteceu? — perguntou ele.

— Só dirija, e rápido.

— Está bem, mas ponha o cinto! — repreendeu ele ao dobrar uma esquina.

— Foi mal! Está tudo bem — disse ela. — Só não gosto de pensar que alguém pode estar por aí me perseguindo.

— É — concordou o garoto, espiando no retrovisor. — Mas está escuro. Acho que estamos em segurança.

— Isso não me anima.

— Então, o que você acha? — indagou John um momento depois. — Notou alguma coisa nas fotos?

— Além do fato de serem o suficiente para se obter uma ordem de restrição na maioria dos estados? — brincou a garota, mas com um nervosismo genuíno na voz.

— Em nenhuma delas aparece só um de nós. E em nenhuma delas estávamos só eu e você ou você e a Marla.

— Você quer dizer que o foco é a Charlie — observou Jessica, compreendendo de imediato.

— E não é sempre assim? — retrucou John, seco.

Suas palavras soaram amargas, apesar de não ter sido a intenção dele. John olhou para Jessica, tentando avaliar a reação da amiga, mas a garota observava pela janela como se mal o tivesse escutado.

Em menos de meia hora, estavam na cidade fantasma. John parou o carro ao lado de uma placa de madeira que dizia BEM-VINDO A CORAL PRATEADO e saltou. Jessica o acompanhou. Era uma combinação esquisita, mesmo no escuro: a distância, dava para ver as paredes desmoronadas de construções que jamais seriam restauradas, e bem perto estavam os locais reconstruídos para os turistas: uma igreja, um museu e alguns outros que John não foi capaz de identificar.

— John, vão acabar matando a gente aqui — disse Jessica, perdendo o equilíbrio por alguns instantes no chão de terra e cascalho.

— Até quando exatamente morou gente aqui? — indagou John, calmo.

— Até o final dos anos 1800, acho. Essa cidadezinha tinha uma área de mineração de prata, por isso o nome.

O lugar aparentava estar ainda mais abandonado do que eles esperavam, possivelmente fechado para turistas naquela temporada, mas, em morros distantes, via-se uma ou outra luz. John olhou ao redor, desejando que Theodore tivesse sido só um pouquinho mais prestativo.

— Mas o que significa "estrela brilhante"? — resmungou para si mesmo.

Então olhou para cima: era uma noite clara e o céu estava pontilhado de estrelas, sem as luzes da cidade para ofuscá-las.

— É lindo — murmurou Jessica.

— É, mas não ajuda — apontou John, esfregando a nuca. Ele tornou a olhar em volta, e então compreendeu. — Estrela brilhante.

— O quê?

Jessica se virou e estreitou os olhos, tentando entender o que o amigo tinha visto.

Alguns metros atrás havia uma arcada de madeira que dava para um campo. No topo do arco, uma única estrela prateada.

O campo era grande e íngreme, e, no alto do morro, John viu os contornos de uma casa. Passava quase despercebida; não fosse pela orientação dos murmúrios de Theodore, não teria se destacado em meio à copa das árvores. Sem dizerem uma palavra, os dois concordaram em seguir até o arco da estrela, deixando as ruínas da cidade para trás. O descampado negro não demorou a dominar o campo visual dos dois em todas as direções, com apenas um caminho sinuoso de cascalho, levemente mais claro que a paisagem, guiando seus passos.

Conforme subiam o morro, uma casinha térrea meio quadrada surgiu no horizonte. Havia janelas em cada uma das paredes, mas só uma, nos fundos, estava acesa. John e Jessica diminuíram o passo ao chegarem à porta da frente: havia um único degrau de concreto, de altura e largura incomuns. John esticou a mão para ajudar Jessica a subir. Não que ela realmente precisasse, sendo cinco vezes mais atlética que ele, mas, ainda assim, John quis ser gentil. A porta principal não era nada receptiva, e as pequenas lâmpadas, sem luz, quase escondidas, também não ajudavam muito. John procurou uma campainha, mas, como não encontrou nada, bateu à porta. Não se ouvia nada lá dentro, nenhuma movimentação. Jessica tentou espiar pelas janelas. O garoto já havia erguido a mão para tornar a bater quando a porta se abriu, e uma mulher alta de cabelo escuro pôs a cabeça para fora, examinando-os com frieza.

— Tia Jen? — perguntou John, surpreso, instintivamente dando um passo para trás, sem conseguir se controlar.

Ele a reconheceu, mas ali, cara a cara com ela, sentia quase como se fosse uma coincidência que eles tivessem batido exatamente à porta dela. Jen inclinou a cabeça, os olhos escuros cravados no garoto.

— Sim, sou a tia Jen de alguém — respondeu, seca. — Mas creio que não sua.

Ela não se moveu, uma das mãos na porta e a outra na maçaneta, bloqueando a passagem como se achasse que os dois poderiam forçar a entrada.

— Sou amigo da Charlie — explicou John, e por um instante o semblante da mulher pareceu se alterar, logo retornando ao ar sério de antes.

— E?

— Eu sou o John. Esta é a Jessica — acrescentou ele, dando--se conta de que a amiga ainda não tinha se pronunciado.

Em condições normais, Jessica teria assumido sua função de relações-públicas e tomado a frente da situação, mas deixou a tarefa a cargo de John. Nervosa, ficou olhando para trás, como se suspeitasse de que alguém se aproximava furtivamente no escuro. John se virou para ela, que retribuiu com um discreto meneio, estimulando-o a ir em frente.

— Estou aqui porque tenho um recado.

A mulher esperou com toda a paciência enquanto John tirava Theodore da mochila, entregando-a em seguida para Jessica e então erguendo a cabeça do coelho de brinquedo. Jen não demonstrou qualquer surpresa, apenas curvando levemente os lábios e dizendo:

— Olá, Theodore. Não está no seu melhor momento, não é mesmo?

John abriu um sorriso involuntário, mas logo voltou a ficar sério.

— Estrela brilhante, coral prateado — disse John, mas Jen não expressou qualquer reação. — Devo dizer que este é um lugar estranho para se chamar de casa — comentou, quando o que queria mesmo era dizer: *Você nos deve uma explicação.*

— Um recado — falou ela.

A mulher olhou para a cabeça de Theodore e, em seguida, voltou-se para trás, aflita, embora a única coisa visível ali fosse um corredor escuro.

— Você queria que a gente viesse até aqui? Eu não entendo — pressionou John.

— Por que não entram? — convidou Jen, recuando um passo e então tratando de fechar a porta tão logo os dois passaram.

A casa era simples: a pouca mobília no espaço era discreta e escura. As paredes eram grossas com várias camadas de papéis de parede, cheios de estampas de décadas passadas, mas sem nada pendurado, embora John tivesse notado furos de prego e marcas deixadas por uma antiga decoração. Jen conduziu-os por uma sala de estar com apenas duas cadeiras e uma mesa de canto, chegando a uma salinha quase toda ocupada por uma mesa de jantar quadrada com manchas pretas. Havia um conjunto de quatro cadeiras, e Jen se sentou na que estava mais perto da porta. Apontou para as outras e disse:

— Por favor.

John e Jessica deram a volta na mesa para se sentar de frente para a mulher, que estava com o olhar perdido.

— Quer dizer que foi aqui que a Charlie foi criada? — perguntou Jessica, meio sem jeito.

— Não.

— Então faz pouco tempo que você se mudou para cá? — perguntou John, desconfiado, recusando-se a acreditar que alguém escolheria morar ali por vontade própria.

— Como está a Charlie? — perguntou Jen, devagar. — Ela também sabia desse recado?

A mulher deu uma olhada discreta pela janela atrás dos dois e então voltou a se concentrar em John.

— Não — respondeu John, bem direto.

Jen anuiu. Continuava olhando para o nada, e o garoto teve uma súbita mas contundente impressão de que havia alguma coisa naquele cômodo que só ela era capaz de enxergar.

— Nós queremos ajudar a Charlie. Está acontecendo algo que deveríamos saber? — indagou Jessica, capturando a atenção de Jen.

— A Charlie é assunto meu. Responsabilidade minha.

Jen falava com um ar de pura confiança, e algo nesse jeito dela deve ter alarmado Jessica, que se empertigou e levantou o queixo para fazer frente à postura da mulher.

— A Charlie é nossa amiga, o que acontece com ela também é da nossa conta — explicou Jessica.

As duas ficaram em silêncio, e John olhou de uma para a outra, esperando que uma delas se pronunciasse. A situação ficou assim por um bom tempo, as duas se encarando, imóveis, quando o garoto se deu conta de que estava prendendo a respiração.

— Jen — disse ele, intrometendo-se. — Um amigo nos entregou fotos que alguém vem tirando da Charlie e da gente.

Ele abriu a mochila, e o ruído do zíper despertou Jessica e Jen de seu duelo de olhares. John sacou do envelope as fotos que Clay repassara, deixando o filme lá dentro, e colocou-as na mesa diante de Jen.

— Se você quer assumir sua responsabilidade pela Charlie, observe estas fotos e diga se sabe alguma coisa sobre isso.

A mulher começou a olhar as fotos da pilha, analisando com atenção cada uma e depois pondo-as de lado para formar uma segunda pilha bem organizada de descartes.

— Por que vocês não perguntam para o amigo detetive de vocês o que isso significa?

— Porque ontem à noite o nosso amigo detetive quase foi assassinado — rebateu John.

Jen não respondeu, continuando seu progresso metódico pelas imagens. Quando já havia passado por todas, olhou para John, com a expressão um pouco mais suave. A hostilidade dera lugar a algo diferente, desconforto e medo.

— É só isso? — perguntou ela. — Ou tem mais alguma coisa? — Ela pigarreou.

— Ele disse algo antes de perder a consciência.

— E o que foi?

John olhou rapidamente para Jessica, depois de novo para Jen.

— "Tem uma área. Tem uma área de cobertura."

O garoto ficou olhando com expectativa para a mulher, mas ela não deu nenhum indício de que reconhecia aquelas palavras.

— Não sei o que isso quer dizer. — Ela apoiou o queixo na mão, tornando a olhar atentamente para a primeira foto da pilha, e então balançou a cabeça. — Sei que a intenção de vocês é boa. — Ela se reclinou na cadeira de madeira, olhando para os dois. — Eu deveria pedir para irem embora, para se esquecerem dela. Durante todos esses anos... — A voz de Jen morreu e, em seguida, a mulher lançou um olhar penetrante para os jovens. — Os segredos nos endurecem. A gente cria uma casca contra o mundo para proteger nossos segredos e, quanto mais tempo vivemos assim, mais dura essa casca acaba ficando. Aí um dia olhamos no espelho e percebemos que viramos pedra. — Ela abriu um sorriso triste. — Me desculpem.

— Você não vai nos contar nada? Estamos aqui para ajudar. Somos amigos da Charlie! — insistiu Jessica.

— Se eu não planejasse contar alguma coisa para vocês, não teria motivos para pedir desculpas — retrucou Jen, quase chegando a abrir um sorriso.

John pegou as fotos.

— Se você tem algo para contar... conte agora, ou vamos embora. Posso não saber de muita coisa, mas sei que aquela garota não é a Charlie, ou então a Charlie está sob algum tipo de influência. — Ele esperou por alguma resposta, mas não teve. — Ela não é ela — acrescentou, soando mais desesperado que antes.

Jen olhou para os dois: seu semblante rígido se quebrara, e os olhos estavam cheios de lágrimas.

Ouviu-se uma batida à porta, e até Jen se assustou. Ela olhou naquela direção e então de novo para John e Jessica. Estava séria.

— Por ali — disse quase num sussurro e apontando para um corredor estreito. — Fechem a porta quando entrarem.

Outra batida. John tocou no braço de Jessica e aquiesceu, e os dois se levantaram, tomando cuidado para que as cadeiras não arrastassem no chão, fazendo barulho.

O corredor estava escuro, a única luz vindo do cômodo de onde eles haviam acabado de sair, e John andou com a mão na parede para não tropeçar. Um instante depois, seus olhos se adaptaram, e ele viu uma porta aberta no fim do corredor.

— John, vem logo — sussurrou Jessica, segurando-o pelo braço e seguindo depressa para o cômodo.

— Certo — concordou o garoto, que parou assim que seus dedos encostaram no batente de uma porta.

— John! — sibilou Jessica.

John testou a porta, que era de um armário e se abriu facilmente. Ele espiou lá dentro e se encolheu.

Tem alguém aqui!

— John! — sussurrou Jessica com urgência ao ouvir outra batida à porta.

John não se mexeu.

Ele só precisou de um segundo para perceber que o vulto no depósito não era uma pessoa. Tinha mais ou menos a altura dele, com um formato relativamente humano, mas não se parecia com nada que já tenha passado por esse mundo. John se aproximou um pouco mais e tirou as chaves de casa do bolso. Acendeu a luzinha do chaveiro e movimentou-a depressa para cima e para baixo. Seu coração parou. Era um esqueleto de metal e fios, sem nenhum revestimento. Os braços pendiam um de cada lado, e a cabeça estava curvada, expondo o crânio aberto, os circuitos silenciosos e apagados. O rosto era puro metal.

— *John!*

Jessica estava parada atrás da porta do final do corredor, deixando só uma frestinha aberta para esperar por ele.

John fechou a porta do armário, cego novamente pela escuridão, e seguiu a voz dela como se fosse um farol. Seus passos eram muito demorados e o ar parecia pegajoso, com aquela criatura no armário ecoando em sua mente feito um tiro que abafava toda e qualquer coisa.

Atordoado, John chegou ao final do corredor enquanto Jessica acenava freneticamente. Ela o segurou e o puxou para dentro, fechando a porta com cuidado.

— O que deu em você, John? O que tinha naquele armário? — murmurou ela, ainda segurando-o pelo braço, as unhas enterradas em sua pele, tentando trazê-lo para a realidade.

— Era... — Ele engoliu em seco. *Estava segurando uma faca.* — Era a máquina que o pai da Charlie construiu para se matar — disse ele, com a voz rouca.

Jessica arregalou os olhos, encarando o amigo como se ele fosse um fantasma.

Mais uma batida, dessa vez bem mais alta. Os dois pularam de susto. Ouviram, então, os passos de Jen em direção ao barulho. Jessica se curvou e encostou a orelha no buraco da fechadura.

— Está ouvindo alguma coisa? — sussurrou John.

A porta da frente rangeu ao se abrir.

— Charlie! — John conseguiu ouvir Jen dizer. — Que bela surpresa.

Ainda agachada, Jessica se virou.

— A Charlie está aqui? — perguntou, quase esquecendo que deveria falar baixo, e John deu de ombros.

— Tia Jen, que maravilha ver você de novo.

A voz de Charlie estava baixa, mas era possível ouvi-la com clareza.

Jessica continuou parada, tentando ouvir mais da conversa das duas, mas John estava irrequieto e começou a vasculhar o cômodo.

Eles estavam num quarto. Havia uma cama, pelo menos, mas o local estava cheio de caixas de papelão e baús antigos de madeira. John andou entre eles por um momento, cambaleante, até congelar, como se repentinamente tivesse se dado conta de algo. Ele se ajoelhou com toda a calma e abriu um dos baús, bem devagar para não fazer barulho.

— John, o que está fazendo? — sussurrou Jessica, com raiva.

— Tem alguma coisa errada aqui. — Ele arquejava, olhando para a porta. — Vamos, pode ser a nossa única chance de descobrir qual é a dessa mulher. — John remexeu alguns papéis no primeiro baú, fechou a tampa e abriu uma caixa de papelão ali perto: estava cheia de peças de computador e mecanismos que ele não reconheceu. Uma segunda e uma terceira continham enormes emaranhados de cabos elétricos. — Esse é o tipo de coisa que eu esperaria encontrar no quarto da Charlie — murmurou.

— *Shhh!* — sibilou Jessica, com a orelha na porta.

— O que está acontecendo lá fora? — perguntou John, bem baixinho. — Não estou ouvindo nada. — Jessica balançou a cabeça. — Me avise se escutar alguém vindo.

John passou para um baú verde bem grande com a pintura quase toda descascada. Não tinha fechadura. O garoto se ajoelhou ao lado dele, encontrou o puxador e fez força para levantar a tampa. Na mesma hora sentiu um calafrio, caiu no chão e foi rastejando para longe.

— Jessica.

Ele arquejou, tornando a se aproximar do baú e se debruçando nele.

— *Shhh!* — sibilou a garota junto à porta, escutando com toda a atenção.

— Jessica.

— O que foi, John? Estou tentando ouvir.

— É a... É a Charlie — disse ele, com uma voz gutural. — No baú.

— O quê? — sussurrou ela.

Jessica se virou, desnorteada. Caiu de joelhos e engatinhou até o baú. Charlie estava toda encolhida em posição fetal. Parecia estar dormindo, a cabeça no travesseiro e o corpo coberto por colchas. Seu cabelo castanho estava bagunçado, o rosto, rechonchudo, e ela trajava um suéter e uma calça de moletom cinza, ambos grandes demais para ela. John ficou parado olhando, sem saber como reagir, o coração batendo tão forte que o garoto não conseguia ouvir nada além da própria pulsação. Ele não ousou alimentar nenhuma esperança, até que... ela respirou, depois respirou de novo. *Está viva.* John se abaixou até o fundo do baú e tocou na bochecha de Charlie: estava fria demais. A mente de John se recuperou do choque inicial. *Temos que tirá-la daqui. Ela está mal.* Ele ficou de pé e se enfiou todo sem jeito no baú, e então, com bastante cuidado e delicadeza, tirou-a de lá. Estupefato, olhou para ela em seu colo, os pensamentos desvariados sem conseguir articular nenhuma palavra, a não ser:

— *Charlie.*

Não me solta... não me solta, o que está acontecendo? Alguém tocou a bochecha dela, um breve e surpreendente toque de calor. Que desapareceu com a mesma rapidez, deixando-a com mais frio que antes. *Volta*, ela tentou dizer, mas não lembrava como pronunciar as palavras.

— Charlie.

É o meu nome, tem alguém *dizendo o meu nome.* Charlie tentou abrir os olhos. *Eu conheço essa voz.* Os braços de alguém a pegaram por baixo do corpo, erguendo-a de dentro daquele lugar apertado e escuro onde estivera por tanto tempo que as lembranças de qualquer outro lugar pareciam um sonho. Ela ainda não conseguia abrir os olhos. Uma mulher falou alguma coisa. *Eu conheço os dois.* Ela não conseguia lembrar o nome deles.

A primeira voz soou de novo, uma voz masculina, e ela sentiu sua reverberação enquanto ele a aninhava no peito, carregando-a feito uma criança. Ele irradiava calor, estava sólido e vivo. Mesmo parado, era todo movimento: ela ouvia as batidas do coração dele pertinho do ouvido. *Estou viva*. Ele falou alguma outra coisa, e o ribombar fez seu corpo inteiro estremecer. A mulher respondeu, e então ela levou um tranco doloroso. *Estamos indo para algum lugar.* Ela ainda não conseguia abrir os olhos.

— Vai dar tudo certo, Charlie — sussurrou ele, e o mundo adormecido tornou a puxá-la novamente. *Eu quero ficar!* Ela começou a entrar em pânico, e então, quando mergulhava de novo no estado de inconsciência, agarrou-se às últimas palavras que ele dissera. *Vai dar tudo certo.*

John segurou Charlie junto ao peito, mas depois, tomado pela ansiedade, relaxou a pegada por medo de machucá-la.

— Como é que a gente vai tirá-la daqui? — murmurou Jessica, e ele olhou ao redor.

Havia uma janela, mas era alta e estreita: levariam muito tempo para passar por ali.

— Vamos ter que sair correndo — sussurrou ele. — Esperar até... *ela* sair.

Jessica o encarou, no rosto estampadas todas as perguntas que ele viera se fazendo ao longo dos últimos seis meses.

Um grito rompeu o silêncio entre eles, e John ficou alerta. Gritaram outra vez, e o cômodo estremeceu com o impacto em algum ponto da casa. John olhou em volta desesperado, buscando um jeito de fugir, e identificou a porta de um depósito.

— Ali — disse, indicando o local com a cabeça.

Então ouviram outra pancada, e a parede ao lado deles sacudiu. Outro grito, e então um barulho de algo sendo arranhado, como se um animal cravasse suas garras na porta.

— Rápido — sussurrou John, mas Jessica já estava abrindo caminho.

Ela ia na frente, afastando as caixas o mais rápido e silenciosamente que conseguia, e ele ia logo atrás, carregando Charlie, tentando, com todas as suas forças, mantê-la em segurança. Jessica foi empurrando para o lado vários cabides com casacos, abrindo passagem, e eles se espremeram naquele espacinho.

— Vai dar tudo certo, Charlie — sussurrou John.

Jessica fechou a porta e então parou, a mão ainda na maçaneta.

— Espera — pediu a garota.

— O que foi?

Jessica voltou correndo pelo cômodo sem o menor cuidado, seus passos golpeando o chão de madeira.

— Jessica, o que você está fazendo? — sibilou John, encolhendo-se mais ainda no armário, usando o cotovelo para proteger a cabeça de Charlie de cabides e ganchos.

Jessica foi até a janela, destravou o trinco e tratou de abri-la com um baque ruidoso. John ficou embasbacado quando a garota voltou correndo na ponta dos pés até a arara de roupas, dessa vez sem fazer nenhum barulho. Ela aninhou-se ao lado dele, deixando só uma fresta da porta aberta, e segurou o ombro de Charlie.

Um instante depois, a porta do quarto se abriu e alguém entrou. A luz de fora adentrou o cômodo, sombria, e pela frestinha da porta pouco se via da silhueta de vermelho andando, impetuosa, pelo aposento. A pessoa parou um momento, olhou para fora e, logo depois, com um movimento ligeiro, rápido demais para se acompanhar, saiu pela janela.

John permaneceu completamente imóvel, o coração a mil, em parte esperando que a figura misteriosa reaparecesse diante deles. O corpo de Charlie começava a se mostrar um fardo muito grande para seus braços, e o garoto se mexia, desconfortável, tentando não sacudi-la.

— Vamos — chamou Jessica.

Ele assentiu, embora ela não pudesse vê-lo. Jessica abriu a porta com cautela, e, envoltos em silêncio, os dois foram até o corredor, quando tornaram a parar: Jen estava caída no chão, seu sangue respingado na parede ao lado feito uma pintura abstrata e uma poça sob seu corpo. John cobriu o rosto de Charlie. Não restava nenhuma dúvida de que Jen estava morta: seus olhos estavam vidrados e embaçados com o olhar marmóreo da morte, a barriga, dilacerada.

— Temos que ir — disse John, e então eles deram as costas para aquela cena grotesca e saíram às pressas da casa.

Desceram correndo o morro. John tropeçou no chão irregular, mal conseguindo se manter de pé, e Jessica se virou.

— Vai — grunhiu ele, segurando Charlie ainda mais firme e diminuindo só um pouco a velocidade.

Por fim, chegaram ao carro, e Jessica entrou no banco de trás, se arrastou até a outra porta e ajudou John a acomodar Charlie. Juntos, deitaram-na no banco, pousando a cabeça no colo de Jessica. John deu a partida no carro.

Aceleraram noite adentro, e John não parava de olhar pelo retrovisor para se tranquilizar: Charlie continuava dormindo, enquanto Jessica enroscava os dedos no cabelo da amiga, olhando maravilhada para o seu rosto. Ela encarou John pelo espelho e ele viu os próprios pensamentos refletidos no semblante da amiga: *ela está aqui, ela está viva.*

Charlie disparou pelo morro, exultante, quase aos saltos. Sentia que, se fosse rápido o bastante, talvez conseguisse alçar voo. Seu coração batia num ritmo novo, o ar da noite estava frio e fresco, e todos os seus sentidos pareciam aguçados: ela conseguia enxergar qualquer coisa, escutar qualquer coisa... *fazer* qualquer coisa.

Ao chegar ao pé da colina, pôs-se a subir a seguinte: tinha parado o carro mais à frente. Ela sorria para a noite, visualizando o rosto da tia Jen no instante em que ela se dera conta do que estava prestes a acontecer. Aquela tranquilidade mansa, quase impermeável, entrara em colapso. A mulher de sangue-frio se tornara um animal frágil e apavorado em questão de segundos. *Ao menos ela teve a dignidade de não se humilhar*, pensou Charlie. *Ou talvez apenas soubesse que não adiantaria fazer nada.* Ela sentiu um calafrio e, em seguida, deu de ombros.

As duas estavam trocando cordialidades, quando, então, Charlie abriu um sorriso enorme e cruel para Jen, que gritou. Charlie partiu para cima dela, e Jen tornou a gritar. Dessa vez, a garota abafou o grito ao segurar Jen pela garganta. Foi levantando-a até tirá-la do chão e a arremessou com tanta força numa porta que a madeira chacoalhou nas dobradiças. A tia tentou engatinhar para longe, mas Charlie a pegou pelo cabelo, já grudento de sangue, e tornou a jogá-la na parede. Nesse momento, a mulher não tentou fugir, e Charlie se agachou ao lado dela e voltou a apertar seu pescoço, sem pressa dessa vez, deliciando-se com a pulsação da tia nos seus dedos e a expressão de terror nos olhos dela. Jen abriu e fechou a boca, encarando-a boquiaberta feito um peixe, e Charlie ficou observando por alguns instantes, analisando a cena.

— Tem alguma coisa que você queira dizer? — perguntou, zombando.

Jen assentiu, um gesto sutil e doloroso, e Charlie se debruçou sobre ela, chegando bem perto para ouvir o sussurro, sem afrouxar a pegada de ferro na garganta. Jen tentou respirar, sufocada, e Charlie, com relutância, aliviou a pressão só o suficiente para que a mulher falasse.

A tia resfolegou por um momento e tentou falar duas vezes antes que as palavras enfim saíssem.

— Eu sempre... amei você... Charlie.

Charlie se afastou e lançou um olhar calmo para a tia.

— Eu também te amo — disse, delicada, e então retalhou a barriga da mulher. — Amo mesmo.

Charlie chegou ao carro. Vinha correndo tão rápido que só conseguiu parar a alguns centímetros do veículo. Queria continuar correndo, manter vivo aquele sentimento. Ela abria e fechava os punhos. O sangue estava grudento e cada vez mais incômodo. Charlie ligou a ignição e abriu o porta-malas para pegar o kit de primeiros socorros que carregava para todos os lados. Colocando-se no feixe dos faróis, pegou um pouco de gaze e água oxigenada e esfregou as mãos cuidadosamente, limpando dedo por dedo. Quando terminou, examinou-os e assentiu, satisfeita. Em seguida, entrou no carro e acelerou pela escuridão.

CAPÍTULO SEIS

John vinha contando a respiração de Charlie, *um-dois*, *três-quatro*, *inspira-expira*, cada movimento uma sinalização do passar do tempo, de que aquilo era real, de que ela não ia desaparecer. Horas haviam se passado, e o céu lá fora estava ficando mais claro, mas nem assim ele conseguia tirar os olhos dela. A cama do garoto era estreita. Ela estava encolhida como estivera no baú, as costas contra a parede, e ele estava sentado bem na pontinha, tomando o cuidado de não encostar nela. Jessica tinha tirado um cochilo no sofá, mas já estava acordada, andando de um lado para outro no pequeno espaço do quarto dele.

— John, temos que levá-la a um hospital — disse ela pela segunda vez desde que acordara, e ele fez que não.

— Ainda nem sabemos o que ela tem — respondeu, bem baixinho.

Jessica soltou um ruído de frustração.

— Mais um motivo para *levá-la a um hospital* — repetiu, dando ênfase a cada palavra.

— Acho que não é seguro para ela.

— E você acha que ficar aqui é?

John não respondeu. *Um-dois, três-quatro, inspira-expira*... Ele se deu conta de que estava contando a respiração dela mais uma vez e desviou o olhar. Contudo, ainda podia ouvir, e a contagem seguia: *nove-dez, onze-doze...* Ele sentia a presença dela ali. Mesmo sem se tocarem, ele tinha a sensação constante de que ela estava a seu lado.

— John? — chamou Jessica, à espera de uma decisão, e ele deu outra olhada em Charlie antes de voltar a atenção para a amiga.

— O Clay disse uma coisa.

— No hospital? — Jessica franziu a testa. — Outra coisa?

— Não, antes disso. Ele estava com a Ella em casa.

— Aquela boneca pavorosa do quarto da Charlie?

John evitou sorrir quando as lembranças vieram à tona. *A Jessica vai adorar a Ella*, confidenciara Charlie certa vez para John. *Jessica se veste que nem ela.* Mas, quando Charlie girara o volante que ficava na beira da cama, o volante que fazia Ella deslizar de dentro do armário pelo trilho e oferecer seu chazinho, Jessica olhou a boneca do tamanho de uma criança, soltou um grito e saiu correndo.

— É, a boneca pavorosa — confirmou ele, os pensamentos voltando ao presente.

Jessica deu de ombros, num gesto exagerado.

— Não sei como ela conseguia dormir sabendo que aquele troço estava dentro do armário.

— Não era o único armário — observou John, a testa franzida. — Tinham mais dois, e a Ella ficava no menorzinho.

— Bem, não era o lugar que me apavorava. Não tenho problema com armários... Se bem que não gostei do último em que nos metemos — disse a garota, seca.

— Eu queria poder voltar àquela casa...

— A antiga casa da Charlie? Desabou, já era — interrompeu Jessica, e John suspirou.

— A Ella foi encontrada entre os destroços, mas o Clay disse que a Charlie não quis ficar com ela. Isso é muito improvável. Foi o pai dela que fez aquela boneca.

— É. — Jessica parou de andar e se recostou na parede, processando todas aquelas informações. — Você tinha razão, John. — Ela abriu as mãos num gesto impotente. — A *outra* Charlie é uma impostora. Você tinha razão. E agora, o que a gente faz?

John tornou a olhar para Charlie, que se mexia, adormecida.

— Charlie? — sussurrou ele.

Ela emitiu um som lamurioso e voltou a ficar imóvel.

John olhou pensativo para a cômoda. Instantes depois, foi até lá e começou a revirar a gaveta de cima.

— O que você está procurando? — perguntou Jessica.

— Tinha uma foto antiga, uma que encontrei quando Charlie e eu estávamos fuçando as coisas do pai dela. De quando ela ainda era pequena. Sei que está aqui em algum lugar.

Jessica o observou por um momento, e então algo chamou sua atenção. Ela se abaixou ao lado da cômoda e puxou a pontinha de um papel lá embaixo.

— Essa? — perguntou.

— É, essa mesmo. — John pegou a foto com todo o cuidado e a analisou.

— John, sei que você está passando por um turbilhão de emoções, mas nós precisamos mesmo levar a Charlie para o hospital. — Jessica deu uma espiadela por trás dele. — O que é esse monte de coisas atrás dela na foto? Copos e pratos?

— Ela estava tomando um chá da tarde — sussurrou John. — Tenho que ir até a casa do Clay — acrescentou, instantes depois.

— O Clay ainda está internado.

— Tenho que voltar lá na casa dele. Fica aqui. Toma conta da Charlie.

— O que está acontecendo? — perguntou Jessica enquanto John pegava as chaves do carro em cima da cômoda. — O que eu faço se a *Não Charlie* aparecer? Você viu o que ela fez com a tia Jen. Provavelmente foi ela que quase matou o Clay. E agora ela vai vir atrás da Charlie também, da *nossa* Charlie.

John parou e esfregou as têmporas com uma das mãos.

— Não deixe ela entrar — orientou, por fim. — Passe a corrente quando eu sair e empurre o sofá para travar a porta. Eu vou voltar.

— John!

Ele saiu. Esperou até ouvir o trinco se fechando e, em seguida, foi depressa para o carro.

John entrou rápido demais na entrada da garagem de Clay Burke, afundando o pé no freio e estacionando de qualquer jeito. Tocou a campainha e esperou o suficiente para confirmar que não havia ninguém. Testou a maçaneta, viu que estava trancada e então deu a volta até os fundos, fingindo naturalidade. Acreditava que os vizinhos não fossem capazes de enxergar algo por entre a cerca viva que separava as casas, mas não havia por que se expor. Ao encontrar a porta de trás da cozinha também fechada, ele tratou de checar, com muita discrição, se havia alguma janela que pudesse abrir. Foi na sala de estar que acabou encontrando: a janela estava destrancada, e, depois de alguns minutos tateando, ele conseguiu erguer a parte de baixo e pular o peitoril, arranhando as costas ao se espremer para passar.

Caiu num sofá, onde ficou só escutando por alguns instantes. A casa estava com uma quietude pesada e um cheiro rançoso de lugar fechado. Carlton devia ter dormido no hospital. John se levantou e foi até o escritório de Clay, sem se dar ao trabalho de fazer silêncio.

Ao dar de cara com o estrago, empacou. Não tinha se esquecido da cena: a porta arrebentada, a mobília revirada e os papéis espalhados pelo chão, mas ainda era chocante ver aquilo. Também havia uma mancha escura no assoalho onde ele encontrara o policial caído. John passou por cima com todo o cuidado e entrou no escritório.

Ele avaliou o cômodo rapidamente, e apenas um canto permanecia intocado: Ella estava ali parada, praticamente oculta, de pé atrás de um abajur, o conjunto de chá imóvel à sua frente.

— Ei, Ella — disse ele, desconfiado. — Você quer me contar alguma coisa? — emendou, desviando a atenção para a bagunça do aposento.

Havia três caixas de papelão vazias ao lado da escrivaninha, e lá foi seu primeiro destino: dava a impressão de que o conteúdo tinha sido descartado numa única pilha. Vasculhando rapidamente, John notou que tudo tinha alguma relação com a Freddy Fazbear's: fotografias, papelada da empresa, formulários de impostos, relatórios policiais e até cardápios.

— Por onde eu começo? — murmurou.

Acabou identificando uma fotografia de Charlie com o pai: ela sorria no colo dele, e o homem apontava para longe. John deixou a foto de lado e continuou olhando a pilha. Entre os papéis e fotos, havia outras coisas: chips de computador e peças mecânicas que pareciam estar por todo lado. Ele checou as horas. Estava ficando nervoso por deixar Jessica sozinha com Charlie por tanto tempo. Deu uma olhada em Ella lá no canto.

— Você sabe o que estou procurando, não sabe? — perguntou para a boneca, para então suspirar e voltar à pilha.

Apoiado nas mãos e nos joelhos, ele esquadrinhou o local e, dessa vez, acabou achando uma caixinha de papelão debaixo da escrivaninha de Clay. Só tinha alguns centímetros de largura e estava lacrada com fita adesiva, mas um cantinho tinha se rasgado, deixando escapar parte do conteúdo: dava para ver um parafuso e um pedacinho de fio de cobre preso na fita por fora. John engatinhou até debaixo da mesa, pegou a caixa e, sem se preocupar com a fita, abriu ainda mais o buraco. Ele se levantou e jogou o conteúdo na escrivaninha de Clay: mais fios e peças. Quando John sacudiu a caixa, ainda havia coisas chacoalhando lá dentro, então ele bateu até que tudo que estivesse preso caísse: uma placa de circuito quadrada conectada a um emaranhado de fios. Ele a analisou por um segundo antes de deixá-la de lado, espalhando as outras peças na escrivaninha e se sentando para examiná-las uma a uma, esperando encontrar algo familiar.

Em menos de dez segundos achou um disco fininho mais ou menos do tamanho de uma moeda de cinquenta centavos. Seu coração deu um salto, e ele ergueu o objeto, estreitando os olhos até enxergar as palavrinhas minúsculas gravadas na borda com uma escrita fluida à moda antiga: ROBÓTICA AFTON LTDA. John engoliu em seco, recordando-se da náusea incapacitante que o último disco produzira nele. Também se lembrou dos efeitos mais substanciais que o disco era capaz de causar.

Olhou novamente para Ella, então se levantou e foi até a boneca. Ajoelhou-se ao lado dela, segurando o disco com firmeza, o polegar debaixo do interruptor lateral. Ele se desequilibrou um pouco, mas enfim acionou o botãozinho.

Num instante, Ella desapareceu. Em seu lugar, surgiu uma criança humana de um ano, mais ou menos. Tinha cabelo castanho, curto e arrepiado, o rosto redondo estampando um sorriso feliz. As mãos rechonchudas seguravam com afinco a xícara de chá. Apenas sua completa imobilidade indicava que não estava viva. Isso e os olhos vagos, fitando o nada à sua frente.

— Você está me ouvindo? — perguntou John com delicadeza.

Nenhum movimento. A garotinha estava tão impassível quanto Ella. John tentou tocar sua bochecha, mas logo recuou, enojado: a pele era morna e maleável... viva. Ele se levantou e foi até a escrivaninha sem tirar os olhos da criança. Uma vez mais, segurou firme no botãozinho e tornou a acioná-lo, e a menina bruxuleou, ficou embaçada por um segundo, e então a imagem se solidificou: Ella estava de volta, com toda a calma, a seu lugar; não passava de uma boneca grande. John desabou.

— Área de cobertura — resmungou sozinho, relembrando o breve momento de lucidez de Clay no hospital.

Mas as fotografias que o policial insistira em lhes entregar não haviam revelado nada. *Ou haviam?*

John foi até a escrivaninha e pegou o telefone: tinha sinal, não havia sido danificado quando o local foi atacado. Ele discou o próprio número. *Atende, Jessica, por favor*, pensou.

— Alô.

— Jessica, sou eu.

— Eu quem?

— John!

— Ah, tá, desculpa. Estou um pouco nervosa. A Charlie está bem... Quer dizer, ainda está dormindo. Não piorou.

— Que bom. Mas não foi por isso que eu liguei. Preciso que você me encontre na biblioteca... Leve o envelope que o Clay entregou. Está na minha mochila.

— Perdemos todas as fotos — avisou Jessica. — Deixamos tudo na casa da Jen quando fugimos, lembra? — acrescentou, com um pingo de sarcasmo.

— Eu sei. Não precisamos das fotos. Tinha um rolo de microfilme no envelope.

O outro lado da linha ficou em silêncio, e então:

— Te vejo lá.

Correndo o polegar pela superfície do disco, John se virou para Ella.

— E você vem comigo.

O garoto a pegou com todo o cuidado, sentindo-se repelido pelo que vira, mas Ella parecia ser a mesmíssima boneca de sempre. De tão grande, era difícil de carregá-la, então John a pegou no colo, como uma criança de verdade, e saiu. Guardou a boneca no porta-malas, colocou a foto de Charlie com o pai no para-brisa e foi embora.

Quando John chegou à biblioteca, Jessica já estava de papo com o bibliotecário, um homem de meia-idade com cara de poucos amigos.

— Para que você possa usar o leitor de microfilmes, eu preciso saber o que você quer procurar. Quer dar uma olhada no índice dos nossos arquivos? — indagou o sujeito.

Pelo visto, não era a primeira vez que ele fazia aquela pergunta.

— Não, tudo bem, eu só preciso usar a máquina — explicou Jessica.

O bibliotecário sorriu, tenso.

— O leitor é para ver microfilmes. Que microfilme você quer ver? — perguntou ele, bem devagar.

— Eu trouxe o meu filme — respondeu Jessica, num tom despreocupado.

O bibliotecário suspirou.

— Você sabe usar a máquina?

— Não — disse ela, após pensar por um momento.

Naquele momento, John tomou a frente.

— Eu sei usar. Estou com ela. Pode só nos deixar entrar na sala?

O bibliotecário assentiu com cautela, e os dois seguiram-no até uma salinha nos fundos, onde o leitor de microfilmes estava montado.

— Vocês inserem o filme por aqui — explicou — e giram a maçaneta para avançar. — Ele olhou desconfiado para John. — Entenderam?

— Sim, obrigado pela ajuda. Ficamos muito agradecidos — disse John, enquanto o homem olhava feio para Jessica.

Tão logo o bibliotecário fechou a porta, Jessica tirou o filme do bolso e o entregou ao amigo.

— Certo, o que estamos procurando? — perguntou ela, empolgada, batendo as mãos.

— Fica calma, pode ser? — ponderou John, precavido. — Quase nos mataram, ainda nem sabemos o que a Charlie tem e agora você está aí toda boba como se estivesse procurando um tesouro escondido.

— Desculpa. — A garota endireitou a postura.

— Acho que são as mesmas fotos — disse John ao desenrolar o filme e inseri-lo cuidadosamente na máquina.

Girou o botão, e a primeira imagem apareceu: Jessica e Charlie escolhendo peças numa loja de roupas. O garoto foi passando as próximas, e todas batiam com as fotos que vira mais cedo, embora a ordem fosse diferente; cronológica, ele imaginou.

— São as mesmas, e continuam desfocadas — observou a garota.

— Como assim?

John tentou identificar o que Jessica percebera e ele, não.

— A Charlie continua embaçada nessas fotos também.

— Ela só está em movimento — explicou John.

— Em todas?

— A imagem está nítida — reforçou ele, claramente incomodado. — Ela só está andando.

No entanto, ele parou e começou a passar as imagens mais devagar, analisando o aspecto de Charlie em cada uma. Jessica estava certa: Charlie estava embaçada em todas as fotos, mesmo naquelas em que parecia estar parada. John foi passando rápido as imagens, confirmando: Jessica e Charlie numa loja de roupas; Marla com elas duas em frente ao prédio de Jessica; Charlie abraçando a si mesma enquanto conversava com John na casa de Clay, naquela primeira noite. E Charlie aparecia desfocada em todas. John passou depressa para o último lote: ele e Charlie, a Charlie falsa, sentados no restaurante, naquele jantar.

O rolo terminava na última foto daquela noite: Charlie parecendo perdida na multidão, virando-se para trás uma última vez. Quase não dava para vê-la, bem mais distante naquela do que em qualquer outra foto, reconhecível apenas pela cor do vestido e pelo cabelo.

— Eu continuo sem entender — disse Jessica, impaciente. John tirou o zoom da imagem. — São as mesmas fotos.

Ela se afastou e suspirou.

— É justamente isso — rebateu ele, girando de volta o botão, aumentando a imagem aos poucos.

O filme era de alta resolução e a imagem continuava a aumentar conforme ele dava zoom em Charlie.

— O que foi?

John foi aproximando a imagem. Jessica arquejou, afastando-se da máquina.

— Tem uma área de cobertura — sussurrou ele.

O vulto que preenchia a tela era elegante e feminino, mas não humano. O rosto era esculpido com requinte e partido ao meio, uma emenda muito fina delineando exatamente a metade. Os membros e o corpo eram placas segmentadas, a cor, quase iridescente.

— Parece um manequim — disparou Jessica, com um arquejo.

— Ou um palhaço — acrescentou John. — Eu vi essa figura — disse ele, perplexo. — Na noite em que o Clay foi atacado, ela passou por mim na rua. Ela olhou para mim...

Era difícil ver os olhos na foto, e John se debruçou na tela, tentando identificá-los.

— É a impostora, é a outra Charlie.

Jessica prendeu a respiração, atordoada.

Ele desligou o projetor, e a assombração foi desaparecendo. Tirou o disco do bolso e entregou para Jessica, que virou o objeto de um lado para o outro, intrigada.

— É dela?

— Não. Mas estou achando que nossa amiga em comum tem um igualzinho e está confundindo a nossa cabeça, nos forçando a vê-la como se ela fosse a Charlie. — Ele se recostou na mesa. — Acho que foi o Clay quem tirou estas fotos. Ele devia suspeitar de algo do tipo, mas precisava provar.

— Como assim?

— Esses discos enviam sinais que sobrecarregam o cérebro, fazendo com que uma pessoa não veja o que de fato está na sua frente. Só que isso não funcionaria com uma câmera, obviamente, mas o Henry também pensou nisso.

— Então a frequência, ou o que quer que isso emita, faz a imagem ficar borrada — concluiu Jessica.

— Exato, mas tem uma área de cobertura. O sinal se dissipa, e foi por isso que ele capturou essas imagens de longe. Ele suspeitava de que a ilusão tinha um limite. — John começou a guardar o filme na mochila. — É por isso que ela parece humana em outras fotos. Pelo menos disfarça bem quando está desfocada.

Jessica tornou a examinar o disco por um momento, antes de John pegá-lo de volta.

— Ainda está tudo muito confuso para mim — falou.

Ela ficou olhando em volta como se tivesse sido tomada por um medo súbito de ser flagrada.

— Acho que é exatamente o que eu suspeitava — acrescentou ele. — Só que eu estava completamente errado.

— Ah, isso faz todo o sentido — debochou Jessica.

— Eu tinha um monte de teorias a respeito da Charlie. E mesmo me equivocando nos detalhes, eu suspeitava de que ela, a *nossa* Charlie, tinha sido trocada por uma impostora. Mas não foi por um irmão gêmeo, ou uma irmã gêmea. O Afton trocou a Charlie... por *isto*.

— Um robô? — questionou Jessica, descrente. — Tipo os da Freddy's? John, lá foi diferente. Pessoas, crianças, foram assassinadas. *Aqueles* robôs eram mal-assombrados. Eu nem acredito em assombração, mas aqueles troços eram! Robôs como esse que você está falando não existem, pelo menos... não ainda. Além do quê, ela sabia tudo da vida da Charlie. Como o Afton poderia ter programado isso?

— Na verdade, ela não sabia tudo. Ela atribuía todos os lapsos de memória à experiência de quase morte. A personalidade dela mudou, tudo mudou, e todos nós acreditamos que ela só tinha virado a página — disse ele com amargura.

— Menos você — retrucou Jessica.

— É, mas eu quis acreditar. Só que alguma coisa não batia.

Jessica ficou quieta por alguns instantes.

— Por que ela matou a Jen? — indagou abruptamente.

— O quê?

— Por que ela matou a Jen? — repetiu.

— A tia da Charlie a conhecia melhor do que qualquer um. Ela deve ter sacado que não teria como enganá-la.

— É, pode ser. — Jessica mordeu o lábio, e de repente ficou muito preocupada. — Ou então ela foi lá...

— Para encontrar a Charlie verdadeira — concluiu John.

— John, nós deixamos a Charlie sozinha. Temos que voltar.

John já estava passando pela porta, correndo feito um maluco pela biblioteca. Jessica foi atrás. Os dois entraram no carro, e ele afundou o pé no acelerador, o maxilar trincado enquanto voavam para a casa dele.

CAPÍTULO SETE

`– Esqueceu alguma coisa?` — cuspiu o homem, e a mulher encarou-o com indiferença.

— Eu nunca esqueço nada.

— Então por que ainda está aqui?

Com dificuldade, ele ergueu o braço para apontar a saída.

— O tempo está acabando — observou ela. — Não entendo por que estamos desperdiçando o nosso tempo, o *seu* tempo, indo atrás desse troço. Aqui eu sou mais útil. — O homem ficou em silêncio. — Estamos tendo resultados — acrescentou ela, mas ele fez que não.

— Não estamos tendo nada. — Ele ergueu o dedo antes que ela pudesse protestar. — Qualquer um é capaz de descobrir um fogo que já esteja aceso, mas o Henry encontrou uma única fagulha, criou algo verdadeiramente diferente, algo com que não merecia, ou não pretendia, se deparar. — Ele lançou à mulher um olhar penetrante. — Você vai trazê-la para mim.

Ela baixou o olhar e, quando falou, havia um quê de súplica em sua voz:

— Só eu não basta? — indagou, baixinho.

— Não, não basta — rebateu ele com firmeza, desviando o olhar.

A mulher parou e, em seguida, saiu sem olhar para trás.

Nenhum dos dois abriu a boca enquanto disparavam para o apartamento de John. Ele segurava o volante com força, tentando não imaginar o que poderiam encontrar.

Quando ele fez a curva e entrou no estacionamento, deixou escapar um suspiro de alívio: os poucos carros ali pertenciam aos moradores, e a porta de sua casa estava intacta. John assentiu discretamente para Jessica, e os dois saltaram. Enquanto ele destrancava a porta, ela esquadrinhava o lugar, e foi por isso que deu uma cotovelada com força no amigo quando ele estava prestes a entrar.

— Ai! O que acon...?

John se virou irritado para Jessica, mas logo se empertigou e abriu um sorriso enorme.

— Charlie! — exclamou. A elegante jovem se aproximou deles, e John, por reflexo, recuou um passo. — Como você veio parar aqui? Quer dizer, a gente não viu o seu carro. Que surpresa legal — acrescentou.

A impostora abriu um sorriso largo.

— Eu saí para caminhar, queria desanuviar as ideias. Percebi que estava pertinho da sua casa e resolvi passar para dar um oi. Fiz mal?

John tentou ganhar tempo.

— Claro que não! É ótimo ver você! — disparou, dando-se conta, dolorosamente, do exagero em sua interpretação. — Mas a casa está uma bagunça. Casa de solteiro, sabe como é... — Ele forçou um sorrisinho. — Você e a Jessica se importariam de esperar aqui fora enquanto dou uma ajeitadinha?

Charlie gargalhou.

— John, você viu como estava meu quarto ano passado. Vou suportar uma baguncinha!

— Bem, ao contrário de você no ano passado, eu não estou trabalhando num projeto científico maluco e brilhante, então não tenho desculpas.

Jessica se intrometeu.

— E aquele seu projeto, Charlie? Você continuou trabalhando nele? Em que pé está?

Charlie se virou para Jessica como se só então tivesse reparado nela.

— Perdi o interesse.

John aproveitou a deixa: destrancou a porta, entrou rapidinho e trancou de novo antes que a impostora tivesse a oportunidade de segui-lo. No quarto, Charlie, *sua* Charlie, ainda estava encolhida na cama, encostada na parede. Aparentava não ter se movido desde que ele tinha saído.

— Charlie... — cochichou o garoto. — Desculpa, mas vou ter que tirar você daqui. Vou tomar cuidado.

Ele a levantou e segurou com firmeza. O corpo dela estava quente, e seus olhos se agitaram sob as pálpebras: estava sonhando. John estudou o quarto em busca de algum lugar para escondê-la, sendo sabotado pelo próprio fracasso em mobiliar o apartamento para além do essencial. John levou Charlie até a sala. O sofá encostado na parede deixava um espacinho triangular minúsculo atrás. John deitou Charlie no sofá por um instante, pegou um cobertor jogado no chão e o depositou no espaço entre o móvel e a parede para dar a ela ao menos o mínimo de conforto. Passou por cima do sofá, levando a garota em seguida, e a acomodou no espaço. Mesmo de pé, mal cabia ali, e escalou de volta o sofá sem tirar os olhos dela, com medo de chutá-la acidentalmente. Havia outro cobertor cinza pendurado na ponta do móvel, deixado no apartamento por algum antigo inquilino, e John o usou para cobrir Charlie por completo.

Alguém bateu à porta.

— John? — chamou Jessica. — Essa sua *arrumação* ainda vai demorar muito? — Sua voz tinha um quê de pânico.

John olhou em volta. Não parecia nem de longe que o lugar estivera bagunçado ou que ele tinha acabado de dar um jeito às pressas. Foi rápido até o quarto, pegou uma parte da roupa suja do cesto e foi com ela atender a porta.

— Desculpa — disse, esforçando-se para soar encabulado. — É que não recebo muitas visitas.

Jessica abriu um sorriso nervoso, e a outra Charlie sorriu de relance ao empurrá-lo para entrar.

— Está ótimo — falou a impostora, virando-se para ele. — Como é a vizinhança?

— É ok... — John conseguiu dizer, desconcertado por estar cara a cara com aquela mulher, tão pouco tempo depois de encarar a Charlie verdadeira.

Àquela altura, podia notar as diferenças, e teria feito uma lista. Caíra por terra a impressão de que aquela mulher, com um misto de glamour e sensualidade, fosse simplesmente uma versão de Charlie cuja beleza se destacava pela graciosidade e por uma nova aura de autoconfiança. As feições da impostora saltavam no rosto feito verrugas, cada uma delas um sinal de que aquela *não era* Charlie. O nariz fino demais, as bochechas, muito encovadas. Olhos excessivamente distantes. Testa bem grande. Sobrancelhas no ângulo errado. As disparidades eram insignificantes, milimétricas, ou talvez nem isso: a única forma de ter certeza era colocar Charlie e sua sósia robótica lado a lado. Ou ficar cara a cara com uma logo depois da outra. A impostora abriu um sorriso discreto e se recompôs, como se prestes a chegar mais perto. John pigarreou, tentando pensar em algo para dizer, mas Charlie já desviara o olhar, a atenção voltada para a sala de estar. Atrás dela, Jessica olhava para ele com uma expressão questionadora, provavelmente se perguntando onde estaria a Charlie verdadeira. John a ignorou: a impostora passou por ele e entrou no quarto, com John em seu encalço.

— Vamos lá! — soltou John. — Então... Este é o meu quarto — disse, como se o tour tivesse sido ideia sua.

— Legal — murmurou Charlie, inspecionando o local.

Ela andou pelo cômodo, atenta a todos os detalhes, e então foi até a cômoda, inspecionando o aposento novamente, agora de outro ângulo.

— Ei, mais tarde a gente devia dar uma volta ou algo do tipo, todo mundo! — sugeriu Jessica de repente, mas Charlie não respondeu.

Em vez disso, ajoelhou-se devagar e espiou embaixo da cama. Jessica e John se entreolharam, nervosos.

— Não tem muito o que ver. Só sou eu aqui.

Ele gargalhou.

Jessica lhe deu uma cotovelada e o repreendeu com o olhar. *Estou dando muita bandeira de novo.* John estava com o coração na garganta, imediatamente arrependido pelo que acabara de dizer. *Por favor, não procure.* Charlie foi até o banheiro e deu uma olhada, abrindo o armário de remédios e examinando o interior. Jessica olhou para ele com perplexidade, e então a ficha caiu. *Ela está atrás de sinais de que alguém tenha se machucado.* Charlie começou a fechar o armário, mas acabou avistando o próprio reflexo e parou, a mão ainda na portinha do armário. Passou um longo instante imóvel, até que seus olhos encontraram os de John pelo espelho e ela fez uma careta.

— Odeio espelhos — comentou, para então se virar e puxar a cortina do chuveiro.

— Sei como é. Engordam cinco quilos — disse John, controlando o tom de voz.

— Acho que câmeras é que fazem isso — corrigiu Jessica.

— Bem, os espelhos engordam pelo menos uns três — sussurrou John.

— Talvez você só precise emagrecer.

— É sério que a gente vai ficar falando sobre isso?

Eles continuaram observando Charlie.

— Ela está procurando — sussurrou Jessica. — Não está nem se dando ao trabalho de disfarçar.

John ficou preocupado. Charlie parou e abriu o guarda-roupa, então se agachou para examinar o espaço vazio que havia abaixo das camisas e jaquetas penduradas. Ela se levantou e voltou para a sala. Jessica a seguiu, apressando-se para passar à frente dela e se sentar no sofá, cruzando as pernas. Charlie foi até a minúscula cozinha, onde abriu e fechou a geladeira.

— Está com fome? — perguntou Jessica. — Tenho certeza de que o John tem alguma coisa para você comer.

— Não, obrigada. Como você tem passado, Jessica? — indagou Charlie, aproximando-se do sofá.

John teve que fazer um esforço hercúleo para não sair correndo pela sala e arrancá-la dali. Em vez disso, abriu a geladeira e se obrigou a respirar fundo e se acalmar, enquanto, de soslaio, observava a impostora sentada ao lado de Jessica.

— Alguém quer água? Ou refrigerante? — ofereceu.

— Quero, por favor — aceitou Jessica com um tom de sofrimento na voz, tossindo alto. John pegou duas latas de refrigerante e levou até elas. Jessica foi logo pegando a sua. — Obrigada! — disse, com muita ênfase, e ele assentiu.

— Imagina.

John abriu um sorriso tenso para Charlie, que o encarava. A cada instante que se passava, o garoto sentia como se sua pele estivesse mais perto de descolar dos ossos. Ele poderia até concluir que se tratava de algum efeito colateral do chip, mas aquilo só passara a acontecer depois que descobrira a verdade sobre ela.

— Senta aí, John. — Charlie sorriu, acenando para o braço do sofá ao seu lado.

— Desculpa por não ter cadeiras nem nada dessas coisas. Meu plano nunca foi morar muito tempo aqui — explicou ele, nervoso.

— E há quanto tempo você está aqui?

A voz familiar de Charlie parecia metálica.

John se sentou ao lado dela.

— Desde... sempre. Moro aqui desde que me mudei para a cidade.

— Ah... — Ela vasculhou o local de novo. — Acho que eu não lembrava.

— Você não chegou a vir aqui — explicou ele, incapaz de evitar a frieza em sua voz.

Jessica lançou um olhar de advertência, e John respirou fundo. Charlie voltou a inspecionar o cômodo. Cravou os olhos à frente, seu semblante adquirindo uma expressão de concentração. Os olhos varriam o local de cima a baixo, com solavancos; a cabeça e o tronco começaram a virar devagar, quase chegando a trezentos e sessenta graus: mais um segundo e avistaria o espaço atrás do sofá.

— Charlie, eu me diverti tanto naquela noite... — interveio John, depressa, forçando-se a soar convincente. — Quer sair para jantar hoje de novo?

Charlie se virou, surpresa.

— Quero, claro... Ótima ideia, John. No mesmo lugar?

— No mesmo lugar. Umas sete horas?

— Claro.

— Ótimo! — exclamou Jessica, levantando-se. — Olha, eu preciso ir — informou. — Quer ir andando comigo, Charlie?

Jessica olhou nervosa para John, que também ficou de pé na mesma hora.

— Eu posso dar uma carona, se vocês precisarem — ofereceu-se ele. — Quer dizer, sei que vocês disseram que iam andando.

Obrigada, gesticulou Jessica por trás de Charlie.

— Não — disse Charlie. — Acho que vou andando mesmo. Não estacionei muito longe. O dia está lindo.

— Então tudo bem — concordou John.

Charlie atravessou a sala com graciosidade e saiu. Jessica deixou escapar um longo suspiro, como se tivesse prendido a respiração até então. Os dois foram até a janela e, calados, ficaram assistindo enquanto a impostora se afastava até ela desaparecer numa curva da rua.

— E se ela voltar? — conjecturou Jessica. — Não quero que você fique sozinho com esse *troço* — concluiu, praticamente cuspindo a última palavra.

John aquiesceu vigorosamente.

— Eu também não quero ficar sozinho com ela.

Jessica ficou pensativa por alguns instantes.

— Já volto — decretou. — Precisamos de ajuda. E se você acha que a Charlie não deve ir ao hospital, então o hospital deve vir até ela.

— Marla?

— Marla.

E, com isso, ela se encaminhou depressa para a porta.

John saiu junto e ficou observando, incomodado, Jessica sair do prédio e entrar no carro. Depois, ele tornou a entrar e fechou a porta, trancando-a e passando o trinco. *Isto vai ajudar bastante*, pensou.

— Charlie? — chamou, bem baixinho. Não esperava resposta, mas queria uma, sentia-se quase compelido a falar com ela. — Charlie, eu queria que você pudesse me ouvir — prosseguiu, indo até o armário e tirando de lá os outros dois cobertores. — Acho que é mais seguro você continuar onde está do que no quarto. — Ele puxou o sofá para um pouco mais longe da parede, tentando pensar em como deixá-la mais confortável.

Ressabiado, pegou um travesseiro e se esticou para tirar o cobertor que cobria o rosto de Charlie.

— Me desculpe por só ter um travesseiro — falou, equilibrando-se para não cair em cima dela.

— Tudo bem.

Um murmúrio abafado veio do cobertor, e John caiu para trás, rolando no sofá e mal conseguindo se segurar antes de bater a cabeça no chão.

— Charlie? — gritou, perplexo, baixando a voz ao se levantar. — Charlie, você está acordada? — Não houve resposta. Dessa vez, ele não tentou se enfiar no espaço atrás do sofá, preferindo se curvar para observar. Ela estava se mexendo bem pouquinho. — Charlie, sou eu, John — disse, a voz tranquila mas urgente. — Se você estiver me ouvindo, presta atenção só no som da minha voz.

Ele não falou mais nada, porque naquele momento ela se sentou e puxou o cobertor que cobria seu rosto.

John a encarou, tão pasmo quanto no momento em que a viu pela primeira vez. O rosto dela estava corado, e o cabelo, grudado na pele por conta do tempo que ficara debaixo do cobertor. Os olhos mal abriam, e ela piscava muito por causa da luz, desviando o olhar para baixo e para os lados. John na mesma hora correu para fechar as persianas da janela. Também tratou de fechar a porta do quarto e puxar as cortinas da cozinha. O apartamento, que nem nos melhores dias ficava claro, estava praticamente escuro. O garoto logo voltou para o esconderijo de Charlie, segurou numa ponta do sofá e puxou-o um pouco mais, o suficiente para conseguir chegar até ela. Charlie continuava sentada, encostada na parede, mas parecia molenga, como se não fosse capaz de se sustentar por muito tempo. John se esticou para ampará-la, mas, quando tocou no braço dela, Charlie soltou um ganido estridente, irritado, e ele recuou de imediato.

— Desculpa. Sou eu, o John — repetiu, e ela virou o rosto para ele.

— John — disse, a voz fraca e esganiçada. — Eu sei.

Sua respiração estava entrecortada, e falar parecia demandar certo esforço. Totalmente frágil, ela estendeu a mão.

— Precisa de alguma coisa? — perguntou ele, examinando o rosto de Charlie.

Ela esticou ainda mais a mão, e foi quando ele entendeu. John a segurou.

— Eu nunca mais vou soltar você — afirmou ele.

Ela abriu um sorriso tênue.

— Pode ser esquisito — sussurrou.

Abriu a boca como se fosse continuar e então suspirou, trêmula.

Preocupado, John chegou mais perto.

— O que... — Charlie tornou a respirar. — O que aconteceu comigo? — concluiu, afobada.

Taciturna, ela abriu os olhos e o encarou.

— Como você está se sentindo? — indagou John, fugindo do assunto.

— Cansada... tudo dói — respondeu ela, hesitante, os olhos quase se fechando, e ele trincou o maxilar e tentou manter uma expressão neutra.

— Estou tentando ajudar você — afirmou, por fim. — Olha, você precisa saber... Tem alguém, *algo* por aí se passando por você, dizendo que é você. — Ela arregalou os olhos e apertou a mão dele: Charlie estava alerta. — Ela é parecida com você.

Não sei por quê, não sei o que ela quer, mas vou descobrir. E vou te ajudar.

— Afton.

Ela arfou, mal dava para ouvir sua voz, e John se esticou depressa por cima do sofá para pegar o travesseiro.

— Você consegue levantar a cabeça? — indagou, e ela o fez, bem devagarzinho, deixando que ele posicionasse o travesseiro. — A gente sabe que é o Afton — disse ele, pegando a mão dela tão logo a garota se acomodou novamente. Charlie apertou-a de leve. — Eu estou com um dos chips. Robótica Afton. Charlie, eu tenho um deles. O Clay está ajudando, Jessica também, e nós estamos indo atrás da Marla para ajudar você a melhorar. Vai dar tudo certo. Está bem?

Mas Charlie apagara novamente. John não tinha ideia de quanto ela havia escutado ou entendido. O toque da mão dela afrouxou na dele.

Alguém parecida comigo... Nunca mais soltar... John? Charlie tentava com todas as forças dar ordem aos pensamentos: coisas que haviam feito sentido momentos antes perdiam a forma, vagando para longe do seu alcance em dezenas de direções, feito folhas ao vento. *A porta...*

— Vai dar tudo certo — falou John, mas ela não sabia se ele tinha dito aquilo de verdade ou só na cabeça dela.

Sentia-se mergulhando novamente na escuridão. Tentou resistir, mas a exaustão pesava mais do que ela e a puxava inexoravelmente para o fundo.

* * *

Charlie deu mais uma olhada para a porta. *Ele está atrasado, ou fui eu que cheguei cedo.* Ela pegou o garfo à sua frente e correu o polegar pelo metal liso. Os dentes bateram no copo de água e produziram um clangor bem nítido, que a fez sorrir. Tornou a bater no copo. *Quanto será que ele sabe?*

Charlie bateu com o talher no copo mais uma vez, e só então notou que vários outros clientes, confusos, tinham se virado para olhar. Ela sorriu educadamente, largou o garfo na mesa e cruzou as mãos no colo. Respirou fundo e se recompôs.

Ao se aproximar do restaurante, John viu que a Charlie falsa já estava lá. Havia trocado de roupa. Não registrara muito bem o que ela estava vestindo mais cedo, mas ali usava um vestido vermelho curto e apertado, do qual John teria se lembrado. Ele parou na calçada, num ponto em que ela quase poderia vê-lo, e ficou lá criando coragem. Não dava para tirar da cabeça a outra imagem, o rosto pintado com a linha da solda cortando-o ao meio. Charlie estava recostada na cadeira sem nada à sua frente, apenas um copo de água. Pedira comida no encontro anterior, mas John não tinha qualquer lembrança dela comendo de fato. Tampouco lembrava dela *não* comendo.

— Para de embromar! — crepitou uma voz vinda de sua cintura, fazendo John dar um pulo.

Ele pegou o walkie-talkie do bolso da jaqueta e virou-se de costas para o restaurante antes de falar, caso a impostora o avistasse.

— Eu não estou embromando — protestou.

— Não era para você estar escutando a gente — recordou-o a voz distorcida de Jessica. —Você colou o botão com fita adesiva?

— Sim, mas espera aí.

John examinou o walkie-talkie. A fita que ele colara em cima do botão de transmissão tinha se soltado. Ele a substituiu, tentou achatá-la ao máximo na superfície irregular e enfiou o aparelho de volta no bolso.

Ao entrar no restaurante, deu uma breve olhada geral no lugar. Jessica e Carlton estavam encolhidos num reservado, longe da vista de Charlie.

— Ainda estão me ouvindo? — cochichou ele.

A mão de Carlton se ergueu momentaneamente por trás do encosto alto do reservado com um triunfante polegar para cima, levando um sorriso genuíno ao rosto de John, que então voltou sua atenção para Charlie, que ainda não o vira.

Ela levantou o rosto de trás do cardápio abruptamente quando ele se aproximou, como se sentisse sua presença, e abriu um sorriso radiante.

— Desculpa, eu me atrasei — disse John, sentando-se.

— Essa fala costuma ser minha — brincou Charlie, e ele deu um sorrisinho desconfortável.

— Acho que sim.

O garoto olhou para ela por um momento. Tinha ensaiado coisas para dizer, mas acabou tendo um branco.

— Soube que você e a Jessica visitaram aquela antiga cidade fantasma. — Charlie deu uma risadinha. — Como é mesmo o nome? — Ela se inclinou e apoiou o queixo na mão.

— Cidade fantasma? — retrucou John, fazendo-se de desentendido, tentando não deixar transparecer o nervosismo.

Ele precisou de muito autocontrole para não se virar e fazer contato visual com Jessica e Carlton lá atrás. Charlie o encarava com expectativa, e o garoto tomou um gole de água.

— Está falando de Coral Prateado? — perguntou, colocando o copo com todo o cuidado na mesa.

— Isso, Coral Prateado. — Ela sorria, mas seu rosto parecia contraído, como se um ser faminto estivesse à espreita ali embaixo. — É um lugar estranho para se visitar, John. — Ela inclinou de leve a cabeça. — Foram lá só para dar uma volta?

— Eu sempre fui meio... obcecado por história. A... A Corrida do Ouro...

— Da Prata — corrigiu Charlie.

— É, prata. Da prata também. São períodos históricos fascinantes. — John ficou tentado a se virar para ver se Jessica tinha aprovado aquela resposta ou se já estava engatinhando do assento para fugir do restaurante. — Você não conhecia esse lado meu, não é? — Ele se empertigou. — Eu adoro história: cidades históricas, lugares — disse ele, e pigarreou.

Charlie bebeu um pouco de água. Pousou o copo na mesa de modo que John pudesse ver a marca de batom vermelho que ficou no objeto. O garoto recuou um pouco e desviou o olhar, procurando qualquer coisa em que pudesse se concentrar que não fosse nela.

— Por que vocês foram até lá? — indagou Charlie, reivindicando sua atenção.

— Eu estava... — começou ele, e então parou, para organizar as ideias. — Eu estava procurando uma amiga de longa data — respondeu, a voz calma.

Ela aquiesceu, e então o encarou. John piscou algumas vezes, mas se forçou a não desviar o olhar. Já tinha visto olhos como aqueles: não na loucura de Springtrap ou no assombroso plástico vivo dos outros robôs, mas no olhar duro e brutal de uma criatura lutando por sobrevivência. Charlie olhava para ele como se fosse sua presa.

— E conseguiu encontrar sua amiga de longa data? — quis saber, seu tom de voz cálido e destoante.

— Encontrei, sim — retrucou John, com firmeza, sem se intimidar com o olhar dela.

Os olhos de Charlie se estreitaram, e a fachada que ambos sustentavam se tornava cada vez mais frágil. John se inclinou à frente com os braços cruzados e firmes na mesa. — Eu encontrei a minha amiga — falou, baixinho.

Houve um breve lampejo de alguma coisa no semblante de Charlie, surpresa, talvez, e ela se debruçou mais na mesa, imitando a posição dele. John tentou não se retrair quando Charlie deslizou os braços para perto dos dele.

— Onde ela está? — perguntou, seu tom de voz tão suave quanto o de John.

O sorriso sumira.

— Não sei o que preciso fazer para mostrar para todo mundo aqui o que no fundo você é — disse ele. — Mas posso tentar de tudo antes que você consiga sair por aquela porta. — Sem tirar os olhos dela, John segurou o copo. — Vou começar com este refrigerante, depois vou tentar dar uma cadeirada na sua nuca, e assim a gente vai vendo o que acontece.

Charlie inclinou a cabeça, como se estivesse assimilando as palavras dele. John sabia que a mão tremia e que o rosto estava vermelho. O coração disparava, e ele sentia na garganta as pancadas de seus batimentos. Charlie sorriu, levantou-se e, lentamente, foi se inclinando sobre a mesa. John trincou o maxilar e manteve os olhos nela. Charlie deu um beijo na bochecha dele e tocou seu pescoço. Manteve a mão ali ao se afastar, fitando-o nos olhos. Charlie sorriu, os dedos parados bem em cima da veia dele por um breve momento, até os levar para longe. John chegou para trás, como se antes ela o estivesse prendendo.

— Obrigada pelo jantar, John — Charlie agradeceu, as palavras soando quase frívolas. Ela foi recolhendo a mão bem devagar, parecendo se deliciar com o momento. — É sempre maravilhoso ver você.

Ela se afastou sem esperar resposta e foi pagar a conta.

Houve uma longa pausa.

— Ela foi embora — anunciou John pelo walkie-talkie.

Jessica olhou para Carlton, ligeiramente em choque, fitando Charlie como se tivesse sido hipnotizado.

— Carlton! — sibilou Jessica.

Balançando a cabeça, ele voltou a si.

— Ela está uma gata!

Jessica saltou da cadeira e o estapeou.

— Seu idiota! Você deveria estar de olho em John, não *nela*! E por acaso você não lembra que foi por causa dela que seu pai foi parar no hospital?

— Sim, sim, eu sei. O caso é bem sério... — Ele parou de falar, obviamente distraído.

— Por que eu inventei de trazer você?

Jessica se levantou, toda desajeitada.

— Aonde você vai? — perguntou Carlton.

— Tenho uma ideia. Fica aqui. — Jessica suspirou. — Leva o meu carro.

Carlton chamou por ela, que não se deu ao trabalho de responder, limitando-se a jogar as chaves para trás. Carlton foi até a mesa de John.

— Ei, você está bem?

John não se virou ao ouvir a voz de Carlton.

— Não, nada bem. — John se recostou em seu assento, ergueu o olhar para o teto de gesso e então, por fim, se virou para Carlton. — Cadê a Jessica?

— Não tenho certeza. Ela saiu correndo... — Carlton gesticulou na direção do estacionamento, e John se virou bem a tempo de ver Charlie acelerar e ir embora.

— Ela fez besteira, não fez? — perguntou John, cansado.

Carlton olhou para o amigo, e os dois correram para a saída.

Jessica foi abaixada até a saída dos fundos do restaurante. Viu que Charlie ainda estava no guichê da frente pagando a conta. Escapuliu então pela porta dos fundos e contornou o prédio, os saltos estalando na calçada. Ela tirou os sapatos e os atirou nos arbustos, para então continuar correndo descalça.

— Jessica, o que você está fazendo? — resmungou para si mesma.

Depois de dar a volta no edifício e chegar ao estacionamento, avistou o carro de Charlie e foi direto para lá. A porta da frente estava destrancada. Jessica entrou e foi para o porta-malas, deixando o tampo aberto.

Um minuto depois, escutou um barulho no interior do veículo e ficou prestando atenção: pareciam vozes. Não, *uma* voz, percebeu ela após alguns minutos. Era Charlie falando, mas ninguém respondia. Jessica se concentrou, tentando ignorar os sons ao redor, mas não conseguiu identificar nada: o que quer que a impostora estivesse dizendo era ininteligível do porta-malas. Jessica se equilibrava com cuidado, tentando ficar deitada enquanto mantinha o braço erguido para sustentar o tampo. Se não segurasse direito, Charlie acabaria percebendo a superfície pulando. Mas, se puxasse demais, o porta-malas poderia se fechar, e ela ficaria presa.

Cerca de dez minutos depois, o carro parou subitamente. Jessica foi arremessada para a frente com violência e quase soltou o tampo. Retomando o equilíbrio, tentou se manter completamente imóvel, só ouvindo. A porta do motorista se abriu e, após alguns instantes, se fechou. Jessica detectou o ruído distante de Charlie indo embora, o cascalho rangendo, e então restou o silêncio. A garota suspirou aliviada, mas não se moveu. Começou a contar os segundos:

— Um... dois... — Jessica respirou fundo, um leve sussurro.

Não se ouvia som algum além dos seus sussurros contando até sessenta, quando então ela parou e se colocou bem perto da saída do porta-malas. Foi levantando o tampo lentamente.

O carro estava parado no meio de um estacionamento bem grande e com uma iluminação ofuscante. A luz tinha um matiz vermelho e rosado que inundava o lugar, e Jessica deu de cara com um letreiro de neon bloqueando sua visão de qualquer coisa além daquele lugar. Havia um zumbido muito ruidoso no ar, do que devia ser uma centena de bulbos fluorescentes. Jessica estreitou os olhos e ergueu a mão para proteger a vista: o imenso rosto sorridente de uma garotinha a encarava, o neon cintilante contrastando com o céu noturno. Tinha sido projetada para parecer um palhaço: o rosto era pintado de branco; nas bochechas, círculos rosados bem redondinhos, e um triângulo da mesma cor no nariz. O cabelo laranja estava preso em duas trancinhas, uma de cada lado, e atrás dela havia letras gordas vermelhas com contorno amarelo. Jessica espiou o letreiro por alguns instantes, até as letras fazerem sentido: PIZZARIA CIRCUS BABY'S. O brilho da luz começou a incomodar os olhos e ela virou o rosto, correndo então em direção ao prédio escuro na extremidade do estacionamento e piscando para apagar da mente a imagem do letreiro. Passou, quase caindo, por uma fileira de cercas vivas e grudou numa parede branca de alvenaria que parecia novinha em folha. Tirou a mão do rosto, os olhos já adaptados à luz, e avistou uma sequência bem comprida de janelas verticais altas.

Jessica foi até a mais próxima e encostou o rosto no vidro, que era tão escuro que não deixava à mostra nem mesmo alguma sombra lá de dentro. Ela desistiu das janelas e foi depressa até os fundos, mantendo-se encostada na parede. Os tons brancos e vermelhos do neon foram se dissipando à medida que ela contornava o prédio, mergulhando na escuridão.

Havia outra área de estacionamento nos fundos, mas também estava vazia. Um único bulbo bruxuleava sobre uma porta metálica comum, emitindo um amarelo doentio que parecia grudar em tudo. Latas de lixo enfileiravam-se junto à parede e duas caçambas delimitavam a pequena área, escondendo a porta de quem passasse por fora. Jessica foi se esgueirando até lá, tomando o cuidado de não pisar em nada. Empurrou de levinho, mas a porta estava fechada. Ela se apoiou no batente para ficar na ponta dos pés e abriu um sorriso: conseguia enxergar lá dentro.

Havia uma sala com iluminação fraca. Charlie estava lá, de perfil, falando com alguém que, por pouco, Jessica não conseguia ver. Além disso, não estava escutando nada. Ela se esticou mais um pouco para tentar identificar a outra pessoa, mas tudo o que viu foram gestos embaçados. Após alguns minutos, quando as panturrilhas começaram a doer, ela saiu daquela posição e alongou os pés. Mas logo depois tornou a se esticar, a mão sobre os olhos para bloquear a luz externa. Foi inútil: a sala ficara vazia ou, no mínimo, a luz se apagara. Ela deu um passo para trás e, relutante, se virou à procura de outro local para espiar... e então gritou, tapando a boca quando já era tarde demais.

Charlie sorriu.

— Jessica — disse, com inocência. — Você deveria ter me dito que vinha para cá. Eu teria dado uma carona.

— Bem, é... Eu corri até lá fora para tentar alcançar você, mas não deu tempo. — Jessica recuou, o coração a mil por hora.

Cada fibra de seu ser lhe dizia para sair correndo, mas ela sabia que jamais conseguiria escapar da impostora.

— Quer entrar? — convidou Charlie, ainda falando como se elas fossem amigas.

— Sim, eu adoraria, só não consegui encontrar a porta. — Jessica gesticulou para o estacionamento.

Charlie assentiu.

— É do outro lado — explicou, aproximando-se.

Jessica tornou a recuar.

— Aliás, o que *você* veio fazer aqui? — perguntou ela, tentando soar calma.

Será que ela não sabe que eu sei? Será que me deixa ir embora se eu entrar no jogo?

— Posso mostrar para você — respondeu Charlie.

Jessica continuou se esforçando para não transparecer seu medo. Seus músculos estavam tão tensos que chegava a ser exaustivo, e ela respirou fundo, tentando se acalmar. Mas, de repente, Jessica se deu conta de que Charlie a encurralava na parede.

— Só que já está tarde. É melhor eu ir — argumentou Jessica, forçando-se a sorrir.

— Não está, não — protestou Charlie, olhando para o céu.

Jessica hesitou, buscando uma desculpa, enquanto Charlie deu mais um passo à frente, encarando-a. Estava tão perto que Jessica sentia sua respiração, mas Charlie não estava respirando.

Ela abriu um sorriso enorme, e Jessica recuou, pressionando a cabeça com força na parede. O sorriso de Charlie foi aumentando, ganhando uma proporção impossível, até que, de repente, seus lábios se dividiram ao meio e uma fenda enorme se abriu, de cima a baixo. Jessica se encolheu instintivamente e, ao fazê-lo, Charlie pareceu se agigantar, seus membros se segmentando nas articulações feito uma boneca. Pouco a pouco, suas feições foram se empalidecendo até desaparecerem, substituídas pelo rosto iridescente metálico pintado de palhaço que eles tinham acabado de identificar nas imagens de Clay.

— O que achou do meu novo visual? — indagou Charlie, com uma voz ainda delicada e humana.

Tremendo, Jessica inspirou, com medo de falar. A criatura a examinou. Por alguns instantes, um cheiro químico e ácido tomou conta do ar. Então Charlie foi com tudo para cima de Jessica, e o mundo escureceu.

CAPÍTULO OITO

— Não consigo ver nada.

Jessica fechou e abriu os olhos, mas a escuridão permanecia. Tentou de novo, percebendo, cada vez mais apavorada, que não conseguia se mover. O ar estava com um cheiro podre, que revirava seu estômago, e ela se obrigou a respirar fundo. *Dessa forma, não vou mais sentir cheiro nenhum.* Ela tentou se mexer outra vez, para ver o que a prendia. Estava amarrada a uma cadeira, com os braços para trás, e os tornozelos presos aos pés do objeto. Ela fez força para se livrar, quase tombando a cadeira, mas não conseguiu. Foi quando a luz se acendeu.

Jessica ficou imóvel. O brilho repentino a fez pestanejar, e sua visão começou a se restabelecer. A Charlie falsa encontrava-se à luz da janela, em sua forma verdadeira: inegavelmente um animatrônico, mas em nada parecida com qualquer outro que Jessica já tivesse visto. Tinha a altura média de uma pessoa, a de Charlie, e corpo de mulher, ou quase, graças ao rosto bifurcado pintado com bochechas rosadas, um reluzente nariz vermelho e imensos olhos redondos bordejados por cílios negros bem compridos. Tinha até cabelo, duas sedosas trancinhas laranja que saltavam uma de cada lado da cabeça, com um brilho nada natural sob a luz; Jessica não sabia do que eram feitos aqueles fios de cabelo. A criatura usava uma fantasia vermelha e branca, ou melhor, os segmentos metálicos do seu corpo eram pintados imitando uma fantasia. Na cintura, uma saia vermelha se destacava, com graça. A criatura estava totalmente imóvel e encarava Jessica. A garota ficou paralisada, com medo até de respirar, mas a impostora só inclinou a cabeça metálica para o lado, observando. Seu rosto animatrônico era familiar, mas Jessica ainda estava confusa e não conseguia se lembrar de onde o conhecia.

— Acho que você não vai me dar uma mãozinha com isto aqui, né?

Jessica levantou os pés só os poucos milímetros que as amarras permitiam.

O animatrônico sorriu.

— Não, acho que não — retrucou, sua voz assustadoramente inalterada.

Jessica se encolheu toda, revoltada por ouvir a voz da amiga naquela nova criatura tão singular.

— Quem é você?

— Sou a Charlie.

Impotente, Jessica examinou o cômodo mal iluminado. Fora a cadeira, o único objeto que via era uma fornalha a carvão gigantesca e antiga, um brilho quente e alaranjado emanando das finas saídas de ar da portinhola.

— Ao menos em parte — concluiu.

Ela esticou a mão diante de si. Jessica ergueu o olhar e, de uma hora para a outra, era Charlie quem estava ali de pé à luz da janela, com uma expressão confusa e inocente.

— É estranho — continuou o animatrônico. — Eu tenho algumas lembranças. Sei que não pertencem a mim, mas, ao mesmo tempo, pertencem. — Ela hesitou, e Jessica retomou sua luta contra os nós. — Sei que não pertencem a mim porque eu não *sinto* nada quando essas lembranças me vêm à mente. Só estão ali, como outdoors em uma rodovia anunciando coisas que estão acontecendo em algum outro lugar.

— Bem, e o que você *sente*? — resmungou Jessica, tentando prolongar a conversa, estimulada pelo instinto de sobrevivência.

O animatrônico a encarou fixamente.

— Eu sinto... decepção — afirmou, a voz ficando mais tensa. — Desespero. — Ela olhou pela janela. — A decepção de um pai, o desespero de uma filha — sussurrou.

— Henry? — Jessica arfou.

— Não, Henry não. Ele era mais brilhante que o Henry. Eu assistia ao meu pai trabalhar de longe, de muito, muito longe. — Sua voz foi murchando. Jessica esperou que ela continuasse, quase esquecendo que estava tentando escapar. — Agora entendo tudo com clareza. Mas, nas minhas lembranças... as coisas eram muito mais simples, o que tornava tudo bem mais doloroso. Agora eu sei que todas as pessoas são decadentes, frágeis, inconsequentes. Mas, quando se é criança, seus pais são tudo. São o seu mundo, e a gente não sabe de mais nada. Quando se é uma menininha, seu pai é o seu mundo. Que existência mais trágica e miserável...

Jessica sentiu uma onda de tontura e, ao levantar o rosto, viu que o animatrônico tinha voltado à aparência de palhaço, mas foi por pouco tempo. De repente, lá estava Charlie novamente, porém a interrupção momentânea da ilusão foi o suficiente para lembrar Jessica de onde ela estava... e de que precisava se libertar.

O animatrônico em forma de garota estava na única janela do cômodo. Havia uma porta ali perto, mais próxima de Jessica, o que não significava que ela conseguiria chegar lá antes do robô. *O que mais eu posso tentar?* Arriscou mover os pulsos para a frente e para trás, tentando afrouxar a corda, sem tirar os olhos de sua captora, que percebeu o que se passava, mas não fez nada para impedir. Jessica, então, foi adiante.

— Esse é o defeito e o maior pecado da humanidade — declarou a criatura. — Vocês nascem sem nada de inteligência, mas cheios de emoções, plenamente capazes de sentir dor e angústia, mas sem recursos para entendê-las. Isso deixa vocês vulneráveis a abusos, negligência e dores inimagináveis. Vocês só conseguem *sentir*. — Ela tornou a examinar as próprias mãos. — Vocês só conseguem sentir, nunca entender. Que poder doentio, esse que é dado a vocês.

As cordas davam a impressão de só ficarem ainda mais apertadas a cada movimento de Jessica, que sentiu lágrimas de frustração alfinetarem seus olhos. *Não me admira que ela não esteja nem aí para minha tentativa de fuga*, pensou, amargurada. *Se eu conseguisse ao menos enxergar os nós...* Ela parou de se mexer, respirou fundo e fechou os olhos. *Encontre o nó. Ignore o robô.* Jessica se atrapalhou com a mão direita enquanto procurava e acabou machucando o pulso. Por fim, achou a ponta da corda e a segurou: a corda se apertou ainda mais, mas ela foi esticando os dedos até chegar à base do nó e, com todo o cuidado, começou a puxar a corda em direção ao último laço.

— Eu queria tanto estar naquele palco, mas era sempre ela. Todo o amor dele era para ela.

— Você está falando do Afton. — Jessica parou, e Charlie assentiu. — William Afton nunca fez nada com amor — rosnou ela.

— Eu devia rasgar você ao meio. — A aparência de Charlie tremeluziu um pouco. Seu rosto e seu corpo de animatrônico pareceriam ter pifado, mas logo depois ela se recuperou. Por um momento, sua expressão oscilou, transparecendo vulnerabilidade. — Ele era obcecado por ela — continuou, enrolando o cabelo nos dedos. — Trabalhava nela dia e noite, na bebê palhaço de marias-chiquinhas alaranjadas e brilhosas. Pequenina o bastante para ser meiga e acessível, mas grande o suficiente para engolir você inteiro. — Ela gargalhou.

Jessica puxou a corda uma última vez: conseguiu desatar o primeiro nó. Ofegante por conta do esforço, abriu os olhos: o animatrônico não saíra da janela, ainda parecia estar observando tudo com interesse, entretida. Jessica trincou os dentes, fechou os olhos e partiu para o próximo nó.

— Eu queria ser ela — sussurrou a criatura. — O foco da atenção, o centro do mundo dele.

— Você está se iludindo. — Jessica deu uma risada sarcástica enquanto lutava com a corda, tentando manter a criatura distraída. — Você é um robô, não é filha dele.

O animatrônico puxou uma cadeira para longe da parede e, com um semblante de dor, se sentou.

— Uma noite, saí de fininho da cama para ir vê-la. Eu tinha sido advertida centenas de vezes a não fazer aquilo. Puxei o lençol. Ela estava com um brilho radiante, bela, me supervisionando. Tinha bochechas coradas de alegria e um vestido vermelho lindo.

Confusa, Jessica parou por um instante seu trabalho no nó. *De quem ela está falando?*

— É esquisito, porque eu também me lembro de olhar com ar de superioridade para aquela garotinha. É estranho ver as coisas agora, com outro olhar. Mas, como eu disse, uma não passa de uma fita com dados, um registro da minha primeira captura, do meu primeiro assassinato. — Os olhos do animatrônico ardiam na escuridão. — A garotinha se aproximou de mim e puxou o lençol. Não senti nada. O que existe não passa de um registro do que aconteceu. Mas *há* sentimento, o meu sentimento quando puxei o lençol e me vi ali pasma diante daquela criatura que meu pai amava, da filha que ele tinha feito para si mesmo. A filha que era melhor que eu, a filha que ele queria que eu tivesse sido. Eu queria tanto ser ela... — A aparência de Charlie se dissipou por completo, revelando a palhaça pintada, e Jessica suspirou quando uma onda de enjoo e tontura voltou a envolvê-la. — Então, fiz o que fui projetada para fazer.

O robô parou de falar.

O cômodo ficou em silêncio.

Quando o último nó se afrouxou e a corda caiu no chão, os olhos de Jessica se arregalaram, surpresos. Ela se inclinou para a frente, movendo os braços, dormentes, até os tornozelos, enquanto olhava para o animatrônico, que continuava simplesmente a observando. Jessica desfez depressa os nós que lhe prendiam os tornozelos, mais frouxos, feitos sem tanto cuidado, e plantou a sola dos pés no chão, o estômago revirando. *Hora de correr.*

A garota saiu correndo para a porta, impulsionando os joelhos vacilantes e os tornozelos doloridos movida apenas pela força de vontade. Não ouviu nenhum som vindo atrás. *Ela vai estar bem atrás de mim logo, logo!*, pensou, agoniada, ao alcançar a porta e girar a maçaneta. Transbordando de alívio, abriu-a com um empurrão... e deu um berro.

Próximo o bastante para tocá-lo, havia um rosto manchado, inchado e disforme. A pele parecia fina demais, e os olhos injetados, encarando-a furiosamente, estremeciam como se estivessem a ponto de sair rolando. Jessica retrocedeu, cambaleando de volta para a sala. Olhou para o pescoço do homem, onde dois pedaços de metal enferrujado se projetavam da pele. Ele fedia a mofo: a roupa felpuda que trajava estava coberta de bolor, chegando a deixar o tecido esverdeado, embora, ao ver o sujeito por inteiro, Jessica percebesse que a vestimenta um dia fora amarela.

— Springtrap — sussurrou ela, a voz trêmula, e os lábios dele se contorceram em algo que poderia ser um sorriso.

Jessica correu para a cadeira onde estivera amarrada, posicionando-a entre eles como se fosse adiantar alguma coisa, e então, numa cena pavorosa, Springtrap começou a gargalhar. Jessica ficou tensa, as mãos agarrando o encosto da cadeira, pronta para se defender, mas Springtrap apenas ria, sem sair do lugar. Aquela gargalhada não tinha fim, chegando a um tom impossível, até que, de repente, ele parou, os olhos saltando na direção da garota. Ele se arrastou para mais perto e, inexplicavelmente, começou a saltitar numa dança grotesca e a cantarolar com uma voz fininha e esganiçada:

Ah, pegaram a Jessica

Ah, como lutou a Jessica

Mas agora ela vai morrer!

Veja você!

Jessica olhou para o animatrônico lá no canto, que desviou o olhar, como se estivesse enojada. Springtrap dançava ainda mais perto, ao redor de Jessica, repetindo os versos, e ela ergueu a cadeira entre eles, esperando a oportunidade de atacar. Ao tentar sair do caminho dele, Jessica tropeçou nos próprios pés. *Até mesmo para ele isto é uma insanidade.* Ele se aproximava e se afastava, ainda executando sua dancinha, as palavras que cantava degenerando-se em sílabas sem sentido interrompidas por uma risada assustadora. Jessica segurou firme a cadeira, pronta para girá-la. De repente, Springtrap ficou petrificado.

Os braços dela cederam e, com um baque, ela pôs a cadeira no lugar. Springtrap não se movia, e até seu rosto estava completamente imóvel. *Como se tivesse sido desligado.* Jessica mal concluíra o pensamento quando o corpo inteiro dele desabou no chão, flácido, com um estrondo. O corpo piscou, e Springtrap desapareceu, deixando em seu lugar um boneco segmentado sem feições. Jessica se virou para a Charlie falsa: ela continuava observando tudo completamente inexpressiva.

— Chega desse teatrinho — anunciou uma voz masculina do lado de fora. — É a Jessica, não é?

A voz resfolegou. A garota estreitou os olhos, incapaz de identificar qualquer coisa naquela luz fraca.

— Eu conheço essa voz — disse ela, calma.

Ouvia-se um zumbido vindo da porta, e logo Jessica pôde ver algo entrar rolando, uma espécie de cadeira de rodas automatizada. Ele estava vestido com o que parecia um pijama de seda e um robe preto do mesmo tecido, cobrindo-o do queixo ao dedão do pé, calçado com chinelos pretos de couro. Atrás, três bolsas de soro pendiam de um suporte com rodinhas, com os tubos passando por baixo da manga do pijama. Era careca, a cabeça coberta de cicatrizes róseas rugosas. Onde não havia cicatrizes, se viam estranhas linguetas de plástico, gesso e metal pressionadas à cabeça como se estivessem fundidas nela. O sujeito foi se virando devagar, e Jessica notou que, enquanto um olho era perfeitamente normal, no lugar do outro só restava uma órbita escancarada, escura e perpassada por uma haste fina de aço que reluzia. Ele era magro de doer, o rosto ossudo, e, quando ele abriu um sorriso discreto e perverso para Jessica, ela viu sob a superfície da pele os tendões se moverem feito cobras. Foi preciso muito esforço para não vomitar ali mesmo.

— Você sabe quem eu sou? — indagou ele. *Você é William Afton*, pensou ela, mas fez que não. Então, com um ruído agudo, ele suspirou. — Venha cá.

— Eu vou ficar bem aqui onde estou — rebateu ela com firmeza.

— Como preferir.

Ele se ajeitou na cadeira de rodas com cuidado, o objeto deixando escapar um zunido ao se deslocar devagar para a frente. O animatrônico de Charlie partiu para cima do homem, mas foi repelido por um aceno dele. No entanto, aquele movimento o desequilibrou, e por um momento pareceu que ele ia tombar para o lado, fazendo com que ele se segurasse ao braço da cadeira com uma expressão de dor, recompondo-se.

— Então, aqueles passos de dança foram para quê? — perguntou Jessica bem alto, e ele olhou para a garota, quase surpreso por ela ainda estar ali.

Em seguida, ergueu as mãos até o laço do robe, os dedos lutando para desfazê-lo.

— Pensei que você fosse gostar de me ver como antigamente. Um rosto familiar — explicou o sujeito, abrindo um sorriso malicioso.

Então ergueu um disquinho e o acionou. De repente, o boneco sem expressão caído no chão retomou o aspecto de minutos antes, o duplo ensanguentado de William Afton dentro da roupa de coelho.

— O tempo muda tudo — prosseguiu, desligando o disco. — A dor também. Quando resolvi me chamar Springtrap, eu estava extasiado de poder, alucinado com minha força recém-descoberta. Mas a dor muda tudo, assim como o tempo.

Ele abriu o robe e revelou seu corpo.

Bem no meio do peito havia uma massa de carne retorcida entremeada por linhas de costura pretas na diagonal, que se cruzavam com perfeição. Na ferida havia marcas das travas de mola da fantasia, algumas cicatrizadas muitos anos antes, outras recentes, a pele ainda com um tom de vermelho vivo. O homem ergueu a mão até o amontoado de pontos, tomando o cuidado de não tocá-los.

— Foi seu amigo que me infligiu esta ferida nova — disse ele, num tom ameno, para então curvar a cabeça um pouco para a frente, chamando a atenção de Jessica para o pescoço.

Ela deu um passo involuntário para se aproximar e se espantou.

Ele não tinha mais pele, foi o que ela pensou de início, diante das entranhas do pescoço expostas. *Mas o sangue... Ele já teria morrido.* Jessica respirou fundo, bem devagar, atordoada enquanto tentava assimilar o que tinha acabado de ver. A ferida fora coberta com alguma outra coisa, talvez plástico, e dava para ver exatamente onde a pele ao redor se fundira com o material, cicatrizando, vermelha e feia. Através do material claro, qualquer que fosse, Jessica enxergava a garganta do sujeito. Não sabia o suficiente de anatomia para identificar cada parte, mas eram vermelhas e azuis, blocos de músculo e filamentos de veias ou tendões. Introduzidos ali, havia elementos que jamais pertenceram ao corpo humano, incontáveis pedacinhos de metal incrustados no tecido. O homem se movia, e eles cintilavam à luz. Jessica arquejou, e ele resfolegou, com uma visível dificuldade para respirar com o pescoço virado daquele jeito. Quando ele se moveu, algo chamou a atenção dela, que se aproximou. Àquela altura, estava quase tocando-o, e o fedor era horrível, um cheiro tóxico de desinfetante. Ela espiou pela proteção incolor e avistou: um fecho, as molas bem enroladas em torno do que pareciam ser três veias, as pontas afiadas enterradas lá no fundo da vermelhidão de um tecido muscular.

Jessica deu um passo para trás e quase tropeçou no manequim caído que havia se passado por Springtrap. Ela deu um chute naquele amontoado de membros, recuperou o equilíbrio e voltou a olhar para o rosto mutilado do homem.

— Sim, eu conheço você. Você não era segurança de shopping? — perguntou.

O sujeito cerrou os punhos, e sua visão ficou turva de fúria.

— Me poupe. Dave, o guarda, era um personagem, uma invenção feita às pressas para enganar você... você e seus amigos. Era um insulto. Não é preciso ser nenhum ator para conseguir se passar por um guarda noturno idiota, basta poder andar sem ser percebido. Faz algum tempo que já não posso mais. Mas agora também pouco importa, já que isto é tudo o que restou de mim.

A voz do homem estava trêmula, tomada por desespero.

— Venha se sentar aqui comigo, Jessica — pediu ele.

A impostora arrastou o suporte de soro com uma das mãos e o ajudou a voltar para um canto, onde mais aparatos médicos e uma cadeira reclinável o aguardavam. Jessica mirou a porta, preparando-se para se mover, quando a quietude foi quebrada por um grito distante que parecia de alguma criança.

— O que foi isso? — perguntou Jessica. — Foi uma criança?

O homem a ignorou e se instalou na cadeira sem roda. O animatrônico de Charlie se ocupou com as máquinas que o cercavam, ligando eletrodos à sua cabeça careca e verificando as bolsas de soro. Um monitor começou a bipar em intervalos levemente irregulares, e ele gesticulou.

— Desligue isso. Eu não suporto esse barulho. Jessica, chegue mais perto.

Continue viva. Entre no jogo, pensou ela ao apanhar com toda a cautela a cadeira em que estivera presa, carregá-la até o homem e se sentar. Ela olhou para o animatrônico, que atravessou o cômodo a passos largos, segurou numa alça e puxou uma mesa comprida da parede como se fosse mostrar um corpo num necrotério. Jessica cobriu a boca com a mão quando vapores de óleo e carne queimando a envolveram. Havia algo deitado à mesa, coberto com uma lona plástica.

A garota deu um pulo e recuou.

— O que é isto? Quem vocês mataram desta vez?

— Ninguém novo — soltou William, quase como se estivesse tentando rir.

O plástico se enrugou. Alguma coisa se movia lá dentro.

— O que você fez? — Jessica arquejou.

O animatrônico de Charlie pegou uma bola de algodão de um saco ali perto, umedeceu-a com o conteúdo da garrafa que tinha na mão e esfregou meticulosamente os dedos metálicos de uma das mãos, jogando-a então numa lata de lixo. Tirou mais um pedaço de algodão e repetiu o processo, e assim o fez por toda a superfície das mãos e do antebraço até chegar aos cotovelos. *Ela está se esterilizando.* Jessica se virou para o homem na cadeira, mantendo a falsa Charlie na visão periférica. O animatrônico também esterilizava um bisturi com o mesmo cuidado.

— Achei que aqui vocês tivessem enganado a morte — disse Jessica, quase que lamentando por ele.

— Ah, eu enganei. Você só viu uma fração do que aconteceu comigo, o estilhaço que nem dezenas de cirurgias conseguiram remover, e eu passei por todas elas. — Ele arregaçou devagar as mangas do pijama, revelando duas varas metálicas incrustadas no braço, ambas pontilhadas de pedacinhos irregulares de borracha cinza. — Partes daquela fantasia viraram partes de mim.

O animatrônico tirou da gaveta o que parecia uma tesoura e começou a limpá-la com um cotonete, dando batidinhas por toda a superfície.

— Mas e o sangue falso? — Jessica fechou os olhos, balançando a cabeça. *Charlie disse que Clay encontrou sangue falso na Freddy's.* — Tinha sangue falso. Você forjou a própria morte.

Afton tossiu, e seus olhos se arregalaram.

— Eu posso lhe garantir que não forjei nada. Se seu amigo policial encontrou sangue falso... — Teve que respirar para continuar. — Não era meu. Eu sangro, igual a todo mundo — concluiu, abrindo um sorriso e dando a Jessica um momento para pensar antes de continuar. — Eu lhe dei um monstro. — Ele gesticulou na direção do boneco caído que se passara por Springtrap. — Mas garanto a você que sou bastante humano, e um bem miserável. — Ele hesitou de novo, um rompante de fúria perpassando o rosto. — Meu couro cabeludo foi arrancado quando escapei daquela roupa, ele todo, menos esta parte aqui. — Ele tocou no pequeno trecho em que ainda crescia cabelo. — Pedaços de metal se entrelaçam por todas as partes do meu corpo que não foram substituídas por tecidos artificiais. Todos os movimentos me causam dores inimagináveis. Não me mover é ainda pior.

— Eu não vou sentir pena — disse Jessica de repente, tirando coragem sabe-se lá de onde.

Afton respirou fundo e a encarou, inexpressivo.

— Você acha que a sua piedade faria alguma diferença no que eu vou fazer com você? — perguntou ele, impassível. Inclinou a cabeça, erguendo o queixo como se tirasse alguns instantes para saborear aquelas palavras, e então seu rosto perdeu a centelha de malícia. — Eu só estou contando para você para que possa ajudar com o que vem agora — completou, cansado.

Jessica se levantou.

— Você quer que eu fique impressionada com o tanto que já passou e com a dor que ainda sente. Eu não me importo com você.

Ela se aproximou da cadeira de William e então cruzou os braços, encarando-o de cima. Ela olhou a menina animatrônico, que parecia pronta para intervir, um bisturi parcialmente limpo na mão, mas Afton acenou sutilmente na direção dela e a dispensou, aparentando desfrutar daquela interação. Jessica curvou-se e chegou ainda mais perto.

— William Afton. Não há nada neste mundo que me importe menos do que a sua dor. — Outro grito infantil irrompeu de algum lugar ali perto, e Jessica se empertigou. — Isso *foi* uma criança — afirmou, uma descarga inebriante de adrenalina percorrendo o corpo dela. De uma hora para a outra, ela se sentiu poderosa, como se tivesse o controle da situação. — É você que tem sequestrado todas essas crianças, não é?

Afton abriu um sorriso fraco.

— Receio que isso tenha ficado no passado para mim.

O homem gargalhou e em seguida lançou um olhar afetuoso para o animatrônico, que se voltou para Jessica e sorriu com delicadeza.

A impostora se aprumou e encarou Jessica com firmeza, fazendo-a dar um passo para trás. De uma só vez, a barriga do animatrônico se partiu ao meio e expeliu uma enorme massa de fios e pinos, que se expandiu o máximo que pôde e então abriu e fechou com um retinido metálico. Jessica pulou para trás e deu um grito. A massa caiu no chão e em seguida, pouco a pouco, foi se retraindo de novo até voltar para dentro da barriga da garota, que se fechou como se nada tivesse acontecido. Ela sorriu para Jessica e correu o dedo de cima a baixo na abertura que ficara invisível. Jessica evitou encará-la.

— Já chega, querida — sussurrou Afton.

Jessica voltou a ficar alerta, seu pânico subitamente varrido pela confusão mental. Ela olhava uma hora para o animatrônico, outra para Afton.

— Circus Baby — disse, recordando-se de repente do letreiro do restaurante. O animatrônico abriu um sorriso ainda maior, o rosto ameaçando se abrir ao meio. —Você não é tão bonita quanto na placa — provocou Jessica, e a criatura fechou o sorriso na mesma hora, virando o corpo para ela como se mirasse uma arma.

Um zumbido agudo ecoou por todos os lados, e a garota foi se esgueirando para trás. *É o chip dela*, Jessica pensou, preparando-se como se esperasse algum impacto muito em breve. A garota animatrônico estendeu os braços como se estivesse dando boas-vindas.

Espinhos bem finos e pontiagudos começaram a brotar de sua pele metálica. Todos tinham uma ponta vermelha, como uma cabeça de alfinete, e projetavam-se do rosto, do tronco, dos braços e das pernas a centímetros um do outro. Foram crescendo pouco a pouco, alinhando-se uns aos outros perfeitamente para criar um falso contorno no corpo robótico. A garota olhava cheia de expectativa para Jessica.

— Espere um minuto — disse ela. — Deixe seus olhos se ajustarem.

O zunido ficou ainda mais alto, subindo de tom até se tornar doloroso de ouvir. Jessica tampou os ouvidos, mas foi inútil. De repente, uma nova imagem se formou: onde estivera o animatrônico de superfície lisa e cabelo ruivo, encontrava-se uma criança gigante e cartunesca, com olhos grandes demais para o rosto, e nariz e bochechas pintados de rosa-shocking. Era a imagem perfeita da garota no letreiro neon. Antes que Jessica pudesse reagir, a imagem infantilizada se dissipou, as extensões pontiagudas retornando ao corpo do animatrônico com um estalido metálico. O zunido cessou. O animatrônico retornara à sua antiga aparência. William Afton a observava com uma pontada de orgulho.

Jessica se virou novamente para a garota reluzente ao lado dele.

— Como você a criou? — perguntou, os olhos cheios de curiosidade por um instante, até voltar a se dar conta do perigo imediato que a cercava.

— Ah... uma mulher que se interessa por ciência. Não há como não admirar o que eu fiz. — Ele se apoiou num dos braços da cadeira, impulsionando-se para cima para se sentar direito. — Se bem que... — Afton observou por um instante a garota e depois se virou. — Eu não posso levar todo o crédito, infelizmente. — Ele tornou a reclinar a cabeça e deixou escapar um suspiro. — Às vezes, coisas grandes custam um preço alto.

Confusa, Jessica esperou que ele continuasse, e então, observando o animatrônico, recordou-se de tudo que a garota dissera minutos antes.

— Eu sou um homem brilhante, não tenha dúvida. Mas o que está diante dos seus olhos é uma combinação de todos os tipos de maquinações e mágica. Meu único feito propriamente dito foi criar algo capaz de andar. — Ele esticou o braço e deu um tapinha na perna do animatrônico ao seu lado. Ela não reagiu. — Não é um feito qualquer. Embora não esteja acontecendo da maneira fluida que você imagina. Muito do que você está vendo só existe na sua cabeça. — Ele soltou uma gargalhada ofegante que terminou com uma tosse dolorosa antes de prosseguir. — Foi ideia do Henry não tentar reinventar a roda. Para que criar a ilusão da vida quando nossa própria mente pode fazer isso por nós?

— Só que ela é mais que uma ilusão — observou Jessica.

— Tem razão — concordou Afton, pensativo. — Tem razão. Mas é para isso que estamos aqui... para descobrir o segredo daquele último ingrediente, do que se pode chamar de centelha da vida.

— Também é para isso que estou aqui? — Jessica trincou o maxilar.

— Creio que você tenha vindo até aqui por vontade própria, não? — provocou Afton, num tom moderado.

— Eu não amarrei a mim mesma.

— Mas com certeza não fui eu que enfiei você no porta-malas daquele carro — retrucou ele. — Preferíamos sua amiga Charlie. Mas você pode nos ser útil. — O homem fechou os olhos por um longo instante, para então abri-los e cravá-los em Jessica. — Eu já encarei minha própria mortalidade. Eu sabia que estava morrendo e, por cada fragmento quebrado do meu corpo, sentia um medo profundo, incomensurável. Acho isso pior do que viver uma vida assim, em que cada momento acordado significa dor e o sono só é possível quando induzido por uma dose de medicamentos fatal para a maioria das pessoas.

— Todo mundo tem medo de morrer — disse Jessica. — E você deveria ter mais do que qualquer outra pessoa, porque, se existir inferno, tem um buraco lá no fundo reservado para você.

Em um momento de sincera resignação, Afton aquiesceu.

— No devido tempo, tenho certeza de que é lá que vou parar. Mas o diabo já bateu à minha porta antes, e eu o mandei embora.

Ele sorriu.

— Mas e aí? Você quer viver para sempre? — perguntou Jessica.

William Afton deu um sorriso triste e esticou a mão para o animatrônico, que se dirigiu até ele e pôs a mão em seu ombro em sinal de proteção.

— Não assim, certamente — respondeu.

Jessica olhou a garota robótica e depois o homem à sua frente, o corpo já crivado de partes mecânicas.

— Então o quê? Você está se transformando num robô? — A garota riu de nervoso e, em seguida, dada a expressão séria dele, parou. — Eu não sabia que você gostava de se ver como um cientista maluco.

— Não, isso é ficção científica — rebateu ele, sem ver graça naquilo.

A lona plástica voltou a se mover e começou a deslizar de cima da mesa, mas então subitamente parou, sem revelar o que havia embaixo.

— Todo mundo morre.

Jessica pestanejou. A adrenalina estava baixando e ela começava a se sentir exausta.

Afton tocou na bochecha do animatrônico e então voltou a atenção para Jessica.

— Às vezes, os acidentes mais terríveis geram os frutos mais bonitos — declarou ele, como se para si mesmo. — Recriar o acidente... é obrigação e honra da ciência. Replicar o experimento e obter o mesmo resultado. Dedico minha vida a esse experimento, pedaço por pedaço.

Ele fez um sinal para o animatrônico, que se aproximou de Jessica a passos impetuosos.

A garota recuou, o medo voltando a aflorar.

— O que você vai fazer comigo?

Ela conseguia perceber a urgência na própria voz.

— Basta, por favor. Como uma mulher da ciência, tente ao menos apreciar o que eu fiz — disse Afton.

— Eu estudo arqueologia — argumentou Jessica com um tom de voz indiferente.

O homem não respondeu. O animatrônico chegou ainda mais perto, encarando-a com um olhar indecifrável.

A lona plástica escorregou da mesa, e Jessica se assustou ao ver o que havia ali embaixo, mas seu terror logo se transformou em dúvida. Não havia corpo, humano ou mecânico. O que se via eram sucatas de metal derretido cujos prolongamentos podiam ser interpretados como braços e pernas, mas sem nenhum mecanismo de movimento definido. Não havia articulações, músculos, pele ou revestimentos, só uma massa indefinida de cabos emaranhados derretidos e fundidos. A maior parte parecia acoplada à mesa, queimada e enegrecida nas extremidades em contato, derretida até virar uma coisa só, aparentemente inseparável.

— Eu não entendo.

Jessica estava boquiaberta, voltando a se sentar, mal se dando conta de seus movimentos.

— Boa menina.

Afton abriu um sorrisinho.

Jessica cerrou a mandíbula. O animatrônico voltou à mesa e retomou a esfregação de algodão com álcool. Começou de novo pelos dedos, limpando metodicamente cada um.

— Vamos logo com isso — ordenou Afton, impaciente.

A criatura não interrompeu seu ritmo meticuloso.

— Eu toquei em você. Preciso fazer tudo de novo — explicou.

— Bobagem, vamos logo. Já sobrevivi a coisa pior.

— O risco de infecção... — observou ela com toda a calma.

— Elizabeth! — irrompeu ele. — Faça o que mandei.

O animatrônico parou imediatamente o que estava fazendo, assustada, e, por um momento, quase pareceu estar tremendo. Jessica prendeu a respiração, se perguntando se alguém havia percebido que ela presenciara aquele diálogo. Ou talvez eles não se importassem com isso. O animatrônico logo recuperou a compostura, o olhar se acalmando, e então abriu a gaveta e retirou um par de luvas de borracha, que ajustou com facilidade em suas mãos metálicas. O homem se acomodou, e a criatura foi até ele e se curvou para apertar um botão na lateral da cadeira, que fez um ruído pneumático e foi se reclinando até se transformar numa espécie de cama. O animatrônico então pisou num pedal na base da cadeira, dando um solavanco no móvel. Afton soltou um grunhido de dor, e Jessica, por reflexo, se encolheu. A garota animatrônico tornou a pisar no pedal, elevando a cadeira mais um pouco, até que parou e religou o monitor. O aparelho começou a apitar de novo em intervalos ligeiramente irregulares, e ela foi subindo a cadeira mais rápido, sacolejando o frágil corpo de Afton. Ela olhava do monitor para o homem e vice-versa, atenta aos sinais vitais dele. Quando a cadeira chegou à altura de sua cintura, a criatura se afastou, aparentemente satisfeita. Afton deixou escapar uma expiração chiada e ergueu um pouco a mão para apontar para Jessica.

— Chegue mais perto — falou. Apreensiva, a garota deu um passo curto à frente, e o homem abriu um sorriso que podia ser genuíno ou sarcástico. — Quero que você veja o que vai acontecer.

— O que vai acontecer? — indagou ela, notando a própria voz falhar.

— Como as criaturas da Freddy's se moviam por vontade própria, sem nenhuma força externa que as controlasse? — perguntou ele, num tom de voz brando, e inclinou a cabeça, aguardando a resposta.

— As crianças ainda estavam lá dentro. A alma delas estava dentro daquelas criaturas — respondeu Jessica, suas palavras soando frágeis.

Ela estava se sentindo *frágil*, como se qualquer coisa que a tocasse naquele momento pudesse despedaçá-la.

Afton voltou a ser sarcástico.

— Ah, Jessica, já chega. O que mais? — Ela fechou os olhos. *Do que ele está falando?* — O que mais havia dentro delas, para unir tão fielmente seus espíritos ao urso, ao coelho e à raposa de maneira tão inseparável? *Como elas morreram, Jessica?* — Jessica arquejou e cobriu a boca com as mãos, como se pudesse evitar que aquilo fizesse sentido se não falasse nada. — Como, Jessica? — insistiu Afton, e ela baixou as mãos, tentando controlar a respiração.

— Você matou todas elas — disse, e o homem emitiu um som impaciente. Ela voltou a encará-lo, sem vacilar diante da órbita vazia. — Elas morreram dentro das roupas — acrescentou, a voz rouca. — O corpo delas estava preso ali dentro, assim como as almas.

Ele aquiesceu.

— O espírito acompanha a carne, ao que parece, e a dor também. Se eu quiser me tornar minha própria criação imortal, meu corpo precisa conduzir meu espírito ao seu lar eterno. Como ainda estou... fazendo experimentos, vou movendo minha carne pedaço por pedaço. — Ele olhou pensativo para a criatura na mesa. — Cada vez mais — murmurou, quase para si mesmo. — É um teste de força para minha própria vontade. Quanto de mim mesmo eu consigo retirar e ainda permanecer no controle?

— Retirar? — repetiu Jessica com a voz débil, capturando de volta a atenção dele.

— Sim. Vou até deixar você presenciar — reiterou ele, com um sorriso malicioso.

— Não, obrigada — declinou a garota, encolhendo-se, e ele soltou uma gargalhada sem fôlego.

— Você vai assistir — declarou o homem, se virando para o animatrônico. — Fique de olho nela — ordenou.

— Estou com muitos olhos nela.

O animatrônico foi até um armário e pegou outra bolsa de soro.

Antes que a criatura fechasse a porta, Jessica conseguiu espiar mais bolsas como aquela e uma prateleira com o que pareciam pacotes de carne embalados a vácuo. Seu estômago se revirou, e ela engoliu em seco.

Jessica começou a se contorcer no assento. Ouvia-se um sibilo vindo de algum lugar, e o cheiro de óleo queimado foi tomando conta do ambiente. A mesa onde estava a massa de metal começou a adquirir um brilho alaranjado no centro, e a própria massa aparentava se mover sutilmente, embora Jessica assistisse àquilo só de canto de olho. Ela voltou sua atenção novamente para Afton.

Ele dava a impressão de estar dormindo, com o tórax subindo e descendo em respirações lentas e os olhos fechados. A pálpebra caía, flácida, por cima da haste de aço bem ao centro, a pele fina pairando sobre a órbita vazia. O animatrônico assentiu e foi até a mesa. Jessica engoliu em seco, o cheiro podre se assomando à sua volta. Tinha até parado de senti-lo, o nariz havia se acostumado, mas o fedor contaminara o ambiente, deixando o ar mais espesso. *Um teatro cirúrgico... Ele pega as crianças para transplantar os órgãos delas para si mesmo?*

Jessica correu os olhos pelo cômodo, estudando suas possibilidades. Os bisturis estavam longe demais e não fariam nem um arranhão na pintura do animatrônico. Se corresse, acabaria morta no meio do caminho até a porta. Ela se obrigou a assistir.

O animatrônico parou ao lado de Afton e tornou a checar o monitor com cuidado. Desabotoou a camisa do pijama por completo, revelando o tórax e o monte de cicatrizes que o cobriam desde quando ele ainda nem atendia pelo nome de Dave. Baixou o cós da calça dele alguns centímetros para que o tronco ficasse totalmente exposto e então trocou as luvas. Em seguida, pegou um dos bisturis. Jessica virou o rosto.

— Você tem que assistir — advertiu o animatrônico, com tranquilidade, uma voz humana destituída de entonação humana. Jessica levantou a cabeça bruscamente. O animatrônico estava vigiando. — Ele quer ver você assistindo — repetiu, a fachada amistosa camuflando sua voz mais uma vez. Jessica engoliu em seco e assentiu, concentrando-se na cena à sua frente. — Acho que você não entendeu — disse o robô. — Vá lavar as mãos.

Trêmula, Jessica se levantou e foi até a pia com a sensação de que poderia desmaiar a qualquer momento. Ela abriu a torneira e ficou vendo a água se esvair pelo ralo, o aço inoxidável impecavelmente limpo cintilando sob a luz forte.

— Lave as mãos.

Jessica obedeceu, arregaçando as mangas até os cotovelos e lavando das mãos aos antebraços, espalhando a espuma do sabão várias vezes, como tinha visto os médicos fazerem na televisão. Por fim, enxaguou-as e se virou para o animatrônico.

— O que tenho que fazer? — perguntou.

A garota mecânica rasgou um pacote plástico, tirou uma toalha lá de dentro e a entregou para Jessica.

— Você vai ajudar.

Jessica pegou a toalha, enxugou as mãos e depois colocou as luvas que sacou da caixa que o animatrônico lhe apontara.

— Você sabe que esse troço não está esterilizado, não sabe? — resmungou, dando uma olhada no amontoado na mesa.

— Espere.

Jessica arfou e deu um passo em direção à mesa.

Daquele ângulo, conseguia identificar melhor o formato. Mesmo sendo uma massa de sucata derretida e fundida, era possível reconhecer certos elementos ali no meio. *Uma perna. Um dedo. Uma... órbita ocular.*

— Eu... Eu estou reconhecendo essas partes — afirmou Jessica, mas não houve resposta. — Parecem... endoesqueletos... da Freddy's, da Freddy's original.

Jessica começou a fazer cálculos mentais, tentando estimar quanto aquela massa devia pesar e comparando o tamanho ao que ela lembrava do endoesqueleto. Antes que conseguisse chegar a alguma conclusão, a criatura na mesa tentou levantar a perna, o joelho improvisado flexionando-se parcialmente. Ela não conseguiu identificar nenhum dispositivo mecânico. A criatura parecia estar se movendo por vontade própria. Um segundo depois, voltou a desabar na mesa.

— Onde vocês encontraram isso? — Jessica se afastou. — Onde encontraram isso? O que vocês fizeram? Por que vocês... derreteram tudo?

— Me passe o bisturi — disse o animatrônico, paciente.

Os equipamentos cirúrgicos estavam organizados sobre um pedaço de papel na mesa de rodinhas, com um jogo de agulhas curvas já com linhas de sutura e um pequeno maçarico de propileno caseiro. A criatura na mesa tentou levantar a perna mais uma vez, e, de repente, Jessica compreendeu tudo.

— Elas ainda estão aí! — gritou. — As crianças... *Michael!*

A criatura se contorceu num movimento sofrido, como se respondesse à Jessica, e o coração dela se partiu em mil pedaços. *Elas estão aí. E estão sofrendo.*

— Acho que eu deveria ter raptado a Marla se queria uma enfermeira — ironizou o animatrônico. — Eu já falei que ele quer que você assista. Olhe para lá.

Jessica obedeceu, ficando zonza ao ver o animatrônico enfiando o bisturi na pele de Afton. *Não desmaie.* Ele deslizou a lâmina pelo baixo ventre com mãos firmes e bem treinadas, fazendo uma incisão de mais de dez centímetros. Estendeu a mão com o bisturi, e Jessica ficou olhando por alguns instantes antes de se dar conta de que deveria pegá-lo.

— Ele quer que você assista. É o único motivo para você ainda estar viva. Se não for assistir, não tem por que estar aqui. Entendido?

Jessica se controlou. *Respire. Não desmaie. Pense em outra coisa. John, Charlie... Não, eu vou começar a chorar. Outra coisa, outra coisa...*

Sapatos. Botas pretas de cano alto. Estilo botas de montaria. Couro italiano. Jessica pegou o bisturi e o posicionou, o sangue pingando no papel e se alastrando pelas fibras. Ela respirou fundo mais uma vez.

O animatrônico estava com uma das mãos dentro da incisão e puxava a pele para espiar dentro da ferida que acabara de abrir.

— Bisturi — pediu de novo, e Jessica pegou outro e entregou a ele. — Assista — advertiu novamente o robô, e Jessica viu a garota enfiar a outra mão e cortar algo lá dentro.

Jessica se encolheu. *Sapatos. Tamancos cor de vinho. Saltos de dez centímetros. Costuras de retalhos.* O animatrônico entregou o bisturi, com uma das mãos ainda dentro de Afton.

— Tome, me dê os grampos.

Jessica pegou o bisturi e o substituiu.

— Grampos? — perguntou, começando a entrar em pânico enquanto procurava em meio aos instrumentos.

— Iguais a uma tesoura, mas com dentes no lugar das lâminas. Abra alguns e me entregue, rápido.

Sapatos. Sandálias roxas, brilhosas. Jessica pegou os grampos e tentou abri-los, mas estavam presos por um fecho esquisito na parte de cima.

— Rápido. Quer que ele morra?

Quero!, Jessica sentiu vontade de gritar, mas se controlou. Apertou bem o cabo do instrumento, e os grampos se soltaram. Aliviada, ela os entregou para o animatrônico, que enfiou a extremidade pontiaguda na abertura, pinçou e grampeou o que quer que estivesse segurando. Tirou a mão devagar de dentro da ferida e olhou para Jessica.

— Você precisa ser mais rápida. Bisturi, e depois, logo em seguida, vou precisar dos grampos.

Jessica assentiu.

Sapatos. De camurça verde com saltinho baixo fininho e uma tira com uma pedra falsa no tornozelo. Ela entregou o bisturi para o animatrônico e foi logo abrindo os grampos o mais depressa possível, de modo que já estava com eles na mão quando a lâmina ensanguentada lhe foi devolvida. Meio tonta, ficou vendo o robô fazer outro corte, rasgando algo que ela não conseguia enxergar e usando o último jogo de grampos para fechar.

O zunido na mesa atrás delas começou a ficar mais alto, e o brilho laranja se intensificou. Jessica deu um passo para o lado para se afastar do calor. O brilho se espalhou pela criatura na mesa, e partes dela pareceram se virar de um lado para outro.

— Estique as mãos — disse o animatrônico.

Tênis plataforma. Jeans. Horrorosos. Jessica se preparou para passar os grampos, mas, em vez de pegá-los, o animatrônico enfiou as mãos no buraco aberto no corpo de Afton e retirou um objeto ensanguentado. *É um rim. É o rim dele. Coturnos de couro preto. Coturnos de couro preto. Os coturnos de couro preto da Charlie.* O animatrônico ergueu o rim no alto por alguns instantes, e o sangue gotejou em seu rosto. *As botas da Charlie. Charlie.* O animatrônico se virou para Jessica, que se encolheu toda.

— Estique as mãos — repetiu, com uma insistência gélida, e Jessica obedeceu, fazendo de tudo para não vomitar quando o órgão quente foi colocado delicadamente em suas mãos.

É só uma carne. *Não é um pedaço do corpo de uma pessoa. Pense que é só carne. Tênis plataforma. Botas de salto agulha. Mocassins.* Meio em transe, ela ficou assistindo enquanto o animatrônico pegava uma agulha curva e uma linha preta para fechar o corpo de William Afton, começando pelas entranhas e terminando na primeira incisão, fazendo uma sequência de vários xis na metade esquerda do corpo do homem. Por fim, o robô terminou, cortando com destreza o pedaço de linha que restara.

— E agora? — perguntou Jessica, a própria voz soando débil em contraste com o turbilhão que lhe chegava aos ouvidos.

Tênis amarelos com uma listra azul na lateral. Aquelas sapatilhas marrons que a mamãe me deu. Ah, mamãe...

— A próxima parte é fácil — respondeu o animatrônico, tirando as luvas, tornando a segurar o rim e se aproximando da mesa onde jazia aquela massa toda.

— O que você vai fazer? — Jessica estremeceu.

— Você achava que tudo isso era para quê? — retrucou o animatrônico, tranquilo. — Ele falou para você: pedaço por pedaço.

A criatura na mesa emitia um brilho alaranjado, e fluidos escorriam de várias partes, cada pingo provocando um chiado ao cair na superfície quente.

— É um transplante.

O amontoado de partes derretidas pareceu humano por um instante, com um comportamento repentinamente infantil ao se contorcer e virar a cabeça para Jessica. Por um breve instante, ela pensou ter visto olhos encarando-a de volta. De repente, o silêncio foi quebrado no momento em que o animatrônico cerrou a mão em torno do rim e o enfiou no peito da criatura, pressionando com tanta força que o metal logo abaixo foi deslocado, enterrando o órgão lá no fundo, onde ele gorgolejou e sibilou. Mais fluido gotejou da criatura e queimou na mesa, com o animatrônico contorcendo o rim lá dentro.

Ele tirou a mão enegrecida, toda chamuscada, da cavidade que havia criado e a abaixou, abrindo e fechando os dedos como se para verificar se ainda funcionavam.

— Agora terminamos.

Passou por Jessica a caminho do armário, de onde surgiu com uma agulha comprida. Foi determinado até William Afton, parou com a mão erguida sobre o corpo do homem e então enfiou a agulha no peito dele.

Um segundo depois, ele expirou com força e soltou um gemido. O animatrônico retirou a agulha do peito dele e a pousou com delicadeza na mesa ao lado. William Afton abriu os olhos, e seu único globo ocular girou entre Jessica e o animatrônico.

— Acabou? — perguntou ele.

Jessica gritou com tanta intensidade que despertou do torpor, deixando o som inundar todo o cômodo. A garganta ficou irritada, mas ela gritou de novo, agarrando-se ao clamor da própria voz. Por um instante, sentiu que, se continuasse gritando, nada pior poderia acontecer.

O ar em volta de Jessica bruxuleou e sua visão ficou embaçada: alguma coisa estava se movendo. No momento seguinte, seus olhos ficaram límpidos, e Charlie estava de pé diante dela.

— Jessica, não se preocupe! Pode confiar em mim — disse a amiga, com entusiasmo.

CAPÍTULO NOVE

Alguém acariciava seu cabelo. *O sol ia se pondo atrás de uma plantação de grãos. Um grupo de pássaros revoava lá no alto, seu canto ecoando por toda a paisagem.*

— Estou tão feliz de estar aqui com você! — disse uma voz gentil.

Ela ergueu o olhar e se aninhou no colo dele. Seu pai sorria, mas seus olhos estavam cheios de lágrimas. Não chora, papai, *ela queria dizer, mas, quando tentava, as palavras não saíam. Ela esticou o braço para tocar o rosto dele, mas sua mão atravessou o vazio: ele tinha sumido, e ela estava sozinha no gramado. Lá em cima, os pássaros começaram a se lamuriar, o gorjeio lembrando vozes humanas cedendo ao desespero.*

— Papai! — gritou Charlie, mas não houve resposta, só o lamento das aves enquanto o sol ia desaparecendo no horizonte.

Estava escuro e ele não tinha voltado. Todos os pássaros já tinham ido embora, menos um, que, a cada lamúria, parecia mais humano. Vacilante, Charlie se levantou. Por algum truque do tempo, já não era mais criança, mas uma adolescente, e os campos à sua volta haviam se transformado em destroços. Encontravam-se em ruínas, com uma única parede intacta à sua frente e uma porta bem ao centro. As aves estavam em silêncio, mas alguém chorava do outro lado da porta, alguém sozinho num espacinho apertado. Ela correu até lá e esmurrou a superfície metálica.

— Me deixa entrar! Me deixa entrar! Eu preciso entrar!

Eu preciso entrar! Ela se levantou de pronto, com um arquejo gutural, inspirando desesperadamente como se tivesse acabado de escapar de um afogamento. *As portas... o depósito.* Ela jogou os lençóis e o cobertor de lã cinza para o lado, enroscando-se toda antes de conseguir se soltar. Estava tão quente que ela mal podia suportar, e a lã lhe dera coceira no queixo. Ela se sentia estranha, mais alerta: o mundo parecia totalmente nítido e chegava a incomodar, como se ela tivesse passado vários dias vagando num estado de semiconsciência. *Tudo dói*, ela conseguira sussurrar para John, mas, de alguma forma, aquilo estivera deslocado, com algum tipo de isolamento entre seu corpo e sua mente. Àquela altura, com a mente limpa, o estado de isolamento passara, e ela estava muito dolorida, um incômodo constante que dava a impressão de estar em toda parte ao mesmo tempo. Ela se recostou na parede. Acordara sem sentir nenhuma desorientação por conta do sono; sabia exatamente onde estava. Era o apartamento de John, e ela estava atrás do sofá porque...

— Alguém está se passando por mim — disse, sem muita certeza, e o som da própria voz a assustou naquele cômodo vazio.

Sem confiar muito nas próprias pernas, ajoelhou-se, usando o encosto do sofá para se equilibrar, ficando de pé com certo esforço. Endireitou-se e imediatamente ficou tonta, a cabeça flutuando enquanto os joelhos ameaçavam ceder. Charlie se segurou com firmeza no encosto do sofá, escolhendo um ponto na parede para olhar fixamente, torcendo para que o aposento parasse de girar.

Instantes depois, ele parou, e Charlie se deu conta de que a parede para a qual ficara olhando era, na verdade, uma porta. *Portas*. O pensamento voltou a atordoá-la, mas ela manteve a mão firme no sofá, contornou-o até o outro lado e, com todo o cuidado, se sentou. Charlie observou o cômodo. Até aquele momento, a única coisa que tinha visto era o cantinho em que ficou deitada. As persianas estavam fechadas, e ela notou que a porta da frente estava trancada. Perdeu o interesse em todo o resto, seus olhos outra vez atraídos para a outra porta. Esta-va ligeiramente entreaberta, o cômodo lá atrás escuro, e Char-lie sentiu um calafrio, ecos do seu sonho reverberando em sua mente. *Portas. Tinha alguém do outro lado, atrás da porta, em algum lugarzinho escuro. Eu as estava desenhando, as portas. Precisava encon-trar a porta. E então...* Ela fechou os olhos, lembrando. Corriam desesperados para escapar enquanto o edifício trovejava à sua volta, já desabando, quando ela avistou a porta. *A porta me cha-mou. Estava escondida na parede, mas eu fui até lá, sabia exatamente onde ela estava. Enquanto caminhava em direção a ela, foi como estar dos dois lados: me aproximando e presa atrás dela. Separada de mim mesma. Quando a toquei, senti as batidas do seu coração, e aí...* Os olhos de Charlie se abriram.

— John me puxou — disse ela, a lembrança se consolidan-do à medida que se permitia reviver aquilo. — Eu não queria ir porque... — De repente, escutou: o chiado e as rachaduras se formando na parede. — ... porque a porta tinha começado a se abrir.

Charlie se levantou, sem tirar os olhos da porta. Aproximou-se dela como se impulsionada pela mesma força instintiva, o coração batendo mais forte.

— É só o quarto, não é? — murmurou, mas ainda esgueirando-se devagar.

Parou diante da porta e experimentou esticar a mão, ficando vagamente surpresa quando seus dedos tocaram a madeira. Ela empurrou devagar, e a porta se abriu com facilidade, revelando uma garota idêntica a Charlie.

Um espelho.

Era idêntica. O rosto pálido e exausto, mas era o seu rosto, e ela, por instinto, sorriu. Na confusão dos últimos... dias?, semanas?, estivera completamente desorientada, perdendo e recuperando a consciência, a dor encontrando-a até nos sonhos. Charlie não se sentira ela mesma, mas ali estava. Ela tocou a mão da garota no espelho.

— Você é você — disse, tranquila.

Atrás dela surgiu o barulho inconfundível de uma chave girando na fechadura, e ela, tomada por um pânico súbito, virou-se, perdeu o equilíbrio e se apoiou na cômoda de John. A porta do apartamento se abriu e ela se encolheu, ajoelhada atrás da cômoda. Um clamor de vozes irrompeu, todas ao mesmo tempo. Eram tantas que não dava para identificar as palavras, até que uma bem familiar a chamou.

— Charlie?

Charlie não se moveu, esperando para ter certeza de quem era. Depois de alguns passos na entrada do quarto, chamaram de novo:

— Charlie?

— Marla! Estou aqui. — Ela começou a se levantar, mas as pernas não aguentariam o peso. — Não consigo... — Charlie tentou, lágrimas de frustração brotando nos olhos enquanto Marla ia depressa até ela.

— Está tudo bem. Está tudo bem, eu ajudo. Olha como você chegou longe! — Charlie olhou para ela sem graça, e Marla gargalhou. — Desculpa. É que... me olhando desse jeito você fica tão...

— Tão o quê?

— *Tão Charlie.*

— E como mais eu poderia ficar?

Charlie sorriu quando Marla segurou seu pulso com autoridade médica e começou a contar silenciosamente.

Carlton logo apareceu atrás de Marla. John estava na porta, mas não fez nenhuma menção de se juntar a eles e não olhou nos olhos de Charlie.

— Achei melhor não ficar em cima de você — explicou Carlton, sentando-se de pernas cruzadas ao lado dela. — Charlie, eu estou... — Ele hesitou e engoliu em seco, desviando o olhar. — Estou muito feliz de ver você — declarou, olhando para o chão.

— Também estou feliz de ver você.

Ela olhou de novo para Marla, que tratou de assentir.

— Seus batimentos estão um pouco lentos. Quero checar de novo daqui a alguns minutos. E quero que você beba um pouco de água.

— Certo — assentiu Charlie, um tanto perplexa.

— Vamos colocá-la na cama — disse Marla para Carlton, que concordou e, antes que Charlie pudesse protestar, a pegou no colo.

Charlie olhou em volta à procura de John, mas ele havia desaparecido.

Marla recolheu os cobertores. Charlie sentiu o sono chegando como se fosse uma visita, cutucando-a delicadamente. Enquanto Carlton a deitava, ela piscou rápido para ficar desperta. Marla começou a puxar os cobertores para cobri-la, e Charlie acenou, tentando afastá-los.

— Estou com muito calor.

— Tudo bem. — Marla parou. — Estarão aqui se você precisar.

Charlie assentiu. O sono chegava cada vez mais forte: se ela simplesmente fechasse os olhos, mergulharia de novo na escuridão. Marla e Carlton estavam conversando, mas ia ficando mais difícil acompanhar o que diziam.

Uma pancada barulhenta chacoalhou o pequeno apartamento, e Charlie acordou assustada, o coração batendo forte de susto. Quase que instantaneamente, a mão de Marla pousou em seu ombro.

— É só o John — tranquilizou.

— Acho que meu coração ficou acelerado de novo — brincou Charlie, mas Marla reagiu com um olhar preocupado, pegando novamente o pulso da amiga. — Marla, eu estou bem — afirmou a garota, afastando o braço sem muito entusiasmo.

Marla segurou-a por mais alguns segundos e depois soltou.

Na sala, John colocou algo no chão com força. Carlton olhou preocupado para Charlie e então ajudou-a a se levantar da cama, oferecendo o braço para que ela se apoiasse para ir até lá. Por um momento, o objeto ficou encoberto, até que todos abriram espaço, e ela pôde ver a boneca do tamanho de uma criança. Charlie se sentou no chão, ligeiramente afastada dos demais.

— Ella — sussurrou. Um nó dolorosamente apertado dentro do seu peito começou a afrouxar, e ela sentiu que estava sorrindo. — John, onde você a encontrou?

John se ajoelhou atrás da boneca e olhou para Charlie com um ar soturno, fazendo o sorriso dela sumir.

— O que foi? — perguntou.

Ele não respondeu.

— Todos vocês, fiquem de olho na boneca — orientou ele, tirando algo do bolso.

Com o polegar, num movimento bem sutil, ele deu um peteleco no objeto, e o ar em torno de Ella bruxuleou por alguns instantes, embaçando a boneca. Charlie esfregou os olhos e Marla soltou um arquejo. Ela tinha sumido, deixando em seu lugar uma garotinha de uns três anos vestida com as mesmas roupas. O nó no peito de Charlie começou a apertar de novo.

— O que é isso, John? — indagou Marla com rispidez.

John deu mais um peteleco, e o bruxulear envolveu a menina, que voltou a ser uma boneca, seus olhos vazios encarando placidamente a eternidade. Charlie disparou olhares para todo mundo: Marla parecia assustada, enquanto Carlton estava fascinado. John, por algum motivo, demonstrava raiva. Charlie se agitou, incomodada. John manipulou novamente o objeto que tinha à mão, e a garotinha tornou a aparecer. Carlton se agachou e Marla se curvou para ver, mantendo certa distância.

John se levantou, deixando-os ali olhando para Ella, e se ajoelhou ao lado de Charlie, com o mesmo olhar sombrio que estava desde que entrara com a boneca.

— O que é isso? — perguntou ele, com um ar severo, e Charlie, magoada, o encarou. Com uma expressão de sofrimento e o rosto ruborizado, John virou o rosto. Quando voltou a olhar para Charlie, a raiva no semblante dele se dissipara, mas não totalmente. — Eu preciso saber o que é isso.

— Eu não sei — respondeu ela.

John assentiu e se sentou no chão próximo a ela, tomando o cuidado de deixar um bom espaço entre os dois. Ele abriu a mão, revelando um disquinho achatado. Charlie não fez menção de tocá-lo. Havia algo estranho no comportamento dele, algo que não lhe inspirava confiança e que ela nunca tinha visto.

— Você sabia? — perguntou o garoto.

— Não.

Charlie inclinou a cabeça e ficou encarando a menininha inerte.

— Mas é igual às criaturas do Afton, não é? — sugeriu John. — Projeção de padrões bombardeando a mente, sobrecarregando os sentidos...

— Isso é diferente — interrompeu Charlie.

Embora não estivesse com frio, ela sentiu o corpo estremecer, subitamente incapaz de se livrar da lembrança do urso distorcido, com o focinho arrancado e as vigas metálicas à mostra, a ilusão oscilando enquanto ele os intimidava.

— Posso ver? — pediu ela, forçando-se a voltar ao presente.

John entregou o disco a ela, que pegou o objeto com cuidado, observando o garoto atentamente. Ele lembrava uma tempestade se formando, e ela tinha medo de desencadear a tormenta. Charlie ergueu o disco contra a luz, virando-o de um lado para o outro, e então o devolveu.

— Só isso? — John arregalou os olhos.

— O que você quer que eu diga? — gritou ela.

— Bem, você não tem nada para me dizer sobre essa coisa?

— Todos os outros traziam a marca "Robótica Afton". Esse não tem. Mas eu aposto que você já tinha percebido isso.

— Na verdade, não. — John olhou pensativo para ela e para o disco. Acionou o interruptor, e Marla, surpresa, soltou um grito de susto. — Desculpa! É um pouco chocante quando nos pega de surpresa — disse ele, virando-se novamente para Charlie com um sorrisinho no rosto.

Ela sorriu, e o sorriso dele fraquejou: o incômodo transparecia em seu rosto. Mas antes que ela pudesse falar, já havia passado. John abriu um sorriso, deu uma piscadinha para ela e, em seguida, acionou o interruptor. Marla soltou outro grito, e Carlton gargalhou.

— Para com isso! — bradou Marla.

John ignorou Marla e, hesitante, como se achasse que Charlie poderia fugir, se inclinou para mais perto dela, que se virou para encará-lo, tomada por uma onda de nervosismo. Charlie baixou a cabeça, deixando o cabelo cobrir o rosto, e o garoto com delicadeza tirou uma mecha da frente dos olhos dela. John sorriu e acionou o interruptor outra vez, então mais outra.

— Já chega! — gritou Marla. — Isso é bizarro demais para mim.

John parecia não ouvir a amiga. Estava olhando com apreensão para Charlie.

— O que foi? — perguntou ela, calma.

— Nada — respondeu ele. John tocou de novo no cabelo dela, dessa vez prendendo-o atrás da orelha. — Ei... — falou de repente, mudando o tom. — Lembra seu experimento do ano passado?

Ela assentiu, nervosa, e então parou, subitamente consciente de quanto tempo estivera longe.

— Os meus rostos. Mas não devem existir mais, nada daquilo deve existir mais.

— Existe, sim — corrigiu ele, sorrindo, e o coração dela se acendeu. Charlie sentiu como se John tivesse acabado de lhe dar um presente. — Jessica guardou todas as suas coisas. Estão na casa dela.

— Ah! — exclamou Charlie, olhando ao redor. — E a Jessica? Cadê ela?

— Charlie... — disse John, pacientemente, e ela tentou se concentrar nele. Sentia a atenção minguando, como se sua mente estivesse se esvaindo, flutuando feito uma nuvem. — Os rostos — prosseguiu o garoto. — Você tinha que usar um fone de ouvido para que te reconhecessem, certo? — Charlie assentiu. — Você conseguiria fazer o inverso?

Charlie pensou por um momento e voltou a olhar nos olhos dele.

— Você está querendo saber se posso fazer com que os animatrônicos *não* reconheçam alguém? — Ela franziu a testa, sua concentração retornando à medida que ela pensava na questão. — Os fones de ouvido emitem uma frequência que alerta os animatrônicos para a sua presença, tornando a pessoa visível. Se essa frequência fosse invertida... — Ela fez outra pausa. — Não sei se funcionaria, John. Talvez.

— Será que nos tornaria invisíveis para eles?

— *Talvez*, mas seria bem ousado tentar.

— Como eu faria isso? Inverter a frequência?

Charlie deu de ombros.

— Basta trocar os fios e...

— Charlie, que parte de "fique na cama" não ficou clara? — perguntou Marla, cuidadosa, aproximando-se deles.

John se levantou, ainda esperando por uma resposta, embora Charlie não parecesse nem um pouco preparada para dar continuidade à conversa.

— Desculpa — ele foi logo dizendo.

— Tenha cuidado — advertiu Charlie.

Estava começando a ficar zonza de novo e, quando Marla ofereceu ajuda para levá-la de volta ao quarto, a garota não protestou.

John ficou observando Charlie, deitada na cama toda encolhida, os olhos já fechados. Marla ergueu as sobrancelhas, e John saiu do quarto, deixando a porta entreaberta. Na sala, Carlton estava ajoelhado ao lado de Ella, já em forma de boneca, e olhava com atenção dentro da orelha dela.

— Hum, Carlton? — disse John, hesitante, e Carlton se sentou ao lado dele.

— É incrível — falou o garoto. — Ela parecia humana, tipo, de verdade, uma criança humana.

— É, acho que o objetivo era esse. A gente pode conversar lá fora? — propôs John, e Carlton olhou surpreso para ele.

— Claro — respondeu o amigo, ligeiramente preocupado.

— Vamos.

John se dirigiu à porta, e Carlton foi logo atrás.

Do lado de fora, John não se pronunciou de imediato. Ficou olhando para Carlton por um momento, pensativo.

— Qual é o seu plano? — perguntou Carlton, desconfiado.

— Primeiro preciso organizar tudo na cabeça — respondeu John. — Ano passado, quando ainda estava na faculdade, a Charlie estava fazendo um experimento, tinha alguma coisa a ver com ensinar línguas para robôs.

— Ah, sim! — Carlton assentiu com entusiasmo. — Ela me contou. Programação de linguagem natural. Eles escutam as pessoas conversando ao redor e com eles, e assim aprendem a falar. Mas parece que não deu muito certo.

— Bem, que seja. Ela tinha uns fones de ouvido. Tipo... Os robôs só falariam entre si, só reconheceriam um ao outro. Entende o que estou falando?

— Hum, acho que sim.

— Então, se você, Carlton, quisesse *participar* da conversa, teria que usar um fone de ouvido especial. Os fones fariam os robôs reconhecerem você. Caso contrário, você só seria parte do pano de fundo, como se fosse *invisível* para eles.

— E?

Carlton olhou para ele com um semblante intrigado, e John revirou os olhos.

— Os fones de ouvido incluíam você na conversa. Sob a perspectiva dos robôs, você virava um deles.

— Eu odeio ter que dar essa má notícia, mas os grandões já nos enxergam... Posso garantir isso. Está vendo esta cicatriz?

— Quer calar a boca um segundo? Eu perguntei para a Charlie, e ela disse que a gente talvez consiga inverter essa tecnologia. Dá para trocar os fios e, em vez de os fones de ouvido nos *incluírem*, eles nos *excluiriam*. — Carlton franziu a testa. — O que poderia, efetivamente, nos tornar invisíveis — concluiu John.

— Trocar os fios — repetiu Carlton. — Isso nos camuflaria, nos eliminaria do mundo que eles são capazes de visualizar.

— Isso.

Carlton esperou que John prosseguisse e então acrescentou:

— O que você quer que eu faça?

—Vá até a casa da Jessica. Ela guardou todas essas bugigangas da Charlie encaixotadas num armário. Se ela não estiver lá, a chave reserva fica debaixo do capacho.

Carlton ergueu as sobrancelhas.

— Debaixo do capacho? Que lugar *péssimo* para se deixar uma chave!

— Ela mora num bairro tranquilo — argumentou John, defendendo a amiga.

Carlton tornou a erguer as sobrancelhas.

— É, o bairro é tranquilo, John. Nunca acontece nada ruim lá. — Carlton deu um tapinha no ombro do amigo e foi para o carro, gritando: — Estou dentro!

John deixou escapar um suspiro e, em seguida, entrou em casa. Marla estava sentada no sofá com os olhos vidrados na televisão desligada.

— Como ela está? — perguntou ele, sentando-se ao lado da amiga.

— Está bem, considerando as circunstâncias — respondeu Marla, dando de ombros. Aflita, ela desviou o olhar da tela. — Ela estava trancada num baú! Isso é insano. Trancada num *baú*!

Sabe-se lá por quanto tempo. Dias, meses? Devem ter dado comida, água, ou ela teria morrido de fome, mas ela não se lembra de nada, só de cair no sono e acordar. Ela *aparenta* estar saudável. Eu não sei o que pensar.

Impulsivamente, John a abraçou, e Marla suspirou, retribuindo com força o abraço. De repente, soltou-o, desviando o olhar enquanto enxugava os olhos. John fingiu não ver.

— Posso me sentar lá com ela um minutinho? — perguntou ele quando ela se recompôs. — Não vou incomodar, só quero ficar um pouco com ela, saber que ela está lá.

Marla assentiu, seus olhos reluzindo com as lágrimas de novo.

— Não vá acordá-la — advertiu, enquanto ele se aproximava da porta.

John fez que sim, entrou e fechou a porta.

Carlton entrou no estacionamento do prédio de Jessica procurando o carro da amiga, que aparentemente não estava lá.

— Acho que vou invadir a sua casa. Foi mal, Jess — disse, empolgado, ao parar numa vaga, mas o medo já havia se instalado. Ele queria companhia, mesmo numa missão tão modesta. — Chegou a hora de descobrir os segredos da Jessica.

Ele tamborilou no volante para acalmar os nervos e saltou do carro.

Jessica morava no terceiro andar. Carlton só tinha ido uma vez na casa dela, mas foi fácil encontrar o apartamento. Na porta, havia um capacho verde-escuro com a palavra BEM-VINDO escrita com letras pretas. Carlton levantou o capacho, mas não encontrou nada.

Por um momento, ficou parado sem saber o que faria em seguida, depois virou o tapete por completo. Bem no meio tinha uma chave presa com fita adesiva.

— Pensou que era mais esperta que eu? — murmurou, descolando a chave.

— Posso ajudar? — perguntou alguém atrás dele, num tom ríspido.

Carlton ficou paralisado. Sem olhar para a pessoa e com movimentos deliberados, terminou de retirar a chave, pôs o capacho de novo no chão e o ajeitou de volta no lugar, tentando parecer despreocupado. Preparou sua expressão mais afável e se virou, dando de cara com um senhor de cara amarrada na outra ponta do corredor. Usava uma camisa de botão desbotada e trazia à mão um livro pesado, com o dedo marcando a página.

— Eu conheço você? — indagou o sujeito.

Carlton forçou um sorriso e sacudiu a chave.

— Estou de passagem. Sou amigo da Jessica.

Desconfiado, o velho ficou espiando.

— Ela é muito barulhenta — afirmou, e bateu a porta.

Carlton ouviu três trincos estalarem, depois silêncio. Ele esperou um momento e então se virou, entrando depressa no apartamento de Jessica.

Ele fechou a porta com todo o cuidado e deu uma olhada geral no local. O apartamento não era maior nem melhor que o de John, embora com certeza fosse mais limpo. *Ela deve ter alugado mobiliado, mas conseguiu dar seu toque pessoal ao espaço.* O piso desgastado só poderia estar mais limpo se ela tivesse usado uma lixadeira industrial, e Carlton olhou cheio de culpa para os próprios tênis, imaginando que talvez devesse tê-los deixado do lado de fora. Jessica cobrira o sofá puído com mantas macias e almofadas. Os livros estavam alinhados numa estante larga feita de tábuas pintadas com uma cor intensa, e, acima do móvel, havia um painel grande de cortiça cheio de fotos, cartões e ingressos. Curioso, Carlton se aproximou.

— Vamos ver o que a Jessica anda aprontando — disse consigo mesmo, só para aplacar o silêncio.

O painel estava repleto de fotos de Jessica sorridente com os amigos, uma com os pais na formatura do colégio, ingressos de shows e cinema, dois cartões de aniversário e alguns postais com mensagens rabiscadas com muita empolgação, ainda que ilegíveis. Carlton deixou escapar um assobio baixinho.

— Alguém aqui é bem popular — murmurou, quando outra coisa lhe chamou a atenção: um desenho de criança, preso no canto inferior do painel.

Ele se curvou para olhar, e um nó se formou em sua garganta. No desenho feito com lápis de cera havia cinco crianças sorrindo felizes ao lado de um grande coelho amarelo. No canto inferior esquerdo, o artista assinara seu nome, e Carlton tocou a assinatura com delicadeza.

— Michael — sussurrou.

Ele notou os olhos brilhantes do coelho amarelo atrás das crianças e sentiu um aperto no peito. *Se ao menos eu pudesse ter dado um jeito de alertar você.*

Ele engoliu em seco e voltou a olhar as fotos.

— Uma coisa é certa: ela sai bastante — observou, abrindo um dos cartões para se distrair.

PARABÉNS PELOS 15 ANOS, JESSICA!, dizia, e Carlton recuou, sentindo-se ligeiramente envergonhado ao compreender de repente. Ele examinou os ingressos: todos eram de shows em Nova York, e todas as fotos com amigos eram de alguns anos antes. A vida nova que Jessica levava ali não lhe proporcionava muitas recordações. Carlton se afastou do painel, desejando não ter se intrometido.

— O armário. Tenho que encontrar o armário com os fones.

Havia uma pequena cozinha e, logo depois, um corredor que devia levar ao banheiro. Carlton acendeu a luz e encontrou o que estava procurando: um armário mais ou menos na metade do corredor. Ele o abriu meio que esperando que o conteúdo caísse em sua cabeça, mas, embora fossem pertences de Charlie, tinha sido Jessica quem os guardara. Pilhas de caixas de papelão ocupavam o armário inteiro, cada qual devidamente identificada: CHARLIE – CAMISETAS E MEIAS, CHARLIE – LIVROS, e assim por diante. No topo da pilha havia uma caixa comprida e achatada identificada como CHARLIE – EXPERIMENTO ESQUISITO.

— "Experimento esquisito"... Parece a história da minha vida ultimamente — sussurrou Carlton.

Com todo o cuidado, ele se esticou para pegá-la. Quando já tinha quase completado a missão, esbarrou com a ponta da caixa escolhida na de baixo, mandando a CHARLIE – DIVERSOS para o chão. A caixa se abriu, espalhando peças de computador, uma variedade de parafusos e pedaços de metal e pelúcia, além de duas patas soltas. Três olhos de plástico quicaram no chão e saíram rolando pelo carpete, estalando felizes ao se chocarem um no outro.

— É uma questão de vida ou morte. Depois alguém arruma isso — concluiu Carlton, pisando com cautela no que restava daquela bagunça e levando a caixa para o quarto de Jessica.

Ele a colocou na cama, tomando cuidado para não sujar a colcha azul-clara. Então enfiou a chave reserva na fita adesiva para cortá-la e abriu a caixa.

— Eca.

Encontrou lá dentro dois rostos idênticos dispostos na vertical, um olhando para o outro com olhos vazios. Eram como estátuas inacabadas: tinham fisionomia, mas não uma fisionomia refinada, sendo incapazes de expressar qualquer emoção. Ele começou a tirá-los da caixa, quando percebeu que estavam presos a alguma coisa. Com cuidado, Carlton deu um jeito de retirar a estrutura inteira: uma caixa grande preta com alças e botões, os dois rostos acoplados a um suporte. Tudo parecia intacto. Ele encontrou uma tomada perto da cama de Jessica e então pegou o cabo e ligou os dois objetos. Uma profusão de luzes se acendeu, vermelhas e verdes, piscando de forma aparentemente aleatória até se estabilizarem: umas acesas, outras apagadas. Vários ventiladores começaram a zunir. Carlton olhou para os rostos: estavam bocejando, quase imitando movimentos humanos.

— Assustador — cochichou.

— Você, eu — disse o primeiro, e Carlton deu um pulo, desconcertado.

— Nós, ela — falou o segundo.

Quando deu por si, Carlton estava esperando por mais. No entanto, os rostos, inertes e mudos, deram a impressão de que por ora tinham acabado de se comunicar. Carlton balançou a cabeça, tentando se concentrar em seu objetivo, embora tudo o que realmente quisesse fosse ficar sentado ali observando os dois rostos para ver o que mais eles poderiam dizer. *Ou conversar com eles.* Ele espiou de novo dentro da caixa: os fones de ouvido que John descrevera estavam enrolados numa camada fina de plástico bolha. Lembravam aparelhos auditivos, pequenos pedaços de plástico transparente cheios de fios, com um interruptor minúsculo num dos lados. Carlton acionou o interruptor de um deles e pôs no ouvido. De imediato, os rostos se viraram para ele. *Será que estão me vendo?*

— Olá? — tentou Carlton, relutante.

— Quem? — perguntou um deles.

— Carlton — respondeu o garoto, nervoso.

— Você — disse o outro.

— Eu — confirmou o primeiro.

— Vocês gostam mesmo de pronomes, hein?

Não houve resposta por parte dos rostos. Ele tirou e desligou o fone, e os dois rostos, simultaneamente, se viraram um para o outro. *As pessoas se tornam visíveis. Certo*, pensou ele, sentindo um calafrio. Carlton se voltou para o fone de ouvido e ficou deslizando o polegar pela emenda fininha que contornava o aparelho. Ela se abriu com facilidade, revelando uma bagunça de fios e um chip pequeno de computador.

— É só trocar os fios, é simples — murmurou.

Havia uma luminária na mesa de cabeceira, e ele a acendeu, segurando o fone de ouvido sob a luz. Examinou-o, buscando alguma pista do que John tinha sugerido, inclinando o minúsculo objeto de um lado para outro. Por fim, acabou encontrando: uma única entrada redonda vazia identificada em vermelho.

— E por que não tem nada conectado a você? — questionou Carlton, triunfante.

Ele vasculhou os outros fios até encontrar um, de contorno verde, que parecia compatível com a entrada vermelha, e o conectou. Então fechou a carcaça, ligou o aparelho e colocou de novo no ouvido. Os rostos não se moveram.

— Qual é o problema? Não querem mais falar comigo? — perguntou, bem alto. Não houve resposta. — Excelente — concluiu, satisfeito.

O garoto tirou o fone de ouvido, enfiou no bolso e pegou o outro. Desconectou o experimento, e estava prestes a guardá-lo de volta na caixa quando sentiu uma súbita comichão entre os ombros, como se tivesse alguém atrás dele. Quase conseguia perceber uma respiração na nuca. Carlton ficou totalmente imóvel, mal respirava, e então se virou, as mãos erguidas para se defender.

O quarto estava vazio. Ele olhou de um lado para outro, não convencido de que estava sozinho, mas não havia nada ali.

— Pegue as coisas e vá embora — disse ele, baixinho, mas com o coração ainda acelerado, como se estivesse correndo risco de vida.

Carlton respirou fundo e retornou ao experimento. Antes que pudesse tocá-lo, o cômodo oscilou feito um navio sacolejando no oceano, e ele caiu de joelhos, agarrando-se à cabeceira da cama para se apoiar. Sua vista ficou embaçada; não havia mais nada no lugar: tudo ali parecia estar se movendo em diferentes velocidades e direções. Carlton soltou a cama e caiu no chão quando ouviu um zumbido perturbador, subindo rapidamente para um tom que de tão agudo não se podia mais ouvir. Ele tampou os ouvidos, mas aquilo não diminuiu a náusea. O quarto continuou girando, e o estômago de Carlton, se revirando. Ele gemeu, apertando a cabeça e fechando os olhos, mas o movimento não parava. Trincou os dentes, determinado a não vomitar. *O que está acontecendo?*

Carlton... Carlton... Alguém chamou com doçura seu nome, e ele atendeu. Só uma coisa no aposento estava parada: dois olhos enormes, cravados nele enquanto tudo sacudia pavorosamente. Ele tentou ficar de pé, mas, assim que se moveu, foi dominado pela tontura e pelo enjoo. Pressionou a bochecha no piso frio, desesperado por algum alívio, mas isso só fez o cômodo girar ainda mais rápido.

— Carlton? — O cômodo voltou ao foco, tudo parou. Carlton não se mexeu, com medo de desencadear aquilo outra vez.

— Carlton, você está bem? — perguntou uma voz familiar, e o jovem viu Charlie curvada sobre ele, aflita.

— Charlie? — balbuciou o garoto. — O que você está fazendo aqui?

— John me mandou vir ajudar. O que você estava fazendo com todas essas tralhas?

— Desculpa, espero não ter quebrado nada — lamentou-se o garoto, sentando-se com todo o cuidado.

A náusea não tinha passado, mas melhorou conforme ele foi se convencendo de que o quarto voltara a se estabilizar. Carlton deu uma olhada para Charlie, a visão ainda um pouco turva.

— Não tem problema, é tudo lixo mesmo. Mas você estava rolando pelo chão, deve ter ativado alguma coisa ou levado um choque. Uma coisa ou outra. Você está bem?

— Acho que estou.

Ele se jogou outra vez na cama.

— Náusea? Tudo girando? — perguntou ela, compreensiva.

— Horrível.

Charlie pôs a mão no ombro dele.

— Anda, a gente tem que sair daqui.

Ela se levantou e estendeu a mão para ajudá-lo. Ele aceitou, pondo-se de pé, ainda inseguro, quase totalmente livre dos efeitos daquele dispositivo. Carlton olhou ao redor, enfim enxergando com nitidez.

— O que exatamente você estava fazendo? — perguntou Charlie, e o garoto congelou.

A voz dela estava dura demais, muito... polida. Mantendo uma expressão impassível, Carlton se virou para ela.

— John não disse? Ele achou que você talvez fosse querer isso, o seu antigo experimento. Acho que ele queria fazer uma surpresa. — Carlton abriu um sorrisinho. — Surpresa!

Charlie sorriu.

— Sabe, aquele seu experimento... — A mente de Carlton era um turbilhão de pensamentos. — A mão robótica que sabia tocar piano... Lembra?

— Certo. Que legal da sua parte ter vindo buscar — disse ela, em um tom ligeiramente sedutor, fazendo o sangue de Carlton gelar.

Ele assentiu cuidadosamente.

— Você me conhece. Sempre me preocupo com os outros — justificou, olhando para a porta do quarto atrás de Charlie.

Estava fechada. Ela deu um passo na direção dele, que, instintivamente, recuou. Por alguns instantes, Charlie ficou surpresa, e então, abrindo um sorrisinho, olhou para baixo e viu os dois rostos na caixa. Carlton recuou mais um passo, assustando-se ao trombar com a parede.

— Carlton, se eu não te conhecesse bem, diria que está com medo de mim — falou Charlie, bem baixinho, chegando tão perto que quase não deixou espaço entre eles.

Carlton estava encurralado contra a parede. Ela levou a mão ao rosto dele, que ficou tenso mas tentou ficar imóvel. Charlie correu os dedos pela bochecha de Carlton e, em seguida, contornou o maxilar. Ele continuou parado, a respiração bem curta. A garota afastou o cabelo dele do rosto e se aproximou ainda mais, escorregando a mão até a nuca. Seu rosto estava a centímetros do dele.

— Hum, Charlie... Você não faz muito o meu tipo, sabe? — Carlton deu um jeito de dizer.

Ela sorriu.

— Você nem me deu uma chance. Tem certeza? — sussurrou.

— Tenho, sim. Olha, não me leve a mal, você não é feia, mas, sendo bem sincero, também não é tudo isso — gracejou Carlton, mantendo contato visual. — É que... Quem usa bota com *aquela* saia?

O sorriso de Charlie começou a vacilar.

— Desculpa, fui grosseiro. Tenho certeza de que você vai acabar encontrando um cara que goste de você pelo que você é. — Ele tentou ir se aproximando da porta. — Agora, se me dá licença, estou atrasado para o ensaio do quarteto, então vou passar por aqui rapidinho e tomar meu rumo. — Carlton tentou desviar, mas a garota não saiu do lugar. — Eu prometo que não conto para ninguém que dei um fora em você. Se dedique um pouco à academia, e quem sabe daqui a uns anos?

— Carlton, você está claramente confuso. Só existe um jeito de ter certeza de como se sente — afirmou Charlie, a voz mansa.

Ela foi se aproximando, e Carlton apertou bem os olhos. *O fone de ouvido.* Estava no bolso.

— Charlie, você tem razão, mas talvez a gente devesse conversar um pouco, sabe? Eu me afobei muito no meu último relacionamento e quase acabei morto dentro de uma roupa mofada de pelúcia.

Só a distraia até...

Seus dedos tocaram o fone de ouvido, e ele o tirou do bolso ao mesmo tempo em que abria os olhos.

Então deu um grito.

O rosto de Charlie estava se abrindo ao meio. A pele assumira um aspecto de plástico, partida exatamente na metade, dividindo-se em seções triangulares. Enquanto ele os olhava, a mão dela se fechou em seu pescoço, e os triângulos subiram e recuaram feito pétalas afiadíssimas de uma flor, revelando um rosto completamente diferente, sedoso e feminino, mas nada humano. As pétalas do que fora o rosto de Charlie começaram a se mover ao longo do perímetro redondo do rosto novo, a cada instante mais parecidas com as lâminas de uma serra do que com uma flor. O animatrônico em forma de garota fez um beicinho metálico, inclinando-se para um beijo conforme as lâminas giravam cada vez mais perto do rosto de Carlton. Num arroubo final de autopreservação, ele arrancou o fone de ouvido do bolso e o enfiou no ouvido, acionando o interruptor.

A garota retrocedeu na mesma hora, soltando o pescoço de Carlton com uma expressão de surpresa na face metálica. Ela olhou ao redor do quarto. Paralisado de terror por um momento, ele a encarou, até se dar conta do que estava acontecendo. *Ela não está me vendo.* Ele esperou, observando o animatrônico dar passos para trás, os olhos dela disparando em todas as direções. Ela ficou parada por um momento, as placas do rosto voltando a se unir para compor a face pintada lustrosa de uma boneca, quando então, de repente, uma onda de luz perpassou-a e ela voltou à aparência de Charlie, agora com um rosto sem qualquer expressão. Mais um minuto, e ela se virou e foi até o armário. Espiou lá dentro, tirando as roupas como se pudesse haver algo escondido atrás delas, e então se afastou. Foi até a cama, segurou-a numa ponta e a levantou do chão. Avaliou o piso vazio por um segundo e soltou a cama com um estrondo. Uma vez mais, esquadrinhou o quarto e, por fim, abriu a porta e saiu. Carlton foi atrás na ponta dos pés, seguindo-a até o corredor. Ela parou de supetão à frente da porta do armário que havia no corredor e ele quase trombou nela, mal conseguindo frear.

O animatrônico foi rasgando as caixas tão bem empilhadas no armário, jogando-as de qualquer jeito no chão. Com cuidado, Carlton se afastou um pouco.

Quando ficou satisfeita por ter esvaziado o armário, a garota foi checar o banheiro e depois partiu para a sala. Com uma última olhada geral desanimada, foi embora do apartamento de Jessica, fechando a porta calmamente. Carlton foi correndo até a janela e a observou sair do prédio e pegar a estrada em direção à cidade.

Tão logo ela saiu do seu campo de visão, Carlton deixou escapar um suspiro pesado, como se estivesse prendendo a respiração até aquele momento. Sentia-se zonzo novamente, atordoado, mas, dessa vez, só por conta da adrenalina se dissipando. Ele começou a tirar o fone de ouvido, até que pensou melhor e o deixou onde estava. Deu um tapinha no outro bolso, certificando-se de que o segundo fone ainda estava lá, e saiu apressado do apartamento. Entrou no carro e saiu depressa rumo à casa de John, sem se preocupar com o limite de velocidade e torcendo para que a garota animatrônico estivesse indo na direção contrária.

Charlie ouviu a porta se fechar e se virou na direção do barulho. O cômodo estava escuro, exceto pela luz difusa que entrava pela janelinha suja, e ela estreitou os olhos para ver quem havia acabado de entrar.

— John? — sussurrou.

— É — respondeu o garoto no mesmo tom de voz. — Acordei você?

— Tudo bem, a única coisa que eu tenho feito ultimamente é dormir. E sonhar.

A última palavra soou amarga na boca, e ele deve ter percebido, pois se sentou na cadeira que Marla colocara ao lado da cama.

— Tudo bem se eu me sentar aqui? — perguntou ele, nervoso, mas já se sentando.

— Sim. — Charlie fechou os olhos. O quarto estava diferente. Parecia mais seguro. — Você disse uma coisa — murmurou ela, quase só para si mesma, e John se debruçou para chegar mais perto.

— Disse? O que foi que eu disse? — Ele pigarreou, as palmas das mãos suando.

— Você disse... que me amava — sussurrou Charlie, e ele saltou para trás como se atingido por alguma coisa.

— É — confirmou, a voz saindo engasgada. — Foi isso que eu disse para você. Você *lembra*?

Charlie assentiu com cautela, sabendo que sua resposta era inadequada. John desviou o olhar por um instante e deixou escapar um arquejo.

— É verdade. Eu amo! — falou, depressa, voltando-se para ela. — Sabe... Você é minha amiga desde sempre. Assim como a Marla, o Carlton e a Jessica. Eu teria dito isso para qualquer um deles. Bem, talvez não para a Jessica. Quer dizer então que você se lembra de algumas coisas daquela noite? — acrescentou ele, bruscamente.

— Só lembro disso. E da porta. John! — Assustada, ela agarrou o braço dele. — John, a porta estava abrindo, e acho que o Sammy estava lá dentro... Eu podia sentir a presença dele, os batimentos... — Ela parou de falar, invadida por outra lembrança, um momento na estranha caverna artificial abaixo daquele restaurante tão parecido com a Freddy's e ao mesmo tempo tão diferente. — Springtrap. Eu lutei com ele. Tinha um espeto de metal, e a cabeça dele...

Charlie podia vê-lo arfando nas pedras enquanto ela enfiava o pedaço de metal impiedosamente na ferida da criatura.

— Eu sei, eu também vi — confirmou John, com uma mudança desconfortável no olhar.

— Ele disse "Eu não o levei. Eu levei você".

— O quê? — John lançou um olhar intrigado para Charlie, que bufou, frustrada.

— O Sammy! Eu perguntei por quê, por que ele tinha levado o meu irmão de mim, e foi isso que ele disse. "Eu levei você."

— Bem, agora você está aqui. Seja como for, ele é louco. — John tentou sorrir. — É provável que tenha dito isso só para machucar, para confundir você.

— É, e funcionou. — Ela afundou de novo no travesseiro. — John, todo mundo está evitando responder: quanto tempo se passou? Sei que foram mais do que dias, mas quanto tempo exatamente? Um mês? — Ele não respondeu. — Dois meses? — arriscou Charlie. — Sei que não pode ter sido mais de um ano, ou você estaria em um apartamento melhor — disse ela, baixinho, e ele fez uma careta. — John, me diz — insistiu ela, notando a própria voz ficar mais alta e o coração bater mais rápido.

— Seis meses — disse ele, por fim.

Ela não se moveu. Conseguia escutar as batidas de seu coração.

— Onde eu estava? — Ela mal ouvia a própria voz em meio ao desespero.

— Com a sua tia Jen. Você ficou com ela, até onde sei.

— Até onde sabe?

— Vou contar tudo para você, Charlie, prometo... Assim que eu mesmo entender. Tem coisas que simplesmente não sei — concluiu o garoto, impotente.

Ela se deitou e ficou olhando para o teto. Na luz tênue, as manchas pareciam parte da decoração.

— Por falar na sua tia — prosseguiu John, com algo de terrível na voz —, eu a vi naquela noite.

Charlie lançou-lhe um olhar penetrante.

— Naquela noite?

— O prédio estava desabando. Eu estava tentando tirar você de lá quando ela apareceu de repente... Não sei como ela conseguiu entrar, nem por que apareceu lá.

— Tecnicamente, a casa era dela — ponderou Charlie, voltando a olhar para o teto. — Talvez estivesse me procurando.

— E isso faz sentido para você?

— Eu não sei mais o que faz sentido — retrucou ela, com firmeza. — O que eu lembro, o que não lembro... nada faz sentido. Não sei quando foi que tudo se apagou. Mas não lembro de ver a tia Jen lá.

— Entendi.

— Eu preciso ir vê-la — disse Charlie, com uma intensidade repentina. — Ela é a única pessoa que entende como todas as peças se encaixam, a única que sabe de todos os segredos. Ela sempre tentou me proteger deles, mas agora... os segredos não estão protegendo ninguém.

Ela parou. John parecia desolado, o rosto travado, como se estivesse com medo de deixar transparecer qualquer sentimento.

— John? — Um nó se formou no estômago de Charlie.

John respirou fundo, como se fosse falar, mas hesitou. Ela percebeu que ele buscava as palavras certas. Charlie as ofereceu, então.

— Ela está morta, não é? — indagou, com a voz fraca.

Sentiu como se estivesse pegando no sono de novo, mas sem perder a consciência. John assentiu.

— Sinto muito, Charlie. Não consegui impedir.

Charlie tornou a olhar para as manchas. *Eu deveria estar sentindo alguma coisa*, pensou.

— Eu preciso ficar calma e raciocinar — sussurrou ela, repetindo o conselho que a tia sempre dava.

— O quê? — John estava ansioso.

— A papelada — falou Charlie, mais alto. — Ela tinha arquivos de tudo, trancados em armários. Anotava tudo que sabia, ou alguém anotava. Onde ela estava?

— Numa casa em Coral Prateado, a cidade fantasma — balbuciou John, perplexo. — Eu vi uns arquivos lá, caixas com papéis.

— Então a gente precisa voltar lá — afirmou Charlie.

John deu a impressão de que queria contestar, mas apenas fez que sim.

— *Ela* talvez volte também, se achar que você vai estar lá — disse John, preocupado.

— Temos que ir.

— Então vamos — concordou ele.

Charlie fechou os olhos, a decisão permitindo que se entregasse novamente ao sono. A porta se abriu e, ao longe, ela escutou Marla e John cochichando. Respirou fundo, prestes a submergir, e se permitiu mergulhar na escuridão.

CAPÍTULO DEZ

— *Ei!* — Alguma coisa cutucou o ombro de Jessica, e ela se afastou e rolou para o lado, ainda meio adormecida. — Ei, você está bem?

Ela então levou um cutucão bem mais forte na bochecha e abriu os olhos. Estava no centro de uma rodinha de crianças que a encaravam com os olhos esbugalhados. Jessica gritou.

Alguém a segurou por trás e cobriu sua boca, mas ela lutou para se desvencilhar.

— Você precisa ficar quieta — cochichou uma voz desesperada, e Jessica viu que era uma garotinha ruiva de uns sete anos muito nervosa. — Se você não ficar quieta, ela vem te pegar.

Jessica se sentou com cuidado e pôs a mão na cabeça. A sensação era de estar estofada com algodão, e a região do nariz pegava fogo.

— De novo, não.

Clorofórmio, ou sabe-se lá o que era aquela substância.

— O quê? — perguntou a menina.

— Nada.

Jessica olhou para os rostos apavorados. Eram quatro crianças ao todo, dois meninos e duas meninas. Tinha a garotinha ruiva de nariz sardento e também um garotinho negro e atarracado, mais ou menos da mesma idade, com uma expressão de quem estivera chorando. Ele estava sentado de pernas cruzadas com uma menininha latina de três ou quatro anos no colo, que escondia o rosto na camisa dele. O cabelo castanho fininho da menina tinha praticamente se soltado das duas tranças bem compridas que lhe desciam pelas costas, cada qual arrematada por uma fita cor-de-rosa; o short e a camiseta que usava eram da mesma cor, mas estavam imundos. O último garoto, um lourinho magrelo com idade para estar no jardim de infância estava com um machucado imenso no antebraço e se encontrava um pouco atrás dos demais, o cabelo caído no rosto. Todos olhavam para Jessica como se esperassem que ela fizesse alguma coisa.

— Que lugar nojento é esse? — Jessica esfregou as mãos na blusa e sacudiu o cabelo como se ele pudesse estar cheio de aranhas. No meio do movimento, parou e se virou para as crianças, boquiaberta, como se tivesse acabado de vê-las ali. — Vocês são as crianças. — Ela perdeu o fôlego. — São vocês... as crianças que foram sequestradas, e estão *vivas*! — De repente, ela se lembrou da mulher desesperada no hospital, cujo filho estava desaparecido. *Temos que encontrá-lo e levá-lo para casa*, Jessica dissera para John, as palavras, na ocasião, soando vazias até para si mesma. E ali estavam as crianças, bem diante dela. *Ainda dá tempo de salvar você*, pensou ela, sendo tomada por um novo propósito. Jessica olhou para o menininho louro. — Você é o Jacob? — perguntou, o coração palpitando, e os olhos do menino se arregalaram. — Ei, vai ficar tudo bem — disse ela, tentando acreditar nisso. — Eu sou a Jessica.

Nenhum deles respondeu de imediato, mas se entreolharam, tentando chegar a algum consenso silencioso. Deixando-os à vontade, Jessica se levantou e deu uma inspecionada no entorno.

Tratava-se de um cômodo úmido com paredes de alvenaria e teto baixíssimo, tão baixo que Jessica tinha que ficar ligeiramente encurvada. O local tinha tubulações expostas em todas as paredes, algumas expelindo filetes de vapor. Havia um tanque grande num canto, provavelmente um aquecedor de água, e, no canto oposto, uma porta. Jessica foi até lá.

— Não! — esganiçou a ruivinha.

— Está tudo bem — rebateu Jessica, tentando dar um tom tranquilizador às suas palavras. — Vou tirar todos nós daqui. Vamos só ver se a porta está trancada — disse, ouvindo a própria voz soar alegre e afetuosa. Condescendente. Um tom que ela sempre odiou nos adultos quando era criança. — Vou só checar — falou, em um tom mais ameno, caminhando de maneira enérgica até a porta.

— Não! — gritaram três vozes.

Jessica hesitou, e então pegou com firmeza na maçaneta e a girou. A porta não abriu. Por trás dela, uma das crianças deixou escapar um suspiro aliviado.

— Está tudo bem — tranquilizou Jessica, virando-se de novo para elas. — Sempre tem outra saída. — Ela observou os rostos encardidos e ansiosos. — O que aconteceu aqui?

O garoto com a menina no colo olhou para ela, desconfiado.

— E por que a gente deveria dizer alguma coisa para você? Você pode ser um deles.

— Estou trancada aqui que nem vocês. — Ela se abaixou para se sentar ali perto, ficando da mesma altura deles. — Meu nome é Jessica.

— Ron — retrucou ele. A garotinha no colo deu um tapinha no ombro de Ron, e o garoto se curvou para que ela cochichasse alguma coisa em seu ouvido. — O nome dela é Lisa.

— Alanna — apresentou-se a ruiva, um tanto alto demais.

O menino louro não falou nada. Jessica olhou para ele, mas não perguntou.

— Olá, Ron, Lisa, Alanna e... Jacob — disse ela, com uma paciência excruciante. — Vocês podem me contar o que aconteceu?

— Ela me engoliu na barriga dela — sussurrou Lisa.

Imediatamente, Jessica sentiu o sangue se esvair do seu rosto.

— A palhaça, você diz? — indagou Jessica com delicadeza. — A garota-robô?

As crianças assentiram em uníssono.

— Eu estava na mata — contou Alanna. Ela pôs a mão na barriga e imitou a prensa pulando para fora. — *Nhac!* — completou, com uma expressão seríssima.

— Eu estava andando de bicicleta perto de casa — começou Ron. — Tinha uma mulher na rua... Ela apareceu do nada, e eu caí quando tentei desviar. — Ele apontou para os joelhos, e Jessica notou pela primeira vez as cascas de ferida. *Ele está aqui há tanto tempo que o machucado cicatrizou*, pensou, mas se conteve, com medo de interromper o relato do menino. — Quando eu me levantei, ela estava do meu lado — continuou Ron. —

Achei que estivesse tentando me ajudar. Falei que eu estava bem, e aí ela sorriu e... — Ron baixou os olhos por alguns instantes para a garota em seu colo e então prosseguiu: — Eu juro, de verdade, que a barriga dela se abriu e um troço grande de metal saiu lá de dentro e... — Ele balançou a cabeça. — Ela não vai acreditar na gente.

— O troço agarrou você e puxou para dentro? — perguntou Jessica com toda a tranquilidade, e o menino ficou surpreso.

— Foi. Pegou você também?

— Não, mas eu vi isso acontecer — respondeu Jessica, dizendo uma meia verdade. — E depois?

— Não sei. Depois disso só lembro de acordar aqui.

— E ela? — Jessica gesticulou para a menininha no colo dele.

O garoto deu de ombros, parecendo ligeiramente envergonhado.

— Assim que acordou, ela subiu no meu colo.

— Você a conhece?

— De antes daqui? — Ele tornou a olhar para a garotinha.

— Não, ninguém aqui se conhecia — respondeu Alanna.

Jessica olhou para o menininho louro, mas ele desviou o olhar.

— Certo, escutem bem — disse Jessica, e todos prestaram atenção. *Assustador. Como se eu fosse realmente uma adulta ou algo do tipo*, pensou, incomodada. Ela respirou fundo. — Eu já lidei com... *coisas* assim antes.

— Sério? — De uma hora para a outra, Alanna assumiu uma postura cética.

Ron a observava com desconfiança. Lisa abriu um dos olhos e enfiou o rosto de volta na camisa de Ron.

— Eu *não sou* comparsa deles — Jessica apressou-se a dizer. — Estou trancada aqui com vocês porque fui pega tentando descobrir mais coisas sobre eles.

— Você sabia da gente? — perguntou Ron.

— Não muito, mas estou feliz por ter encontrado vocês. Todo mundo está procurando vocês. As pessoas que os pegaram estão tentando machucar uma amiga minha. Já machucaram antes, e eu vim aqui para impedir que isso aconteça de novo, para salvá-la deles. Agora que eu sei que estão aqui, também vou salvá-los.

— Você está trancada aqui também — comentou Alanna, como se fosse sua única certeza naquela história toda.

Jessica conteve um sorriso, momentaneamente entretida.

— Eu tenho amigos lá fora, e eles vão ajudar. Nós vamos tirar vocês dessa. — Alanna ainda parecia desconfiada, mas Lisa espiava Jessica por trás das madeixas, soltando a camisa de Ron pela primeira vez. — Eu prometo. Vai dar tudo certo — afirmou Jessica, num arroubo de confiança.

Ela olhou para as crianças com uma determinação serena, surpresa por se dar conta de que fora sincera em cada palavra.

— John! Charlie!

Carlton entrou como um furacão no apartamento de John.

Sentada no sofá, Marla quase morreu de susto.

— Carlton, o que está acontecendo?

Ele não respondeu, só olhou para os lados, desconfiado. Marla estava sozinha, com a TV num volume baixo. A porta do quarto de John estava fechada, e ele foi até lá.

— Não tem ninguém aí — avisou Marla com um quê de reprovação, mas ele a ignorou. — O John não está, nem a Charlie! — gritou Marla.

— Bem, eu trombei com um deles — retrucou Carlton num tom soturno. — Com uma das Charlies, no caso. A má. Cadê o John? Cadê todo mundo?

— O John e a Charlie foram sei lá para onde. Pareciam estar com pressa e não me disseram nada.

— E a Jessica?

— Não vi. Provavelmente está em casa.

— Eu acabei de passar no apartamento dela e ela não está lá. — Um pânico palpável se assomou entre os dois. — A Charlie... A outra Charlie, eu nem a ouvi entrar. Ela não bateu ou tocou a campainha, nada. Foi como se soubesse que a Jessica não estaria em casa.

— Espera, cala a boca — alertou Marla de repente, apontando para a televisão.

— Marla, é sério! — disse Carlton, desesperado.

— Olha isso. Estão repetindo esse comercial o dia todo.

Foi quando uma garotinha de desenho animado pintada feito palhaço tomou conta da tela.

Venha vestido de palhaço e coma de graça!, anunciou uma voz grave, e então a imagem cortou para a entrada do restaurante.

— É... É ela! — gritou Carlton — A do letreiro, a garota do letreiro, do troço de palhaço! — Marla se inclinou para a frente, enfiando o rosto na tela. Carlton parou, pensativo por alguns instantes. — Ela era mais alta, atraente, até. Foi bem confuso, várias emoções.

— Estão passando isso o dia inteiro. Restaurante novo, personagens animatrônicos...

— É como se a garota do letreiro tivesse crescido e quisesse me dar pizza...

— Carlton! — berrou Marla, trazendo-o de volta ao presente.

— Você sabe onde é? O restaurante novo — perguntou ele.

— Sei. — Marla desligou a televisão e se levantou. — Vamos.

Carlton olhou-a de cima a baixo de um jeito sombrio e tirou do bolso o outro fone de ouvido.

— Coloque isto no ouvido. É tudo o que temos, confie em mim.

— Tudo bem. — Indo até a porta, Marla pegou o fone da mão dele. — Acho que você vai ter que me explicar tudo no caminho.

Apressado, Carlton não respondeu, só bateu a porta.

CAPÍTULO ONZE

Enquanto seguiam pela cidade fantasma, Charlie sentia o olhar de John. Ela não dera um pio desde que eles entraram no carro e temia o momento em que teria que falar de novo. John fez uma curva fechada, e ela deu um solavanco para a frente, amparada pelo cinto de segurança.

— Desculpa — disse John, encabulado.

Charlie se acomodou.

— Tudo bem — disse ela, dando um sorrisinho. — Sei que talvez seja uma hora estranha para perguntar isso, mas onde está o *meu* carro?

— Receio que a sua sósia esteja com ele.

Ele olhou para ela cheio de nervosismo, e Charlie abriu um sorriso torto e assentiu.

— Fico imaginando o que está escrito naquele relatório da polícia — conjecturou ela, e ele achou graça.

Foi desacelerando e parou, o semblante leve se desfazendo.

— Chegamos.

Eles saíram do carro e observaram a colina à frente. John tinha parado junto de uma arcada estreita com uma pequena estrela de metal no topo. Lá no alto, via-se uma casinha.

— Certo, vamos logo acabar com isso — disse Charlie. Ela olhou nervosa ao redor, quase como se esperasse que alguém fosse surgir e avançar neles. — Vamos.

À medida que foram subindo, John deu várias vezes a impressão de que queria dizer alguma coisa, mas não o fez. Quando chegaram à varanda, Charlie tocou o braço dele.

— Ela ainda está aí, então? Digo, a Jen.

— É, acho que está. Tem certeza de que quer fazer isso?

— Não tenho escolha.

— Eu entro primeiro — ofereceu-se ele. — Posso... dar cobertura, se você quiser.

John olhou angustiado para ela. Charlie hesitou.

— Não — disse ela, por fim, e segurou com firmeza na maçaneta.

A porta não estava trancada, e Charlie, ao entrar, deu uma olhada na casa, apreensiva. O local estava um caos, e de início nada lhes saltou aos olhos.

Foi quando eles a viram.

Havia uma mulher no canto, perto do corredor. Estava imprensada na parede, toda enroscada, o cabelo escuro caído no rosto. Charlie ouviu uma respiração profunda e logo se deu conta de que fora ela mesma. Resistiu, incapaz de expressar em palavras o que se passava em sua cabeça, mas John percebeu e pegou na mão dela.

— É ela mesmo? — quis saber Charlie.

— É — sussurrou o garoto. — Quer chegar mais perto? — perguntou ele, inseguro.

Charlie fez que não.

— Não, não é mais ela — disse Charlie, baixinho, virando-se, tirando aquilo da mente. Ela respirou fundo. — Onde você... me encontrou?

Ela apontou para si mesma para se certificar de que John soubesse de que Charlie ela estava falando.

— Por ali.

John a levou pelo corredor, mantendo-se bem longe do corpo de Jen, e Charlie se obrigou a não olhar diretamente para a tia, vendo apenas de relance um vulto escuro em sua visão periférica. Ao final do corredor via-se a porta aberta que dava para um quarto cheio de baús e caixas de papelão. A janela estava aberta, e foi só quando respirou ar fresco que Charlie se deu conta do cheiro úmido de mofo que tomara conta do restante da casa.

— Esse aqui — apontou John, parando do lado de um baú verde grande com a tampa aberta.

— Aqui? — perguntou Charlie num tom deprimido, pulando várias caixas até alcançá-lo. Espiou lá dentro: havia um travesseirinho e nada mais. — Era aí que eu estava? — insistiu, desapontada.

— Era. Bem, a Jen deve ter feito isso por alguma razão. É provável que ela tenha ficado sabendo da impostora. Talvez tenha colocado você aí quando nos viu chegar.

Charlie fechou o baú.

— Quero dar uma olhada por aqui.

— O que estamos procurando? — indagou John, mas ela deu de ombros e abriu outro baú.

— Qualquer coisa. Se tiver algo que possa nos ajudar, é aqui que vai estar. Precisamos saber o que estamos enfrentando.

Eles passaram um tempo procurando em silêncio. Nenhuma das caixas estava identificada, e Charlie foi abrindo aleatoriamente, separando as com papel e deixando de lado as que continham vários itens de casa, desde louças e pratarias, quinquilharias que Charlie lembrava da infância, até alguns dos seus brinquedos. Ela deu uma olhada numa caixa que continha documentos referentes a impostos e, sem ter encontrando nada relevante, tornou a guardá-los. Quando se esticou para pegar outra caixa, viu John observando-a de um jeito engraçado.

— O que foi?

Ele sorriu, e a garota notou um quê de tristeza em sua expressão.

— Você lê muito rápido. — Foi tudo o que ele disse.

— Nunca ensinaram leitura dinâmica para você? — indagou ela, sucinta, logo voltando ao trabalho.

Charlie abandonou a pilha de caixas que vinha examinando e foi até o canto oposto do cômodo. Empurrou para o lado uma pilha torta de lençóis e toalhas dobrados com perfeição e se sentou de pernas cruzadas no carpete. De lá, não dava para ver John, mas o ouvia remexendo a papelada e resmungando sozinho bem baixinho. Ela correu os olhos de alto a baixo pelas pilhas, uma atrás da outra, até que avistou em uma caixa: *Henry*, escrito com a letra esmerada da tia. Charlie moveu três sobretudos e uma caixa até chegar à do pai.

Ela passou um bom tempo olhando para aquele nome. A tinta desbotara ao longo dos anos. Charlie percorreu-a com o indicador, o coração batendo tão forte que parecia que a qualquer momento sairia pela boca. *Papai*. Ela abriu a caixa. No topo, havia uma camisa velha de flanela verde bem surrada, muito fininha e macia. Charlie pegou o tecido como se fosse uma relíquia e a chafurdou no rosto. A peça só cheirava a poeira e a tempo, mas sentir a textura do tecido no rosto encheu seus olhos de lágrimas. Charlie inspirou e expirou lentamente, tentando conter a emoção, até, por fim, recuperar a compostura, embora no fundo ela quisesse gritar, furiosa com a injustiça de nunca ter um único momento sequer para se ater a uma lembrança dele, por menor que fosse, e viver seu luto. Um pouco constrangida, Charlie pendurou a blusa no ombro e se debruçou uma vez mais na caixa. O restante do conteúdo era uma porção de caixas menores, e ela abriu a primeira e encontrou uma foto emoldurada dela com Sammy, ainda bem crianças naqueles poucos anos preciosos antes que tudo fosse destroçado. Debaixo da foto havia um envelope, endereçado com a letra do pai, para "Jenny". Charlie sorriu e balançou a cabeça. *Não consigo imaginar ninguém chamando a tia Jen de "Jenny"*. Ela abriu a carta.

Querida Jenny,

Eu tinha escrito uma lista enorme de instruções para você, com cronogramas e horários, códigos e procedimentos. Você me paparicou tanto que só agora, no final, é que me dou conta de quanto me ajudou a superar esse período tão sombrio, mas também de quão vazio, no fim das contas, tem sido. Eu havia planejado tudo com muito cuidado, e trabalhei com muito afinco. Distorci o ambiente ao meu redor até um ponto em que já não tenho mais certeza de que retornei completamente à realidade, e mesmo que eu des-

se um jeito de desativar tudo o que implantei nas paredes para me ludibriar, creio que minha mente continuaria me enganando. Não preciso de testes clínicos dos efeitos de longo prazo desses dispositivos para saber, sem nenhuma dúvida, que causei danos permanentes a mim mesmo. Sempre vejo o que quero ver, mas, pior que isso, existe uma farpa, ou melhor, uma estaca, sempre fincada no fundo do meu coração, me fazendo lembrar mais e mais, dia a dia, que o que eu vejo é uma mentira. Com sua paciência e complacência, você tentou me manter feliz, mas, de alguma forma, isso também me resgatou desse mundo que criei para mim mesmo. Acho que teria sido melhor para você se não tivesse me mimado tanto, porque assim teria sido excluída da minha bolha, e eu teria me convencido de que, igual a todo mundo, você era louca. Mas seu amor incessante me fez ouvi-la, me fez deixá-la entrar, e a consequência disso foi enxergar a verdade nos seus olhos, e também deixar essa verdade entrar.

Estou com a minha Charlie aqui comigo. Você nunca mais vai precisar usá-la para me agradar. Em vez de apreciar a companhia dela, chorei incontáveis lágrimas em seu ombro. Despejei minha agonia até ela servir como mais um lembrete não do que já tive, mas da dor insuportável do que me foi tirado. Ela veio para refletir minha dor de volta para mim. Enquanto, por um tempo, o que obtive nos olhos dela foi um enorme conforto, hoje só vejo perda, uma perda infinita, debilitante. Os olhos dela nunca mais vão me preencher. Na verdade, eles me esvaziaram.

Mantenha todos os armários fechados. Deixe que sejam as tumbas das minhas negações e queixas. Minha última instrução a você diz respeito ao quarto armário. Mantê-lo fechado não basta. Este precisa ficar vedado, enterrado. Meu pesar já começava a me despertar para a realidade quando iniciei o que deveria ser o ato final. Quando me ergui ligeiramente das profundezas do meu desespero, vi que não me restava opção a não ser encerrar meu trabalho, já que eu só vinha alimentando minha própria ilusão. Meu velho e leal sócio, a quem só posso desejar que esteja no próprio túmulo, assumiu o que eu havia iniciado e transformou em algo dele... algo pavoroso. Ele remodelou minha amada obra e a tornou algo de sua autoria, dotando-a sabe-se lá de que tipo de mal. Consegui detê-lo e isolei o que ele criou, e você, Jenny, deve assegurar que isso permaneça isolado.

Eu a orientaria a demolir a casa se houvesse garantias de que isso seria feito de maneira eficiente. Mantenha a casa de pé e certifique-se de que o mundo se esqueça dela. Aí, um dia, depois de muitas décadas terem se passado e quando ninguém se lembrar mais, preencha-a com toda sorte de objetos inflamáveis e queime-a até virar cinzas, vigiando de perto para meter uma bala em qualquer coisa que emerja dos destroços, independentemente do que ou quem pareça ser.

Eu estarei com a minha filha.

Sempre, e eternamente com amor,
Henry

— Charlie? — John estava atrás dela.

Sem dizer uma única palavra, ela lhe entregou as páginas. O garoto pegou, e Charlie empurrou para o lado a caixa do pai, olhando para a seguinte. Lacrada com fita adesiva, a cola já estava, no entanto, seca e envelhecida, as pontas se soltando do papelão. John folheou as páginas, ainda lendo. Embora o ambiente estivesse abafado, Charlie sentiu um calafrio e enfiou os braços nas mangas da camisa do pai, dobrando-as até os cotovelos.

— Você sabe o que isso significa? — perguntou John, calmo. Charlie balançou a cabeça. — Chega pra lá — disse ele com um sorrisinho, e ela abriu espaço para ele entre as caixas. John se sentou de frente para ela e, todo sem jeito, cruzou as pernas. Ele devolveu a carta, que Charlie tornou a ler. — O que ele quis dizer com isso dos armários? — indagou John.

— Não sei — retrucou a garota, seca.

— Faz um esforço — insistiu ele. — Tem que ter algum significado.

— Não sei — repetiu Charlie. — Você já esteve lá. Eles sempre ficavam vazios. Exceto o da Ella.

— Será mesmo? — rebateu John, gentilmente. — Tinha um que ficava trancado — prosseguiu ele, quase falando sozinho.

— Mas isso não importa. A casa não existe mais. A menos que você queira continuar cavando pelos destroços, isso é tudo que temos.

Ela pegou a caixa com a fita soltando e entregou para ele. A única coisa que restava abaixo era um cofre que se abriu facilmente quando ela forçou a tampa. Este, também, estava cheio de papéis: logo de cara tinha um belo desenho a lápis de um rosto familiar.

— É a Ella — disse John, espiando atrás de Charlie.

— É.

Seu pai captara as feições delicadas da boneca com riqueza de detalhes, não só o rosto, como o cabelo sintético brilhoso e os vincos minúsculos do vestido escuro engomado. Os olhos dela estavam esbugalhados, e o olhar vazio destoava do restante da imagem: uma representação perfeita e cheia de vida de algo inanimado.

— Eu não sabia que ele tinha essa veia artística — observou John, e Charlie sorriu.

— Ele dizia que desenhava as coisas para enxergá-las, que o contrário não funcionava.

Ela entregou o desenho para John. Por baixo havia outro, de novo de Ella, dessa vez vista de lado. O seguinte só ilustrava o rosto de Ella de perfil.

— Foi ele que fez a Ella, não foi? — perguntou John, e Charlie inclinou a cabeça, analisando o desenho.

A garota foi passando os desenhos e balançou a cabeça, confusa.

— São todos da Ella.

John pegou a caixa de papelão que faltava e rasgou a fita adesiva. Charlie viu, de canto de olho, que ele estava penando para se desvencilhar da fita grudada nos dedos. Ela voltou a folhear os desenhos.

— Olha só as anotações.

Ela passou para ele o primeiro desenho que eles tinham visto, mostrando-se cada vez mais impaciente enquanto John espiava a letra meticulosa, ainda que minúscula, do pai dela. O garoto leu devagar, em voz alta.

— *Altura: 81 centímetros. Circunferência da cabeça...* São só medidas. — Charlie entregou outro desenho para ele. — Me parece a mesma coisa — comentou ele, comparando as anotações. — *Altura: 118 centímetros.*

John olhou mais de perto, como se pudesse estar lendo errado.

— Aqui diz 164,5 — observou Charlie, entregando outra imagem aparentemente idêntica. — Não entendo. — Largou o desenho no colo. — Será que ele fez outra Ella? — Ela passou o dedo pelo contorno do cabelo da boneca, borrando o traço do lápis, quando um pensamento lhe ocorreu. — Fico me perguntando se ele estava tentando se redimir comigo.

— Como assim?

— Se ele estava tentando me dar... uma companhia, uma amiga, por conta do que aconteceu.

Incapaz de dizer o que realmente queria, ela encarou John.

— Por causa do Sammy? Por você ter perdido seu irmão gêmeo, ele queria te dar uma boneca que... cresceria junto com você? — indagou John, incrédulo, e ela assentiu, aliviada por ele ter posto em palavras suas suposições.

— Por aí — confirmou ela, a voz suave.

Sem conseguir esconder a preocupação, John voltou a examinar os desenhos nas mãos.

— Só que isso não faz nenhum sentido, não é? — ponderou Charlie. — O que eu faria com uma boneca de um metro e sessenta e pouco que anda num trilho? — Ela tornou a pegar a carta, segurando-a como um talismã, embora não precisasse mais lê-la. — Será que tinha alguma versão maior da Ella no armário trancado?

Por um bom tempo, John observou o cômodo silencioso, sem focar em nada especificamente, e então voltou a si. Charlie estava quieta, abrindo e fechando as mãos. O silêncio se arrastou, asfixiante, até que John segurou na mão dela, assustando-a.

— Eu vi o seu sangue.

— O quê?

— Eu vi o seu sangue naquela noite. Você sangrou. Acho que a Ella não sangra, e você? — A afirmação era absurda, mas John estava estranho, esperando uma resposta. Passaram-se alguns segundos, e Charlie não sabia o que dizer. — Achei que você tivesse morrido naquela noite — sussurrou o garoto, por fim.

— Mas eu não morri, certo? Eu estou viva, não estou? — Eles deram as mãos, e ela abriu um sorriso intrigado. — John?

O maxilar dele se enrijeceu. John parecia a ponto de falar, quando Charlie, de repente, virou-se para a janela.

— O que foi? — perguntou ele, assustado.

Charlie levou um dedo aos lábios e inclinou a cabeça para escutar. *Tem alguém lá fora.* John ficou observando atentamente o rosto dela e arregalou os olhos ao ouvir também: alguém pisou no cascalho, e então fez-se silêncio novamente.

Por trás, gesticulou ele, e Charlie assentiu, soltando as mãos dele e se apoiando no baú atrás para se levantar. John foi ajudar, mas ela recusou.

— Vamos — sussurrou Charlie. — Pelos fundos?

— Não sei. — Ele seguiu para o corredor, indicando que ela fosse junto. — Rápido, Charlie.

John voltou e apontou com ar de urgência para a porta. Charlie enfiou a carta no bolso de trás e o seguiu, abrindo caminho com cuidado pelos entulhos do quarto.

No corredor, o ar abafado e bolorento golpeou-os como uma onda, e Charlie engoliu a repulsa e tentou não imaginar o corpo da tia todo encolhido no outro cômodo. Na ponta dos pés, eles foram se esgueirando até a sala e depois na direção da porta. Ao final do corredor, John parou, e Charlie ficou aguardando e escutando. Estava tudo em silêncio, até que um mensageiro dos ventos tocou na varanda e os dois recuaram até o hall. John ficou muito sério.

— Ali — disse ele, apontando para a porta em frente ao quarto com as caixas, que se encontrava entreaberta. — Ela já estava assim?

— Estava — respondeu Charlie. — Quer dizer, acho que sim.

Eles foram devagarinho até lá. Charlie estava ofegante, tentando detectar qualquer ruído que não fossem as batidas aceleradas do próprio coração. Ao chegarem, ela ouviu um farfalhar, como se alguém pisasse em folhas fininhas. John e Charlie se posicionaram um de cada lado, Charlie nas dobradiças e John na maçaneta, e ele, lentamente, terminou de abrir a porta. Charlie notou o alívio no rosto do garoto antes que ela própria visse o que tinha no cômodo: uma cama, uma cômoda e absolutamente mais nada, nem um armário sequer. Havia uma janela aberta.

— Acho que encontramos uma saída — afirmou John. Hesitante, ela sorriu para ele. — Fique aqui enquanto eu confiro — murmurou e, antes que ela pudesse responder, o garoto já se encaminhava furtivamente para a janela aberta.

Charlie permaneceu no corredor, segurando a porta para ficar de olho no quarto.

Ela estava nervosa. *Rápido*, implorava, em silêncio. Nesse instante, a porta se moveu, como se fosse fechar. *Será que tem alguma coisa aqui atrás?* Lentamente e sem fazer barulho, ela espiou pelas dobradiças. Seu coração parou.

Um olho a encarava.

Charlie se afastou. A porta vacilou e bateu. Dentro do quarto, ouviram-se um estrondo e várias pancadas na parede.

— John! — gritou Charlie, esmurrando a porta.

De repente, a casa ficou inerte e, um instante depois, a porta se abriu de novo. Do quarto saiu um vulto gracioso, locomovendo-se no corredor com todo o cuidado, como se não quisesse acordar um bebê. Charlie encarou incrédula sua dupla, a mente confusa registrando todas as diferenças mais sutis entre as duas enquanto ela tentava encontrar as palavras.

— Você não sou eu — conseguiu dizer, e o próprio rosto lhe respondeu com um sorriso cruel.

— Eu sou a única *você* que interessa.

CAPÍTULO DOZE

— Está funcionando? — indagou Marla, dando tapinhas nervosos no aparelho em seu ouvido.

Carlton acelerava o carro.

— O meu funcionou — respondeu ele, e então, vendo que ela estava muito aflita, acrescentou: — Quer dizer, só vai dar pra saber *mesmo* se está funcionando quando...

— Quando o quê?

— Bem, quando você estiver em perigo e...

— E o quê? — Marla estava impaciente.

— E não morrer. — Carlton assentiu para encorajá-la.

— E como a gente faz para saber se *não* está funcionando? — A voz de Marla tinha perdido o vigor.

— Bem, se não funcionar, você não vai ter que se preocupar com isso por muito tempo. — Carlton sorriu.

— Certo. — Marla parou de mexer no aparelho e pôs a mão no colo.

— Vai funcionar. Troquei os fios do seu exatamente como fiz com o meu.

— Essa parte não é comigo — explicou ela. — Sou mais a que chega depois, com abraços e Band-Aids. Se estivéssemos num filme adolescente, eu seria a amiga sem graça, não a heroína que salva o dia. — Havia um quê de amargura nela, o que surpreendeu Carlton. — Olha a estrada!

Ele voltou a prestar atenção no caminho à frente.

— Marla, eu já vi você dando uma de heroína da história... Não lembra da Freddy's?

Ela assentiu com desânimo.

— E não subestime o poder de abraços e Band-Aids — acrescentou ele, parando o carro ao ver o letreiro PIZZARIA CIRCUS BABY'S resplandecente na noite, lançando uma luz vermelha berrante em metade do quarteirão. — Não tem como passar direto — disse o garoto, entrando no estacionamento.

Assim que ultrapassaram o letreiro neon, sua luz brilhante e mística se dissipou ao fundo: o estacionamento estava ermo e desolado.

— Não tem ninguém aqui. Tem certeza de que é isso mesmo? — perguntou Marla, nervosa.

— Não, mas eu sei o que vi. — Carlton foi devagar até a entrada e apontou para a mascote palhacinha debruçada na placa de acesso. — E foi *aquilo ali* que me atacou.

Eles estacionaram perto do restaurante. Carlton parou e vasculhou o porta-malas, pegando duas lanterninhas. Testou uma delas e a entregou para Marla.

— Obrigada.

Eles deram a volta no prédio, e Carlton percorreu as paredes com sua lanterna, iluminando uma fileira de janelas altas retangulares com uma película tão escura que escondia o interior do local. O batente era de metal liso, e não havia qualquer brecha que pudessem aproveitar para abrir a janela. Carlton fez que não e gesticulou para os fundos. Marla aquiesceu, segurando a lanterna como se sua vida dependesse disso.

Havia mais vagas de estacionamento atrás do restaurante, e a parede dos fundos continha uma fileira de latas de lixo, uma caçamba de cada lado de uma porta metálica. A única luz vinha de um bulbo alaranjado que piscava isolado acima de uma porta simples, como se fosse um objeto de decoração.

— Parece que é por aqui que vamos entrar — disse Carlton, bem baixinho.

— Olha. — Marla apontou a lanterna para pegadas frescas na lama, próximas da parede em direção à porta. — Jessica? — Ela olhou para Carlton.

— Talvez.

Marla segurou a maçaneta e empurrou a porta com força, mas ela não cedeu.

— Acho que não vamos conseguir entrar — sussurrou ela, e Carlton abriu um sorriso.

— Você acha que eu não vim preparado? — desafiou ele, tirando do bolso um estojo de couro. De lá ele pegou algumas pequenas tiras de metal, e depois entregou o estojo para a amiga. — Segura aqui.

— Isso é para abrir fechaduras? — sibilou a garota.

— Bem, se tem uma coisa que aprendi com meu pai é que abrir fechaduras é um dom... E esse dom pode ser usado para o bem — explicou Carlton calmamente, com um ar solene.

O garoto se abaixou e, tentando não bloquear a luz com a cabeça, começou a botar seu plano em prática.

— Aham, sei. Mas você não vai conseguir usar isso aí... Ou vai? É permitido usar essas coisas? — perguntou Marla.

Ela segurava o estojo bem afastado, como se tentasse se dissociar dele.

— É permitido desde que você não saia abrindo qualquer fechadura por aí — explicou ele. — Agora fica quieta e me deixa trabalhar.

Marla olhou em volta nervosa, mas não falou nada. Carlton voltou a se concentrar na porta, escutando os cliques dos pinos entrando no lugar certo enquanto ele, com todo o cuidado, decifrava o mecanismo.

— Está demorando muito — reclamou Marla.

— Não falei que era bom nisso — respondeu Carlton. — Consegui! — comemorou ele, com um sorriso triunfante.

A porta se abriu com um rangido, revelando um corredor largo com uma subida bem suave. O corredor em si estava escuro, mas, alguns metros à frente, era possível identificar o brilho fraco de lâmpadas fluorescentes. Eles entraram, e Marla fechou a porta sem fazer barulho. A luz vinha de uma porta aberta no lado esquerdo do corredor: eles aguardaram e, como não escutaram nada vindo daquela direção, começaram a avançar, encostados na parede. Ao se aproximarem, Carlton farejou o ar.

— *Shhh* — sibilou Marla, e o garoto indicou a porta com a cabeça.

— Pizza — sussurrou ele. — Está sentindo?

Marla fez que sim e, impaciente, acenou para que ele seguisse em frente.

— De todos os cheiros neste lugar, é *esse* que chama mais a sua atenção?

Eles acabaram descobrindo que a porta aberta dava para uma cozinha, e aproveitaram para dar uma olhada rápida no lugar. Carlton foi até uma geladeira enorme e a abriu.

— Carlton, esquece a pizza! — disse Marla, contrariada, mas as prateleiras do refrigerador continham apenas ingredientes.

Carlton fechou a porta.

— Nunca se sabe quem pode estar se escondendo aí — observou ele, tranquilo, quando ambos saíram.

Ao final do corredor havia uma porta vaivém dupla com janelinhas bem na altura de Carlton, que conseguiu examinar o cômodo seguinte. Quando ele abriu a porta, Marla arquejou.

— Assustador — observou ele, calmo.

A sala de jantar diante deles estava iluminada com a mesma luz tênue fluorescente, dando ao ambiente, novinho em folha, um ar sem graça esquisito. Havia mesas e cadeiras ao centro e fliperamas e brinquedos ao longo das paredes, mas os dois foram atraídos de imediato para o palquinho no canto de trás. A cortina roxa estava aberta, e o local estava vazio, exceto por uma corda amarela atravessada e uma placa com a imagem de um relógio em que se lia, em letras manuscritas bem nítidas: PRÓXIMA APRESENTAÇÃO. Mas o relógio não tinha ponteiros. Marla estremeceu, e Carlton a cutucou.

— Não é igual — cochichou.

— É igualzinho — retrucou ela.

Carlton examinou o restante do cômodo, os olhos sendo atraídos para uma piscina de bolinhas em meia-lua na parede da frente, coberta por um toldo plástico vermelho redondo com bordas brancas.

— Olha o trepa-trepa — disse ela.

Do outro lado, três criancinhas escalavam com destreza a intrincada estrutura de barras vermelhas e amarelas. Sobressaltado, Carlton olhou surpreso para Marla e correu até lá.

— Vocês estão bem? Onde estão os pais de vocês? — perguntou, ofegante e assustado.

As crianças não eram humanas. Seus rostos animatrônicos eram pintados com uma maquiagem de palhaço, as feições absurdamente exageradas: uma tinha um nariz redondo vermelho que cobria metade do rosto e uma peruca branca de cachos sintéticos; outra ostentava um sorriso artificial e uma careta pintada de vermelho. A terceira, um palhaço sorridente de bochechas rubras com peruca de arco-íris, seria até fofa, não fosse a mola gigantesca no lugar do corpo que a fazia pular a cada movimento. Todas tinham olhos pretos, sem íris nem pupila, e nenhuma delas parecia enxergar Carlton. Ele acenou, mas elas não viraram a cabeça, só permaneceram agarradas às barras com suas mãos gorduchas e continuaram escalando a estrutura com uma precisão certeira. Todas emitiam um zunido barulhento, como se fossem brinquedos de corda. A parte de cima da criança com corpo de mola de repente saltou por cima das barras, a mola estendendo-se até virar um arame comprido e sinuoso. A figura então segurou uma das barras, e seus pés voaram para encontrar o resto do corpo.

— Desculpa aí, vocês não são as crianças que estamos procurando. Podem continuar — murmurou Carlton, um tanto trêmulo, enquanto as criaturas seguiam ziguezagueando para cima e para baixo da estrutura.

— Elas não enxergam a gente — sussurrou Marla, e ele levou alguns instantes para registrar a voz dela.

— O quê? — reagiu ele, ainda de olho nas crianças-palhaço.

— Elas não enxergam a gente. Estes negocinhos estão funcionando. — Marla cutucou o ouvido.

— Certo, tudo bem — concordou Carlton, afastando-se da cena. Marla sorria, aliviada. — Mas ainda temos que tomar cuidado — alertou ele. — Não posso garantir que funcione com todos, e com certeza não vai funcionar com pessoas.

Marla sentiu um calafrio e assentiu.

— Tem um espaço depois do palco.

— Parece uma sala de fliperama — sugeriu Carlton, num tom soturno.

Marla se encaminhou devagar até o palco, a mão em direção à cortina, como se ela fosse espiar o que havia atrás.

— Não. — Carlton puxou Marla. — A última coisa que queremos é atrair qualquer tipo de atenção.

Ela assentiu.

A sala de fliperama tinha um cheiro fortíssimo de plástico novo; os jogos reluziam, parecendo mal terem sido tocados. Havia mais ou menos uma dúzia de máquinas avulsas de fliperama e duas de pinball, uma delas, como àquela altura já era de se imaginar, estampada com palhaços, e a outra com encantadores de serpente cartunescos. Carlton manteve-se bem longe delas. Marla o puxou pela manga e apontou para uma porta fechada na parede à esquerda, um letreiro vermelho dizendo SAÍDA brilhando acima, e o garoto fez que sim. Os dois foram até lá, passando disfarçadamente por um jogo de testar a força comandado por um palhaço do tamanho de um adulto, o rosto feito de placas metálicas pontiagudas, que não parava de menear a cabeça, um sorriso maníaco pintado no rosto. Ao passarem, Carlton ficou observando com cuidado, mas os olhos do palhaço não deram a impressão de rastrear o movimento deles. Quando chegaram à porta, ele respirou fundo e, com calma, empurrou a barra, que cedeu de imediato, e Marla suspirou, aliviada. Carlton empurrou a porta, segurando-a para Marla passar, e ficou paralisado quando o inconfundível estalado de servomecanismos rompeu o silêncio por trás deles.

Ambos se viraram. Carlton, com o coração a mil, colocou o braço à frente de Marla para protegê-la, mas nada se moveu. Ele avaliou o cômodo, até que viu: o palhaço responsável pelo jogo de força estava olhando para eles, a cabeça inclinada para o lado. Carlton olhou para Marla, que fez que sim sutilmente: também tinha visto. Bem devagar, ela foi recuando pela porta enquanto Carlton ficava de olho no animatrônico, mas o robô não mostrou mais nenhum sinal de movimento. Quando Marla já havia passado pela porta em segurança, Carlton acenou com os braços, torcendo desesperadamente para que o palhaço não o visse. A criatura permaneceu imóvel, dando a impressão de ter retornado ao estado de inércia. Carlton escapuliu do aposento e fechou a porta com cuidado. Ele se virou e quase caiu em cima da amiga, que estava praticamente colada na parede.

— Cuidado — sussurrou Carlton, gentil, segurando-se no ombro dela.

Então olhou para cima e cambaleou, desorientado por uma dúzia de vultos distorcidos ameaçadores. Ele respirou fundo, até assimilar o ambiente: *espelhos*. Estavam diante de uma casa de espelhos, cada qual distorcendo a imagem de um jeito. Os olhos do garoto zanzaram de um lado a outro: um espelho mostrava Carlton e Marla da altura do teto. No seguinte, estavam inchados feito balões, um espremendo o outro para fora da moldura. Em outro, o corpo deles estava normal, mas a cabeça tinha encolhido e se transformado em talinhos de poucos centímetros de largura.

— Então vamos lá — disse Carlton. — Como é que a gente sai daqui?

Como se respondessem à pergunta dele, dois espelhos começaram a girar lentamente, virando-se um para o outro até abrir uma porta estreita na parede de painéis. Para além da pequena abertura viam-se mais espelhos, mas não dava para ver quantos eram nem para qual direção apontavam, já que um espelho refletia o outro, dobrando o número de reflexos até que fosse impossível distinguir o que era real e o que não era. Marla adentrou o local e o chamou: havia um brilho no olhar dela, mas Carlton não sabia se era por conta da empolgação ou da luz tênue e esquisita. Ele a seguiu, e, assim que passou pela fresta, os painéis começaram a girar de novo, fechando-os lá dentro. Carlton olhou ao redor, nervoso por não encontrar uma forma de sair dali. Eles pareciam estar num corredor estreito que se bifurcava, as paredes feitas de mais painéis espelhados do chão ao teto.

— É um labirinto — concluiu Marla, baixinho, abrindo um sorriso ao ver o semblante de Carlton. — Relaxa. Eu sou boa com labirintos.

— Você é boa com labirintos? — questionou Carlton, irritado. — O que significa *ser boa com labirintos*?

— O que tem de errado nisso? Eu sempre fui boa com labirintos. — Marla balançou a cabeça.

— Como assim? Você está falando do labirinto de feno a que íamos aos cinco anos?

— Eu consegui sair antes de todo mundo.

— Você escalou e passou por cima dos fardos. Aí não vale.

— Ah, tem razão. — Marla ruborizou. — Então eu não sou boa com labirintos.

— Vamos sair desse juntos.

Carlton segurou na mão dela por tempo suficiente para evitar que ela tivesse um ataque de pânico e então soltou.

Marla olhou pensativa nas duas direções, até que, decidida, apontou.

— Vamos tentar por ali.

Eles seguiram, Carlton atrás sem tirar os olhos dos pés dela. Depois de poucos passos, ele a ouvir bufar e levantou a cabeça: estavam num beco sem saída.

— Já sem saída? — surpreendeu-se ele.

— Não, o painel fechou — sibilou ela.

— Por aqui, *Labirinto de Feno* — implicou Carlton, ligeiramente debochado. — Vamos voltar por aqui.

Eles voltaram pelo mesmo caminho e, dessa vez, Carlton viu os painéis se moverem: quando retornavam ao ponto por onde haviam entrado, um painel girava na direção deles, bloqueando o caminho. Um segundo depois, outro painel girava para fora, abrindo um novo corredor. Marla hesitou, e Carlton parou ao lado dela.

— Não temos escolha. Vamos.

Ela assentiu, e os dois entraram ainda mais fundo no labirinto.

Assim que cruzaram o novo limiar, o painel girou e se fechou. Eles procuraram uma nova abertura, mas não havia nada: estavam cercados de espelhos por todos os lados. Começando a entrar em pânico, Carlton percorreu rapidamente o novo perímetro.

— Carlton, é só esperar que outro vai se abrir — disse Marla.

— *Eu sei que vo-cês es-tão aí* — soou uma voz nada familiar. Parecia vir de todos os lugares ao mesmo tempo, ecoando como se estivesse reverberando de um painel para o outro. O som era mecânico, com falhas técnicas no meio das palavras. Os dois se entreolharam: Marla estava pálida de medo.

— Ali! — Carlton apontou. Um painel se abrira enquanto eles estavam distraídos. Ele correu até lá e deu de cara com um espelho, batendo a cabeça no vidro. — Ai!

— É ali — sibilou Marla, apontando para a direção oposta do espaço cercado.

O painel começou a se fechar, enclausurando-os novamente.

— *Eu vou encon-trar vocês...* — A voz falha tinha um tom instável esquisito.

— Carlton!

Marla ficou na fresta com a mão estendida, e ele correu até lá, ambos conseguindo passar por um triz.

— O que você ia fazer, ficar ali parada e deixar o vidro te esmagar? — murmurou ele.

— Eu não considerei que poderíamos ficar presos entre os painéis. Este lugar está pedindo uma ação judicial. — Marla se recompôs. — A noite está ótima, mas acho que estou pronta para ir embora — disse ela com toda a calma.

— Você *acha*? Eu tenho certeza de que quero sair daqui! — rebateu Carlton antes de fazer uma pausa para escutar.

— *Eu sei exa-tamente onde vocês es-tão...*

Estavam de novo num corredor, este com dois cantos para escolher. Eles se entreolharam desanimados e se viraram para a esquerda, deslocando-se devagar. Carlton não tirava os olhos dos sapatos de Marla à sua frente, tentando não olhar para as paredes, onde filas de sósias deles marchavam em silêncio, deformados e distorcidos nos espelhos, e, vez ou outra, normais. Quando chegaram a um dos cantos, algo lampejou na visão periférica de Carlton, o reflexo de um reflexo de olhos gigantes os encarando. Ele segurou no ombro de Marla.

— Ali!

Ela estremeceu.

— Eu também vi.

— Anda, vai, vai, vai — sussurrou Marla. — É só me seguir. Fica calmo. Lembre-se: nada consegue enxergar a gente.

— *Es-tou cada vez mais per-to...* — A voz mecânica ecoava pela câmara.

— É só uma gravação — sussurrou Carlton. — Está vindo de toda parte, mas acho que na verdade não tem nada aqui dentro com a gente.

Marla aquiesceu, sem parecer convencida.

A alguns passos deles, painéis começaram a girar novamente, bloqueando o caminho. Carlton olhou para trás, e a outra ponta do corredor também estava fechada. Marla se aproximou dele.

— *Estou vendo vocês...*

— Cala a boca — disse Carlton, baixinho.

Ele tentava respirar com calma para não fazer nenhum barulho, imaginando o ar entrando e saindo, preenchendo seus pulmões. O painel à direita começou a se abrir devagarinho, e eles saíram do caminho. Marla engoliu em seco e Carlton segurou no braço dela, avistando: havia algo por trás do espelho que se abria lentamente, embora ele não conseguisse distinguir o quê. Com passos cautelosos, os dois se afastaram um pouco mais. Carlton vasculhou os painéis espelhados em busca de uma saída, mas viu apenas o reflexo do próprio rosto inchado e deformado.

— *Achei vocês...*

O painel se abriu, revelando um caleidoscópio roxo, branco e prateado refletindo com desarmonia em cada espelho. Carlton pestanejou, tentando compreender os reflexos, quando um vulto, bem ao centro, adentrou o recinto improvisado.

Era um urso, uma imitação de Freddy Fazbear, mas, ao mesmo tempo, totalmente diferente. Seu corpo metálico cintilava em branco, acentuado por um roxo vibrante. Segurava um microfone, a parte de cima reluzindo feito um globo de discoteca, e, no peito, bem no centro de uma camisa metálica roxa, havia um pequeno alto-falante redondo. A poucos metros deles, o novo Freddy virava a cabeça enorme de lado a lado, os olhos passando por eles. Carlton olhou para Marla e pôs o dedo nos lábios. A garota colocou a mão no ouvido e assentiu. Freddy deu dois passos à frente e os dois recuaram, encostados na parede. Freddy tornou a olhar de lado a lado.

— *Eu sei exa-tamente onde vocês es-tão...*

O barulho era ensurdecedor, fazia Carlton estremecer, mas a boca de Freddy não se mexia: a voz se projetava do alto-falante no peito.

Carlton prendia a respiração quando o olhar do urso passava por ele, fazendo-o se lembrar de que estava camuflado, mas o bicho demorou um segundo nele antes de seguir examinando o local. Carlton sentiu a testa se enchendo de gotas de suor.

A parede atrás deles se reposicionou, e Carlton chegou para a frente bem a tempo de não cair, Marla fazendo o mesmo. O painel foi girando devagar, e os dois se esgueiraram para fugir à medida que Freddy se aproximava deles, em direção à nova saída. Marla puxou Carlton para o lado justo quando Freddy passou raspando por eles, seu pelo lustroso quase roçando no nariz do garoto.

— *Es-tou cada vez mais per-to...* — gaguejou o urso num tom ameaçador ao virar num canto e desaparecer.

O painel começou a se fechar, e Marla apontou desesperada para a porta por onde Freddy entrara. Os dois correram até lá, conseguindo passar pouco antes de os espelhos se fecharem.

Carlton e Marla arfavam como se tivessem corrido vários quilômetros.

— Era o Freddy? — sussurrou ela.

Ele fez que não.

— Não sei, este era diferente.

— Como assim? Diferente do quê?

— Dos outros animatrônicos que já vimos até agora. Ele ficou... olhando para mim — explicou Carlton, incomodado.

— Todos eles ficam olhando para a gente.

— Não, ele estava *olhando* para mim.

— *Estou ouvindo vocês. Apareçam!* — gritou Freddy, como se aquela fosse a deixa dele.

A voz do urso ecoou pelo labirinto de espelhos, tão impossível de ser localizada quanto antes. Carlton respirou fundo para se recompor.

— Como é que saímos daqui? — murmurou, tentando parecer calmo. — Onde é que nós estamos?

— Ali, aquela luz.

Marla apontou para cima, para os caibros lá no alto, onde uma luz de palco vermelha lançava seu feixe pelo labirinto.

— Qual?

— Eu vi aquela luz quando a gente entrou, mas ela devia estar a pelo menos uns oito metros de distância, e agora está bem em cima da nossa cabeça. É só a gente continuar se afastando dela — disse a garota, confiante.

Carlton analisou o teto por um momento, levando em consideração o que ela sugerira.

— Eu falei que era boa com labirintos. — Marla deu uma piscadela. — Basta a gente esperar os painéis certos se abrirem. — Ela apontou para um painel específico.

— Pode demorar um século — falou Carlton, aflito.

— Vai demorar ainda mais se não ficarmos de olho na direção em que estamos indo — retrucou a garota. — Vamos.

Ela partiu pelo caminho que havia indicado, e Carlton foi logo atrás.

— *Es-tou cada vez mais per-to...* — ressoou a voz de Freddy pelo labirinto.

— Agora pareceu ter sido bem atrás da gente de novo. Ele está dando a volta — alertou Carlton.

— Tudo bem, tudo bem. Então a gente dá a volta também.

— Só tire a gente daqui — pediu ele, calmo.

Marla assentiu e os dois seguiram em frente com toda a cautela, flanqueados por várias versões distorcidas de si mesmos.

Os painéis pivotantes os obrigaram a andar praticamente em círculo antes de oferecerem uma direção como alternativa, e Marla aproveitou a chance, segurando Carlton pela mão e quase correndo com ele pela passagem, até serem novamente parados e obrigados a fazer uma curva.

— *Shhh* — sibilou o garoto, agitado.

Marla experimentou empurrar a lateral de um dos painéis, mas a peça não cedeu. Carlton foi ajudar, mas ainda assim o painel não se moveu.

— Não sei por que eu achei que isso ia funcionar — sussurrou ela.

— *Eu quase pe-guei vocês...* — entoou Freddy.

Hesitante, Marla olhou em volta.

— Tenho uma péssima ideia — anunciou Carlton devagar, recebendo um olhar de advertência da amiga em resposta. — Você ainda está prestando atenção ao caminho que estamos seguindo? Ou, pelo menos, à direção para onde temos que ir?

— Acho que sim — respondeu ela, tornando a conferir os caibros, um semblante de compreensão brotando em seu rosto.

— Serve — emendou o garoto.

— O que você vai fazer? — perguntou Marla, soando como se já estivesse arrependida.

Carlton tirou a lanterna do bolso, e, protegendo o rosto com um dos braços, bateu no espelho na frente deles. O vidro se estilhaçou num barulho alto e estridente, e uma dor amena foi subindo pelo braço dele.

— *Estou ou-vindo vocês aí…*

— Ele só fala isso ou será que ouviu mesmo? — questionou Marla.

O painel com o vidro quebrado girou e se abriu, mas, antes que eles pudessem se mover, ouviu-se o som de passos firmes e rápidos e cacos de vidro sendo esmigalhados. Carlton prendeu a respiração e assentiu para Marla. Freddy adentrou o recinto com passos enérgicos e em seguida, de imediato, parou bem ao centro, o tronco virando lentamente para olhar ao redor. Carlton e Marla foram se esgueirando em meio aos cacos de vidro e se enfiaram no painel aberto por trás do animatrônico. No corredor, Carlton lançou um olhar questionador para a garota, que apontou. Ele assentiu, caminhou a passos largos até o espelho mais distante e o arrebentou.

Num instante, Freddy se virou na direção deles. O rosto de olhos arregalados virava de um lado a outro. Instantes depois, outro painel começou a se abrir mais além do espelho recém-quebrado. Carlton e Marla saíram correndo para lá, o vidro se estilhaçando sob seus pés.

— Ali! — berrou a garota.

Carlton ergueu o olhar e conseguiu avistar uma placa indicando a saída acima da porta, a poucos metros. Marla olhou nos olhos do amigo e indicou: *Estamos quase lá.*

— *Voltem aqui!* — disse a voz maníaca de Freddy, e então todos acabaram saindo pela última passagem: já era possível ver uma bilheteria pintada com cores vivas e, mais adiante, uma parede aberta. Marla e Carlton se entreolharam e, com todo o cuidado, aceleraram.

— *Peguei vocês* — anunciou Freddy.

O alto-falante estava bem atrás da cabeça de Carlton, que levou um susto e tropeçou nos próprios pés.

Ele se escorou no espelho e saiu correndo no encalço de Marla, dando de cara com o próprio reflexo num espelho.

— Marla, espera! — gritou.

Podia ver três Marlas, mas sabia por onde a verdadeira tinha ido.

— Espera aí.

Ele esfregou a testa e checou o ferimento no espelho mais próximo.

Não estava sangrando, mas tinha alguma coisa errada. Levou um segundo para perceber que seu fone de ouvido tinha caído da orelha. O garoto olhou ao redor em pânico, quando, de repente, Freddy se agigantou por trás dele no espelho.

Carlton ficou paralisado. A imensa cabeça de urso branca e roxa encarava-o pelo espelho, cada vez maior. Ele olhou para baixo, avistou o fone de ouvido aos seus pés e, num movimento ágil, se abaixou para pegar. Suas mãos tremiam, e ele penou para colocá-lo de volta. Quando levantou o rosto, Freddy quase caiu em cima dele, e Carlton foi erguido por uma força súbita e hostil. O garoto se sacudiu e caiu no chão, o fone de ouvido caindo ao lado dele.

Freddy recuou e ficou encarando Carlton por alguns instantes, os olhos se movendo para a frente e para trás, e a boca se abrindo só o suficiente para revelar duas longas fileiras de dentes brancos perfeitamente lustrados. Carlton pulou no chão atrás do fone de ouvido no exato instante em que Freddy investiu o braço e estraçalhou outro painel de vidro. Carlton bateu de cabeça na parede e, tomado pela dor, se encolheu.

Freddy virou a cabeça, primeiro de um lado a outro, depois girando-a trezentos e sessenta graus até olhar para trás, os olhos, desenfreados, à procura de sua presa. Em pânico, Carlton vasculhou o chão e tornou a avistar o fone de ouvido, mas dessa vez em três lugares, em três espelhos. O vidro voltou a se estilhaçar bem perto, mas o garoto não tirou os olhos do aparelho, alternando o olhar entre um e outro numa tentativa desesperada de identificar o verdadeiro. De repente, alguém esticou a mão e pegou os três fones.

— Carlton! — gritou Marla.

O garoto se virou na direção do som e enxergou não um reflexo, mas a verdadeira Marla arremessando o fone para ele.

Carlton apanhou o aparelho no ar e o enfiou na orelha. Freddy parou onde estava, os braços ainda esticados. Carlton não ousou se mover, apesar de o microfone estar a centímetros do seu rosto. Pelo canto do olho, ele viu Marla se aproximando de uma saída. Freddy tornou a virar a cabeça de um lado para o outro, abandonando aos poucos a postura de ataque.

— *Eu vou en-contrar você…* — ecoou a voz no peito do animatrônico, e o urso baixou os braços.

Marla girou a maçaneta e abriu uma fresta da porta, só para ver se estava destrancada. Mal respirando, Carlton foi se afastando de Freddy, sem tirar os olhos do animatrônico até estar de novo ao lado de Marla.

Com um único movimento, ela abriu um pouco mais a porta, e os dois saíram correndo e a fecharam. Havia um ferrolho lá no alto, e Carlton o travou e aproximou a orelha da fresta. Não se ouvia nada do outro lado, e ele se virou para Marla e deixou escapar um suspiro, zonzo de alívio. Eles estavam num saguão escuro totalmente livre de espelhos.

— Um corredor escuro e assustador — murmurou Marla.

— É bonito — opinou Carlton.

Um grito rasgou o ar em algum lugar ali perto, paralisando Carlton e Marla.

— Ainda não acabou — disse ele, disparando na direção do som, com a amiga logo atrás.

CAPÍTULO TREZE

— Todo mundo quietinho — sussurrou Jessica.

As crianças a encaravam com olhos arregalados e solenes. Estavam todas juntas nos fundos do cômodo pequeno e úmido, aguardando instruções. Lisa, a de três anos, continuava aninhada em Ron, eleito seu protetor, e Alanna segurava a mão do garotinho louro, embora ele não parasse quieto. Jessica engoliu em seco. *Por que eu tenho que ser a líder? Já é um desastre ter que cuidar de mim mesma.*

Ela se curvou para ficar na altura das crianças e tentou evocar algum ar de autoridade. *Eu deveria ter escutado a minha mãe. Deveria ter praticado algum esporte coletivo. Mas não, eu fui ser logo a garota quietinha lá do canto que ficava mordendo a borracha do lápis.*

Jessica examinou a porta mais uma vez e, em seguida, falou num tom de voz mais sério.

— Tem alguma coisa lá fora?

Alanna e Ron trocaram um olhar preocupado.

— O que é? Podem falar.

— Entra pela porta... — disse Alanna, sem olhar para Jessica.

— Ela... — A menininha parou de falar e cobriu o rosto, murmurando algo ininteligível sob as mãos.

— Ela? Quem, a... mulher que pegou vocês? — perguntou Jessica, com toda a delicadeza, tentando conter a impaciência.

Alanna balançou a cabeça com vigor, o rosto ainda escondido.

— A gente pensava que era um brinquedo. Não era tão assustadora que nem as outras coisas. — Ron buscou as palavras, e Lisa puxou a camisa dele e cochichou algo, baixinho demais para Jessica entender. Ron a cutucou. — Fala para ela.

Lisa olhou para Jessica com uma expressão desconfiada no rostinho todo sujo.

— Ela está toda esquisita — falou a menina, voltando a esconder o rosto na camisa de Ron.

O garoto lançou um olhar angustiado para Jessica.

— Quem? Quem está toda esquisita? — indagou ela, bem devagar, vasculhando a mente em busca do que poderia ser. — Tinha alguma coisa quebrada? Foram vocês que quebraram? — insistiu ela, esperançosa. As criancinhas começaram a fungar de novo, e Jessica trincou os dentes. — O que foi?

Ela quase perdeu a paciência, mas nenhuma delas pareceu notar alguma mudança em seu tom de voz.

— Não é quebrada — respondeu Ron, a voz demonstrando cada vez mais pânico, e então o chão estremeceu com um baque vigoroso.

Alanna se enroscou na cintura de Jessica, e Ron chegou mais perto, puxando Lisa junto. O lourinho permaneceu onde estava, paralisado com uma expressão de terror. Ouviu-se outro baque, dessa vez mais alto, e as pancadas continuaram, uma atrás da outra, cada vez mais perto. Jessica conseguia escutar o movimento no corredor, reverberando mais fundo em seu peito conforme o que quer que fosse aquilo se aproximava da porta. Ela ouviu a madeira rachar e agarrou as crianças pelos ombros quando alguma coisa golpeou a parede três vezes e muito rapidamente, jogando-os para trás. Foi quando se ouviu um último estrondo, que pareceu vir de todos os lados.

— O que é isso? — sussurrou Jessica, revistando as paredes e o teto, sem conseguir entender a origem dos barulhos.

Em seguida, tudo ficou em silêncio. Eles aguardaram. Jessica ficou ouvindo, contou até dez, depois vinte, mas o ruído não voltou. Ela contou até trinta, depois até sessenta. *Preciso fazer alguma coisa.* Empertigou-se e se desvencilhou com cuidado de Alanna.

— Esperem aqui — falou, baixinho.

Ela se esgueirou até a porta, pisando o mais leve que podia. Sentia que estava sendo observada pelas crianças. A porta tinha um aspecto comum, feita de madeira com maçaneta de latão, basicamente uma porta de armário. Jessica respirou fundo e foi em frente.

Antes que pudesse fazer qualquer coisa, a maçaneta girou, e a porta começou a se abrir. Jessica prendeu a respiração e deu passos firmes para trás, desesperada para voltar para junto do grupo, mesmo que fossem apenas crianças. De início, identificou apenas o rosa e o branco, as formas, indistintas, até que sua mente começou a desvendar: lentamente, a enorme cabeça de uma raposa de cores berrantes começou a bisbilhotar o aposento.

Foxy?, Jessica pensou, lá no fundo identificando as orelhas cor-de-rosa pontudas e os olhos amarelos. As bochechas tinham círculos vermelhos iguais aos da menina palhacinha. A criatura passou um bom tempo olhando para Jessica, que a encarou também, como se tivesse desaprendido a andar, quando então a cabeça de raposa recuou e todas as crianças gritaram. Algo diferente adentrou o cômodo com violência, um membro metálico comprido e segmentado que lembrava uma pata de aranha. O objeto pousou no mesmo instante em que uma segunda perna de metal invadiu o recinto com a mesma força, incrustando-se à parede mais próxima. As crianças gritaram de novo, e Jessica correu até elas, procurando freneticamente por alguma maneira de sair dali. O cômodo foi sendo tomado por pernas e braços estendidos e contorcidos, uns com mãos, outros sem. Jessica buscou uma brecha por onde pudesse passar em meio àquele amontoado de pernas cada vez mais denso. Seus olhos cruzaram com os olhos amarelos da raposa, que se encontrava suspensa por hastes e vigas. Mas também havia outro par de olhos. *Será que ela tem duas cabeças?* A caveira metálica se abaixou, conectada à massa por cabos e fios; parecia se mover por vontade própria.

Um grito esganiçado irrompeu sobre os demais, um lamento de talhar o sangue.

— LISA! — berrou Ron, e Jessica viu que a criatura puxava a garotinha pelo braço.

A caveira de metal a examinou e depois a rodopiou e balançou em seus cabos na direção dos demais, assumindo uma postura agressiva para cima deles enquanto os membros metálicos enroscavam a garotinha e a levavam para a porta.

— NÃO! — gritou Jessica, subindo pelas tramas de molas de metal e segurando a mãozinha de Lisa.

Uma força violenta arremessou-a de volta, mas Jessica se agarrou à primeira coisa que viu pela frente, soltando apenas ao bater no chão. Ao se levantar, teve dificuldade para respirar, e a criatura já tinha saído do quartinho. Jessica se virou de um lado para outro, procurando feito louca pelas crianças, e seu coração quase explodiu de alívio: Lisa estava no chão ao lado dela, amparada por Ron e Alanna.

— Está tudo bem — sussurrou, e foi quando o alívio momentâneo se esvaiu.

O menininho louro, o garotinho que poderia ser Jacob, tinha sumido.

— Não consegui segurar — lamentou Alanna, como se lesse os pensamentos de Jessica.

A jovem olhou para a porta, desesperada, mas logo se recompôs.

— Vamos trazê-lo de volta — afirmou, porque foi a única coisa em que conseguiu pensar.

Impotente, deu uma olhada em volta e ficou paralisada quando a maçaneta da porta começou a girar devagarinho outra vez.

— Fiquem aqui — disse, baixinho, e se dirigiu depressa até a porta.

Parou bem ao lado e se preparou para atacar se alguém entrasse. *É esse o seu plano?*

A porta se abriu, e Jessica deu um grito e avançou até a porta como se estivesse pronta para dar um golpe mortal de caratê em qualquer coisa que surgisse.

Carlton e Marla pularam para trás aterrorizados, e Jessica, depois de alguns instantes, agarrou Carlton com muita força, como se ele fosse capaz de fazê-la parar de tremer.

— Jessica? — disse Marla, avistando as crianças.

Jessica se soltou de Carlton.

— Um monstro pegou uma das crianças, um menininho — contou ela. — Não vi para onde foi.

Marla já examinava as crianças.

— Temos que tirá-las daqui.

— Ah, jura, Marla? É isso que a gente precisa fazer? E eu aqui esse tempo todo, pintando as unhas — rebateu Jessica, com rispidez.

Carlton pôs a mão no ouvido e tirou alguma coisa.

— Toma, pega isso — falou.

— O quê? Eca... — Instintivamente, Jessica fez uma careta e só então espiou o minúsculo dispositivo. — É um aparelho auditivo?

— Não exatamente. Deixa a gente invisível para os animatrônicos. Você e Marla levam as crianças embora e eu vou atrás da outra que pegaram.

— Como é que...? — Jessica segurou o aparelho e o analisou. — Eu tenho que pôr no ouvido?

— Sim, você tem que pôr no ouvido! Depois eu explico.

— Mas o seu ouvido estava limpo? — perguntou ela, desconfiada.

Marla arrancou o fone da mão da amiga e o enfiou no ouvido dela.

— AI! — gritou Jessica.

Marla tornou a se voltar para as crianças.

— Não seria melhor deixar com as crianças?

— Só temos dois fones, e vocês duas podem protegê-las melhor se estiverem invisíveis, não? — ponderou Carlton, irritado.

— E se eu e a Jess ficarmos aqui com as crianças e você levar uma de cada vez usando os fones? — sugeriu Marla.

Jessica fez que não imediatamente.

— E se aquele troço voltar e matar todo mundo enquanto estivermos aqui esperando a boa vontade do Carlton? Temos que sair daqui logo, Marla. É o único jeito.

Por um momento, todos ficaram quietos.

— Me deem trinta segundos para sair daqui. Assim, se alguma coisa vier atrás de mim, posso atrair para longe de vocês. Tem algo mais que eu precise saber?

Carlton parou na porta.

— Afton está vivo — disse Jessica, e ele assentiu.

— Isso acaba hoje — retrucou ele, tranquilo. — De um jeito ou de outro. Mais nenhuma criança vai morrer por causa desse psicopata. Devo isso ao Michael.

Jessica mordeu o lábio.

— Todos nós devemos — emendou.

O garoto forçou um sorriso.

— Boa sorte.

— Boa sorte — repetiu ela.

— Vamos lá. — Carlton respirou fundo, estufou o peito e segurou a porta, pronto para sair. — Isso foi ideia minha mesmo? — resmungou, e então saiu.

— Marla, você sabe o caminho? — perguntou Jessica, surpresa ao ouvir a própria voz com tanta clareza e firmeza.

— Nós entramos pelos fundos. Mas, se a gente voltar por aquele corredor, acho que dá para ir até o salão principal. De lá deve ser fácil sair, certo?

— Se você diz... — resmungou Jessica.

— Tem alguma ideia melhor?

— Não, nenhuma. — Jessica se virou para as três crianças que restaram, que assistiam às duas de olhos arregalados. — Não precisamos ir muito longe — disse ela, buscando o que ainda havia de esperança dentro de si para oferecer a elas. — Preciso que vocês fiquem juntos e que não saiam do meu lado e da Marla. Se conseguirem fazer isso, todos nós vamos ficar bem.

Os pequenos olharam para ela como se soubessem que estava mentindo, mas ninguém deu um pio.

Com todo o cuidado, Jessica abriu a porta mais uma vez. O corredor estava escuro, mas Marla conduziu todos pelo caminho como se realmente soubesse para onde estavam indo. Ela segurava uma lanterna grande e toda quebrada bem à sua frente. Parecia estar se segurando para não ligá-la, aparentemente com medo de atrair mais atenção indesejada. Adaptando-se à escuridão, Jessica ia por último, alerta ao menor sinal de perigo.

Quando chegaram a uma bifurcação no corredor, Marla virou-se sem hesitar. Alguns metros à frente, via-se luz: feixes de pequenas lâmpadas bem simples iluminavam o caminho em intervalos, e a próxima bifurcação do corredor já estava à vista. *Estamos chegando*, Jessica pensou, à medida que o grupo seguia em frente com toda a cautela.

O barulho tênue de um estouro no alto chamou a atenção de Jessica, que no mesmo instante congelou.

— Marla — sibilou ela, a amiga e as crianças na mesma hora parando e se virando.

Marla apontou para cima com uma expressão preocupada, e Jessica viu que algumas lâmpadas tinham se apagado e estavam opacas de fuligem.

— São só lâmpadas velhas — respondeu Jessica com um suspiro.

Uma das lâmpadas ainda acesas estourou e morreu, e todos pularam de susto. Alanna cobriu a boca e Ron segurou Lisa pela ombro.

— Dá para ir mais rápido? — sussurrou a menininha.

De uma só vez, as lâmpadas que restavam bruxulearam e estalaram. Jessica prendeu a respiração: elas permaneceram acesas, preservando a pouca iluminação, mas algo oco e metálico sacolejou no teto.

Marla empalideceu.

— Continuem — ordenou.

Jessica assentiu com vigor. O chocalhar foi atrás do grupo, às vezes dando a impressão de vir de cima, às vezes dos cantos escuros que eles não viam, arranhando e retinindo numa saída de ar ou num vão. Lisa choramingou. O rosto das crianças mais velhas estava petrificado, mas Jessica via lágrimas descendo pelas bochechas. De repente, Marla parou, e Jessica quase trombou em Ron.

— O que foi? — perguntou ela, e logo em seguida viu: uma fina cortina de poeira caindo.

A garota olhou para o alto e avistou um duto aberto.

Um braço metálico multissegmentado coberto de molas e fios veio descendo pelo duto, ancorando-se no piso bem ao lado do pé de Jessica. Todos gritaram. O braço se retraiu, e dois outros membros contorcidos da criatura bateram com força no chão, provocando uma chuva de gesso e poeira.

— CORRAM! — gritou Marla.

Todos saíram correndo no instante em que a criatura desceu, a cabeça branca reluzente de raposa se virando e sorrindo para eles. Jessica olhou para trás, e a caveira também desceu, de ponta-cabeça, com um sorriso, uma gravata-borboleta vermelha unindo ridiculamente os pescoços das duas. Jessica saiu correndo e, atrás dela, ouviu-se uma pancada enorme. *Mais rápido!*, ela queria gritar, mas os outros já estavam sem ar, as forças se esgotando.

Lisa, a menorzinha, começou a ficar para trás. A criatura passou por Jessica e novamente foi atrás da menininha, mas, bem a tempo, Jessica a pegou no colo. A aranha se empinou para atacar de novo, mas Jessica continuou correndo. O grupo dobrou numa curva e, com uma centelha de esperança, Jessica viu que o corredor era curto e terminava num par de portas duplas grandalhonas. Marla acelerou, e Alanna e Ron fizeram o mesmo. Jessica manteve o ritmo, com Lisa se agarrando a ela com uma força assustadora.

Marla chegou ao final do corredor e se jogou nas barras de emergência, abrindo as portas. Todos passaram depressa, e Marla pegou uma placa que encontrou ali perto para bloquear as portas.

— Continuem correndo — disse Jessica, com uma nova descarga de adrenalina.

Estavam todos encostados numa parede, atrás de um carrinho de pipoca e uma máquina de algodão-doce. A placa que Marla usara para travar a porta dizia HORA DO LANCHE! escrito em letras redondas bem grandes. Ron estava prestes a espiar por entre as máquinas.

— Aguenta firme — sussurrou Jessica, pondo a mão no ombro do garoto, que se afastou como se tivesse sido queimado pelo toque.

— Vai dar tudo certo — disse Marla, e Jessica se admirou por alguns instantes com a confiança que a amiga transmitira.

Atrás deles, alguma coisa tornou a se chocar contra a porta, chacoalhando as dobradiças. Jessica esperou, sem tirar os olhos da barricada improvisada, mas nada apareceu.

— Temos que andar devagar e sem fazer barulho — murmurou, e as três crianças aquiesceram. — Fiquem aqui atrás — recomendou, passando para o outro lado do carrinho de pipoca, em alerta.

Precisou de um segundo para se localizar: nas paredes do salão de jantar, havia fileiras de fliperamas e brinquedos para crianças menores, e, no extremo oposto do aposento, reluzentes, estavam as amplas portas de vidro da entrada. Ela fez um gesto chamando as crianças, e todas foram, bem juntinhas, com Marla logo atrás.

— Rápido — pediu Jessica, e Marla segurou a mão de Lisa. Alanna e Ron também se apressaram, o rosto marcado pela exaustão. De repente, Alanna deu um grito, e Jessica se assustou. — O que foi? O que aconteceu?

A menina apontou para um trepa-trepa a alguns metros onde duas crianças escalavam as barras, embora fossem pequenas demais para isso.

— Está tudo bem, são de brinquedo — tranquilizou Marla, olhando para Jessica, que também demonstrava sinais de exaustão. — Tínhamos visto quando entramos.

Alanna tornou a gritar e foi correndo até Jessica, agarrando-a pela cintura.

— Ela me mordeu!

— O quê?

Jessica olhou para baixo: o tornozelo de Alanna estava sangrando, ainda que não muito, e, a uns poucos metros, havia outra criança robótica rastejando.

— Jessica! — gritou Marla, tocando nervosa o aparelho no ouvido. — Ela não consegue ver a gente, mas consegue ver as crianças. — Enquanto ela falava, as outras duas crianças desceram do trepa-trepa sem muita firmeza até o chão e começaram a rastejar na direção de Ron e Lisa. Os dois recuaram, até que um quarto robô apareceu, encurralando-os. Marla pegou Lisa e Alanna no colo. — Jessica! — gritou Marla. — Socorro!

— Ela me mordeu — repetiu Alanna, em pânico, e as crianças se juntaram mais ainda à medida que as criaturas rastejantes se aproximaram, uma marcha lenta de robozinhos determinados com olhos negros de insetos. — Eles não enxergam a gente — afirmou Jessica com determinação, lançando-se à frente e agarrando o bebê-robô mais próximo.

Era mais pesado do que parecia. A garota segurou-o pelas costas bem longe de si, e o robô continuava movendo as mãos e os pés, como se rastejasse no ar. Jessica avistou a piscina de bolinhas, que devia ter pouco mais de um metro de profundidade, e arremessou o rastejador com toda a força nas bolas coloridas. O robô caiu de lado, parcialmente soterrado, ainda repetindo os movimentos, até afundar completamente.

— Marla, vamos logo! — berrou ela.

Marla colocou Lisa e Alanna no chão, ao lado de Ron, e então se voltou para o outro bebê que se aproximava. Suas mãos tremiam como se ela estivesse se preparando para pegar uma barata gigante.

— Marla! — Jessica soltou um guinchado.

Marla deu um grito e sacudiu as mãos. Na mesma hora o bebê avançou bruscamente, engatinhando e mordendo os pés das crianças. Lisa gritou e caiu, e a criatura pesada segurou suas pernas e foi subindo na menina. Marla pulou com um grito aterrorizante e arrancou o ser rastejante metálico de cima de Lisa. Com outro berro, girou e jogou a criatura longe. O robô passou raspando pela cabeça de Jessica, se estatelou na cobertura de tela da piscina de bolinhas e caiu lá dentro, afundando até sumir.

— Você quase me acertou!

Assim que Jessica disse isso o terceiro e último bebê-robô saiu voando e caiu aos pés dela com um baque.

Marla se jogou no chão, ofegante, os olhos esbugalhados num pânico enfurecido. Jessica olhou para a criatura, que se voltava para as crianças.

— Ah, nem vem.

A garota apanhou o robô no exato instante em que ele começou a rastejar.

Ela o segurou sobre a piscina, e a criatura, virando completamente a cabeça, encarou Jessica com seus olhos de formiga. A boquinha de botão de rosa se abriu, exibindo duas fileiras de dentes afiados, abocanhando o ar. Com um calafrio, Jessica soltou a criatura, observando com uma fascinação nefasta o bicho bater os braços e as pernas, afundando nas bolinhas.

— Jessica! — gritou Marla, e a garota se virou.

Luzes se acenderam atrás deles, iluminando um grande palco com uma cortina roxa brilhante ao fundo. Nele, e sob os holofotes, havia uma versão branca e lustrosa de Foxy, a boca e os braços abertos, pronta para se apresentar para uma plateia entusiasmada. A raposa olhou para eles em êxtase.

— Isso estava aí ainda agora? — sussurrou Jessica.

De repente, o corpo da raposa começou a se partir: placas de metal se abriram no centro do tronco, dos braços até as pernas, projetando-se, tornando a se partir e se dobrando, apenas o focinho permanecendo intacto, com um sorriso maníaco enquanto seu corpo passava por uma metamorfose grotesca. Jessica correu até as crianças no momento em que, de uma só vez, tentáculos metálicos brotaram de Foxy, e o esqueleto mutilado assumiu uma forma semiaracnídea.

— Tire as crianças daqui! — gritou Jessica.

Alanna e Ron ficaram paralisados, olhos vidrados, e Marla deu uma tapinha na bochecha dos dois para despertá-los do transe. Ron segurou a mão de Lisa e, juntos, todos saíram correndo em direção à porta.

— Jessica! — gritou Marla quando eles chegaram à porta. — Não podemos deixar esse troço sair!

A criatura já se encontrava no alto do trepa-trepa e se alongava em proporções aterrorizantes, como se quisesse exibir seus membros.

— Tire as crianças daqui! — disse Jessica, afastando-se deles e voltando a se concentrar na raposa rosa e branca desmembrada.

A criatura começou a descer do trepa-trepa, os membros se envolvendo uns nos outros, mudando de formato a cada passo.

Nem o focinho de raposa nem a caveira vagamente humana tiravam os olhos das crianças, as cabeças anguladas levemente uma em direção à outra para que os olhos pudessem manter seu foco. Jessica respirou fundo e tirou o fone de ouvido, tremendo tanto que mal conseguiu guardá-lo no bolso.

— Aqui! — gritou o mais alto que pôde, a garganta já ficando arranhada, e o focinho da criatura se meteu por baixo do outro pescoço, o olho se revirando para encarar a garota. — Isso, bem aqui! — berrou Jessica, rouca.

O animatrônico desceu as barras do trepa-trepa com uma graciosidade ameaçadora e começou a se esgueirar até ela. *Eu devia ter pensando num plano antes*. Marla segurava a porta para as crianças passarem. Em seguida olhou para a amiga.

Jessica fez sinal para que Marla saísse. Pegou uma cadeira dobrável de uma mesa ali perto, ergueu-a bem alto e arremessou-a na criatura. A cadeira se estatelou no chão, errando completamente o alvo. A cabeça de raposa se inclinou, a boca se abrindo toda para mostrar os dentes, e então avançou cambaleando, seus apêndices metálicos batendo no chão. Jessica se virou e saiu correndo.

Ela procurou desesperadamente uma saída, correndo por entre as mesas aglomeradas no centro do restaurante. Jogou uma para trás, mas o robô passou por cima sem qualquer dificuldade. Ela acelerou. A criatura estava logo atrás, a cabeça de raposa estalando a mandíbula enquanto a caveira dava seu sorriso fantasmagórico. Jessica correu de volta para o local de onde tinham vindo e se abaixou entre a máquina de algodão-doce e o carrinho de pipoca. Jessica arrancou a placa que Marla colocara e tentou abrir a porta, que fez um barulho mas não abriu.

Alguma coisa colidiu atrás dela, e Jessica gritou ao dar de cara com o carrinho de pipoca tombado, espalhando pipocas pelos ladrilhos pretos e brancos do piso. A criatura esticou um dos membros e empurrou a máquina de algodão-doce, que balançou, mas não caiu, e então outro membro se projetou, acertando a perna de Jessica, que caiu em frente à porta, soltando um grito involuntário de dor. A raposa e a caveira se entreolharam, ambas oscilando sobre as pernas de aranha, e então ambas se viraram para Jessica, os membros se abrindo, exibindo sua extensão total. A garota tateou o bolso em busca do fone de ouvido, mas não encontrou. Devia ter caído enquanto corria. Olhava para os lados evitando fazer movimentos bruscos, com medo até de mexer a cabeça. Estava encurralada, presa entre a parede e um brinquedo: não havia como passar por aquele troço.

De uma só vez, com três membros, a criatura pegou a máquina de algodão-doce, a esmagou e a jogou longe, espalhando vidro estilhaçado. Jessica se virou para proteger o rosto e, quando a máquina arrebentou os ladrilhos atrás, ela viu barras vermelhas e amarelas de um brinquedo ali próximo que levavam para outro bem acima, um labirinto de canos coloridos perto do teto e que dava num buraco redondo na parede com passagem para o cômodo seguinte. *Por ali.*

Jessica pôs o pé no primeiro degrau do brinquedo e subiu depressa. Lá de baixo veio um barulho de algo se retorcendo: a criatura tinha destroçado o brinquedo, a caveira balançando, toda feliz. O robô se esticou e arrancou o degrau abaixo de Jessica, que subiu mais rápido até se enfiar no tubo no exato instante em que uma das garras da criatura agarrou a última barra. Jessica se debateu, buscando onde se segurar, e por fim conseguir dar impulso e passar as pernas para dentro do tubo também. Ela foi rastejando o mais rápido possível, a tubulação balançando a cada movimento, e então parou para olhar para baixo. Apesar de partes do túnel de plástico estarem parafusadas ao teto, havia trechos bem grandes que não estavam. *Isto foi feito para crianças, não para mim.* Jessica se balançou com cuidado, e a seção de plástico abaixo dela também balançou, os segmentos plásticos rangendo nas conexões. Ela estremeceu. *Devagar e sempre.* Ela checou se as mãos e os joelhos estavam no lugar certo e seguiu em frente.

Estava num tubo estreito e simplório, pairando sobre um corredor vazio iluminado por uma única lâmpada fluorescente exposta que zumbia e piscava. O zumbido da lâmpada dava a impressão de ficar mais alto à medida que ela avançava com toda a cautela pelo frágil assoalho de plástico, quase perfurando seus ouvidos, como se ela tivesse imergido nas profundezas do subterrâneo. Jessica abria e fechava a boca para tentar se ver livre daquela sensação, mas o barulho persistia. Quando chegou ao segmento de tubulação que dava no cômodo seguinte, ela hesitou, tentando ver o que havia lá dentro, mas o lugar estava escuro. Respirou fundo e entrou.

Tudo ficou em silêncio: o zunido, felizmente, se fora. A única luz vinha por trás e, por mais estranho que parecesse, não adentrava o local, como se, de alguma forma, estivesse sendo filtrada. Jessica só via o círculo de luz atrás de si, tudo mais estava escuro. Piscou várias vezes, esperando a visão se adaptar, mas o breu continuou. *Então tá.* Ela foi se arrastando devagarzinho, tateando com muita atenção e deslizando os joelhos pelas vigas de apoio que corriam ao longo de trechos do túnel. Depois de alguns minutos, chegou a uma curva, batendo a cabeça de leve no plástico, e continuou tateando até encontrar o caminho, com uma vaga sensação de triunfo.

Um ponto de luz alaranjada surgiu abaixo dela, e Jessica se assustou, a mão escorregando da viga de apoio e batendo no plástico. Ela se reequilibrou, o coração a mil, e um par de luzes verdes apareceu a alguns metros da primeira luz. Sumiram e reapareceram, até que outro par, roxo, surgiu na escuridão bem ao lado, e dessa vez Jessica avistou o pontinho escuro no meio de cada círculo. Ela foi ficando nervosa conforme a ficha caía, quando mais e mais pares de luzes coloridas surgiram. *Olhos. São olhos*. Pouco a pouco, o aposento lá embaixo foi tomado de pares de olhos, de uma forma que parecia impossível que pudessem caber tantas criaturas naquele espaço. Todos olhavam para cima, sem sequer piscar, para Jessica. Ela avançou devagar, as mãos tremendo, acompanhada por aqueles olhares. *Não olha para baixo*.

Jessica firmou o olhar na escuridão à sua frente e seguiu se arrastando pelo que pareceram séculos. A cada olhadinha para baixo havia mais e mais pares de olhos vigilantes, todos bem atentos. Ela sentiu um calafrio. Foi mais depressa, ainda tomando o cuidado de tatear antes de deslizar as mãos e os joelhos, e então o tubo se curvou sutilmente, e um círculo de luz tênue apareceu. O tubo sacolejava como se fosse desabar a qualquer momento. Ela enfim chegou ao buraco e se virou para trás: o aposento estava todo escuro de novo. Todos os olhos haviam desaparecido.

Indignada, observou o cômodo sobre o qual pairava. A luz era fraca e irregular, piscando em intervalos e cores estranhas, mas dava para enxergar claramente. Espiando lá embaixo, Jessica viu que a luz vinha das barracas de brincadeiras, algumas tremeluzindo silenciosas, outras projetando uma iluminação em todos os matizes. Jessica respirou fundo e tentou ver onde o tubo ia dar. *Eu realmente espero que tenha outra saída*, pensou, voltando a rastejar. A tubulação plástica sacolejava, produzindo o único ruído na sala escura. Ela engoliu em seco. Conforme a adrenalina foi baixando, ela começou a se lembrar de como detestava espaços fechados. *Apenas continua.* Chegou a uma bifurcação na tubulação: um lado serpenteava ao longo do perímetro do aposento, o outro atravessava mais uma parede e dava no labirinto de tubos preso ao teto do cômodo seguinte. Ela analisou os dois caminhos e tomou uma decisão. Fez a curva e entrou pelo túnel que dava no buraco na parede, vendo-se então de volta ao salão principal.

Parou e escutou. Não se ouvia nenhuma movimentação, e ela esticou o pescoço para olhar para baixo por uma das grandes janelas plásticas e rastrear a área: a criatura aparentemente não estava em lugar nenhum. Jessica não reparara nos canos de brinquedo que cobriam o teto antes de subir até eles, e foi só naquele momento que percebeu a extensão da estrutura, incapaz de identificar o fim dela ou um caminho até lá embaixo. O brinquedo que ela escalara para entrar nos túneis estava completamente destruído. *Como eu vou sair daqui?* Impotente, correu os olhos pelo labirinto, traçando os caminhos que poderia fazer, até que, de repente, avistou: a piscina de bolinhas em que jogara os bebês rastejantes ficava do lado oposto do espaço e tinha uma cobertura feita de cordas de escalar a uns cinco metros do chão. A tubulação dava diretamente em cima dela. Jessica respirou fundo e entrou. Quando chegou à primeira curva, os tubos sacudiram de repente. Ela parou, mas a estrutura tornou a balançar várias vezes. A luz de baixo tinha diminuído, e Jessica olhou naquela direção.

A caveira sorria para ela com seus olhos amarelos, suspensos lá embaixo como se flutuassem. A cabeça deu voltas e foi parar acima do túnel de plástico. Jessica ficou apavorada vendo o corpo da criatura bem acima dela, seus membros enroscados no tubo feito uma lula monstruosa capturando um navio. Ela abafou um grito, e seu coração palpitava enquanto ela se controlava para não hiperventilar. A cabeça de raposa baixou até o nível dos olhos e estalou ao lado dela, fazendo Jessica dar um grito e se afastar. Sua mão bateu no assoalho de plástico entre as vigas de apoio, e o segmento desabou. Ela deu um jeito de se segurar e fez uma curva, seguindo uma nova direção. A cabeça de raposa arremeteu a toda para o alto e desapareceu de vista.

Jessica foi rastejando em linha reta. A estrutura continuava sacolejando, e ela podia ouvir o plástico quebrando atrás de si e pedaços grandes do labirinto de tubos se espatifando no chão. Não demorou a alcançar a piscina de bolinhas e, pela base do tubo, olhou para a cobertura de cordas, hesitante. *E agora?* A estrutura tornou a sacudir, mas dessa vez foi diferente. Foi como se alguém, ou alguma coisa, estivesse dentro do labirinto com ela. A estrutura inteira sacudia e balançava nos parafusos. Jessica chutava o plástico abaixo de si, escorando-se nas laterais do tubo enquanto olhava para baixo. Algo se movia na piscina: três das criaturas rastejantes colocavam a cabeça para fora das bolinhas e, desmembradas, encaravam-na com olhos vazios. Como se sincronizadas, elas estalaram as mandíbulas diminutas;

Jessica tomou um susto, dando com a cabeça no topo do tubo de plástico.

— Bebês estúpidos — resmungou.

Quando tornou a olhar para baixo, elas estavam se movendo de novo, nadando em meio às bolinhas e abocanhando aparentemente o nada. Jessica sentiu um calafrio e ficou subitamente paralisada diante do próximo passo de seu plano. Por um momento, rezou pedindo que não fosse tarde demais para só ficar quietinha esperando o perigo passar.

A estrutura sacolejou de novo, em rápida sucessão. Uma espiral metálica cintilante veio atravessando o túnel com tudo, e então ela viu a cabeça brilhante da raposa, a boca aberta num sorriso assustador. Jessica gritou e caiu de lado no buraco, aterrissando com força na cobertura de cordas, que afundou, dando a ela uma fração de segundo antes de começar a deslizar para baixo.

Jessica se agarrava freneticamente à tela, as cordas queimando suas mãos com o atrito e se enroscando em seus pés, até que ela conseguiu se apoiar e subir de volta, entrelaçando as mãos na barra metálica de suporte. Ela olhou o buraco na base do tubo de onde caíra esperando que algo surgisse lá de dentro, mas nada aconteceu. Percebia-se movimento dentro da tubulação, mas não dava para ver praticamente nada pelo plástico espesso e embaçado. Jessica procurou em pânico, tentando localizar a criatura, mas via movimento por toda parte: parecia haver vida rastejando por todos os tubos. Foi quando ela se deu conta de que todos os movimentos fluíam na mesma direção. Seguiu o fluxo com os olhos, de tubo em tubo, até uma extremidade de plástico tampada pouco acima dela. Com um estrondo, a tampa saiu voando, e choveram parafusos, acertando sua cabeça. Lá de cima, a raposa sorria para ela. Mais partes do seu corpo foram saindo, mais e mais membros emergindo enquanto a criatura se equilibrava com toda a delicadeza na extremidade do tubo feito um gato se preparando para dar o bote num rato.

Foi quando, com um retinido, alguma coisa caiu do bolso de Jessica. Era o fone de ouvido, que devia estar enfiado lá no fundo do outro bolso. Jessica respirou fundo e se pôs numa busca desesperada pelo aparelho. A cabeça de raposa se expandiu mais ainda para os lados, enquanto a última parte do monstro saía do tubo e se juntava ao resto da massa metálica, empoleirada feito um abutre na estrutura tubular prestes a desabar.

Finalmente, a raposa atacou.

Jessica enfiou o fone de ouvido na orelha e deu um pulo, deixando a criatura se chocar contra o bolo de cordas, os membros projetando-se pelas frestas da rede. Jessica caiu de costas numa máquina de fliperama e depois no chão com um baque seco que a fez perder o ar e resfolegar. A criatura tentou se libertar da rede. Os membros se contorciam, e, em seguida, o corpo inteiro afundou com o enredado, destruindo a cobertura da piscina. O bicho ficou pendurado, os membros presos no emaranhado de rede. Ele se debatia, suas longas garras chicoteando o ar. A rede sacudia para um lado e para o outro, já esticada por um fio, até que cedeu. A criatura mergulhou na piscina, atirando bolas coloridas para todos os lados. Lá dentro, se contorceu freneticamente, ainda enroscada na rede rasgada, e então, de repente, começou a ter espasmos. De olhos arregalados, Jessica ficou observando a criatura enlaçada afundar pouco a pouco na piscina de bolinhas com um barulho de metal triturando metal. Momentos depois, desapareceu por completo, embora as bolas ainda fervessem em frenesi e o rangido não cessasse. Por um breve instante, ela teve um vislumbre de um ser rastejante de olhos pretos mastigando algo freneticamente. Ainda trêmula, Jessica tomou fôlego e saiu correndo dali, atravessando numa explosão a porta dupla e encontrando, cambaleante, o ar fresco da noite.

— Você está bem? — perguntou Marla, preocupada.

— Estou. — Jessica olhou cada uma das crianças, confirmando que estavam todas ali, sãs e salvas. *Menos uma. Carlton, você encontrou ele?* Ela se obrigou a sorrir. — E aí, quem quer conhecer uma delegacia?

Carlton foi se esgueirando depressa pelo corredor, sondando as paredes e o chão em busca de sinais de luta, ou de qualquer coisa que pudesse indicar que algo passara por ali. Havia outra porta um pouco mais adiante, então ele parou e girou a maçaneta com cuidado, sem fazer menção de entrar. Carlton se preparou, abriu a porta e esperou. Nada saiu lá de dentro, então ele espiou o interior: estava completamente vazio.

— A calmaria que antecede a tempestade, né? — murmurou ele, fechando a porta.

Quando chegou à bifurcação no corredor, parou. *Cadê você, garoto?* Ele fechou os olhos e ficou escutando. Não ouviu nada, só segundos depois um arranhado abafado na parede atrás de si, por onde ele e Marla tinham vindo. Carlton foi até lá e encostou o ouvido. O som arrastado continuava. Era um barulho esquisito que ele não era capaz de identificar, mas poderia ser alguém se movendo. Ele deu um passo para trás e examinou a parede: era lisa, pintada de bege, com uma grande saída de ar prateada perto do rodapé de cerca de um metro de altura e quase da mesma largura. *Que estranho...* Carlton se ajoelhou na frente da saída de ar e ligou a lanterna, que mesmo depois da sua dupla jornada como porrete funcionou bem. Ele apontou a luz para a entrada e estreitou os olhos, tentando enxergar o que havia lá dentro, mas não conseguiu, porque as hastes da grade estavam muito próximas.

Um som distante ecoou de algum lugar lá no fundo. Era indistinto, mas, sem dúvida, uma voz. Carlton puxou a grade com as unhas e moveu-a com facilidade. Tirou a peça inteira, revelando um túnel escuro com pouco mais de um metro de altura. Iluminou o interior com a lanterna: as paredes eram de concreto pintado de vermelho de um lado e de azul do outro, as cores já desbotadas. Tinham palavras incompreensíveis escritas em garranchos com giz de cera, e o piso de linóleo era riscado com marcas pretas de tênis, todo arranhado, e dobrado nas extremidades.

— O lugar aqui *é* novinho em folha, não é? — resmungou Carlton, se agachando para entrar, mantendo a luz à sua frente.

Era perturbadora a ideia de alguém se sentando num piso novo com todo o cuidado e depois fazendo intencionalmente marcas de desgaste, mãos adultas imitando a letra meticulosa e os desenhos simplórios de crianças. Ele iluminou em volta: na parede vermelha havia um desenho de uma casa e bonequinhos de palito. Abaixo, alguém escrevera "Minha casa" com o S ao contrário. Ouviu-se de novo uma voz ecoando baixinho pelo túnel, e Carlton seguiu rastejando todo desajeitado com a lanterna numa das mãos.

A cor da parede mudava a intervalos de poucos metros e percorria aleatoriamente os tons do arco-íris, os grafites infantis ficando mais escassos, sem muito padrão, ao longo do caminho. O garoto chegou ao que achou ser uma abertura para um novo túnel, mas, ao iluminar o trecho, viu que não passava de um cubículo onde só caberia uma criança espremida. No cantinho desse espaço, havia um tênis azul pequenino com os cadarços desamarrados, e Carlton engoliu em seco. *Que lugar é esse?*

Sua lanterna iluminou um rosto que gritava em silêncio, e Carlton levou um susto, soltando a lanterna. Ele tornou a pegá-la, o coração batendo forte, e iluminou a figura: era um palhaço saltando de uma caixa, paralisado numa posição que dizia "Surpresa!", a boca escancarada numa gargalhada perpétua.

— Isso não é uma saída de ar — sussurrou Carlton, deixando para trás o rosto pintado e iluminando o corredor colorido abarrotado de esconderijos e arranhões. — Isto faz parte da área de lazer.

A luz se deteve num arco-íris que se derramava sobre um dos esconderijos. CORREDOR DO ESCONDE-ESCONDE.

— Isso não pode ser boa coisa.

Carlton franziu a testa.

A voz de criança ecoou de novo, dessa vez um pouco mais alto, e ele ignorou aquela sensação esquisita. *Estou indo, amigão,* prometeu em silêncio.

Fez uma curva, mas parou: havia um bebê animatrônico num cubículo, inerte, deitado de costas. Os cotovelos e joelhos de Carlton estremeceram. *Por favor, não se mexa.*

Olhos negros de inseto encaravam-no com um olhar vazio em um rosto plástico delicado. O robô rastejante não se moveu, aparentemente desativado. Carlton recuou com cautela e apontou a lanterna para a frente. Estava se aproximando de uma curva, mas ainda não havia nenhum sinal de saída. Continuou rastejando, passando por bonequinhos de palito e casas que começavam a parecer estranhamente repetitivas.

— *Estou ven-do você...*

Carlton virou-se depressa. Não havia nada à vista, a não ser uma porta fechada. Era do tamanho dos outros cubículos, da altura de uma criança, com uma janelinha em forma de coração perto do topo. Ao iluminar a portinha, algo cintilou na janela. Carlton ficou tenso, mas, antes que pudesse pensar em se mover, a porta se soltou das dobradiças, e Freddy saiu rastejando violentamente, um sorriso maníaco no rosto brilhante branco e roxo conforme ele se desdobrava para sair do espacinho apertado em que se enfiara. Em pânico, Carlton foi rastejando para trás, mas Freddy acompanhou seu ritmo, mantendo uma distância de centímetros entre eles. O garoto olhou em volta e então se virou, os joelhos e as mãos arrastando dolorosamente no chão enquanto ele fugia às pressas. Mais uma olhada para trás: Freddy continuava rastejando em sua direção, mais perto do que nunca, seus braços e pernas mecânicos se movendo com uma rapidez que Carlton dificilmente conseguiria superar. Ele fez uma curva, e Freddy pegou-o pelo pé, cravando os dedos de ferro em seu calcanhar. Carlton chutou com o outro pé e lutou para se soltar, levantando-se e começando a correr, curvado que nem um corcunda e arranhando as costas no teto. Por trás, ouvia Freddy vindo atrás dele, as mãos e os joelhos fazendo o chão vibrar.

Carlton fez mais uma curva e foi tomado por uma onda de alívio: havia uma saída de ar ao final do túnel, uma de saída de ar *verdadeira* que dava num cômodo bem grande. Carlton chutou--a sem hesitar e entrou correndo no cômodo.

O lugar era enorme e aparentava ter sido projetado para abrigar uma atração enorme de um parque de diversões: um círculo de assentos presos por imensos braços de metal em espiral, uma versão aterrorizante de um carrossel que daria voltas em alta velocidade enquanto se movia de forma nauseante para cima e para baixo. No lado oposto, havia uma porta de saída. Antes que Carlton pudesse correr até lá, Freddy irrompeu do túnel, levantando-se, os olhos asquerosos cintilando no escuro.

— *Agora estou te vendo direitinho* — disse o alto-falante no peito de Freddy.

Carlton se virou para sair correndo, mas deu de cara no carrossel e acabou mordendo o lábio, que começou a sangrar.

Girou bem a tempo de ver Freddy atacando. Enfiou-se debaixo do brinquedo, a investida errando por pouco e atingindo a lateral metálica do carrossel inclinado. O barulho ecoou pela sala vazia, e Carlton sentiu um calafrio, tentando fugir quando outra investida acertou o brinquedo acima dele, reverberando tão forte que o fez bater o queixo. Carlton olhou para cima: o metal se curvara, cedendo à força de Freddy.

— *Você não tem como escapar...*

Carlton saiu cambaleante, tropeçando nas pesadas barras de ferro que reforçavam o brinquedo e o prendiam ao chão. Com suas panturrilhas brilhantes roxas e brancas, Freddy perseguiu-o calmamente, acompanhando o ritmo do garoto contornando o carrossel enquanto Carlton se abaixava para desviar de cabos pesados e engrenagens misteriosas e assustadoras.

— *Qua-se peguei você...* — anunciou Freddy.

— Ainda não — resmungou Carlton ao desenroscar o pé com cuidado de um metal pesado.

Ele esticou o pescoço tentando olhar o ambiente: não havia como passar por Freddy, e, mesmo que houvesse, o urso o perseguiria incansavelmente. Carlton estava encostado na extremidade inclinada do brinquedo, na plataforma de controle. Viu logo acima, quase ao seu alcance, uma alavanca grande que ligava e desligava o brinquedo.

— *Não tem mais para onde correr...*

Carlton esperou Freddy ir até mais para baixo do carrossel, apertando e contorcendo o corpo para alcançar o garoto por entre as vigas. Carlton se espremeu por debaixo do brinquedo e se esticou apenas o suficiente para puxar a alavanca e ativá-lo, então se jogou no chão e cobriu a cabeça. Freddy tentou pegá-lo, mas o brinquedo se inclinou abruptamente.

Carlton viu Freddy levar um solavanco, capturado pelas partes móveis, até que o carrossel sacudiu com força. O garoto levou as mãos à cabeça quando o impacto fez seus ouvidos zunirem, um guinchado cada vez mais alto de metal arranhando e engrenagens rangendo à medida que o brinquedo ia desacelerando, bamboleando sem a menor firmeza em seus eixos. Carlton não se moveu: de onde estava, via o equipamento em movimento estraçalhar o corpo do Freddy conforme o maquinário seguia sua rotina inexoravelmente. Pedaços roxos apareciam e sumiam até acabarem caindo no chão, cuspidos pela máquina. Um globo ocular amarelo brotou num espaço entre duas engrenagens, e Carlton observou, com fascínio e choque, o resto do corpo precariamente equilibrado ser pulverizado por vigas que se alternavam, para então cair no chão, um pedaço para cada lado.

A máquina emitiu um guinchado excruciante e logo depois desacelerou, crepitando até parar completamente. Por um momento, Carlton não saiu do lugar. Depois se levantou e, com muito cuidado, se afastou do equipamento, evitando as sucatas de metal e plástico espalhadas pelo chão. Não ousou subir outra vez naquela geringonça, mas deu uma cutucada de leve com o dedão e recolheu o pé quando alguma coisa se soltou.

Metade da cabeça de Freddy, com apenas um olho e ainda um sorriso insano, caiu da máquina perto de Carlton e girou no chão por um momento antes de parar por completo, quando seu único olho tremeluziu, crepitou e morreu. O alto-falante da placa torácica esmagada, jazendo sem braços nem pernas ali perto, soltou uma explosão de estática e falou:

— *Obrigado por brincar comigo. Volte sempre!*

A voz foi morrendo até cair no silêncio.

Ao longe, o grito da criança ecoou mais uma vez, fazendo Carlton voltar a si sobressaltado.

— Aguenta firme, cara — sussurrou ele, encaminhando-se com tristeza para a porta.

CAPÍTULO QUATORZE

A impostora encarava Charlie, parecendo perplexa por alguns instantes, até que Charlie viu o próprio rosto estampar um sorriso reluzente e cruel. A outra Charlie não se moveu, e o medo da garota foi diminuindo enquanto observava, atônita, aquela estranha imitação de si mesma. *É o meu rosto*. Charlie se esticou e tocou a própria bochecha, gesto que a outra imitou. Charlie inclinou a cabeça para o lado, e a impostora espelhou seu movimento. Charlie não sabia se aquilo era deboche ou se a outra estava simplesmente tão extasiada quanto ela. Sua dupla era um pouco mais alta, e Charlie conferiu os pés dela: seus coturnos pretos tinham salto. Ela usava uma camisa vermelha com gola V e uma minissaia preta; seu cabelo comprido tinha ondas sedosas, um visual que Charlie tinha desistido de usar mais ou menos no nono ano. Ela era refinada, confiante. Charlie gostaria de ter aquela aparência: uma versão de si mesma que aprendera a usar babyliss, a ser sofisticada e a ocupar seu espaço no mundo sem pedir permissão.

— O que é você? — sussurrou Charlie, hipnotizada.

— Vamos — rebateu a outra Charlie, esticando a mão.

Charlie ensaiou fazer o mesmo, mas se conteve, puxando a mão para trás. Encolheu-se e afastou-se meio desajeitada até a parede oposta do corredor, mas sua dupla foi atrás, chegando tão perto que daria para sentir seu hálito. Um longo momento se passou, mas a outra Charlie não cedeu.

— Você precisa vir comigo — declarou. — Papai quer que a gente vá para casa.

Charlie se assustou ao ouvir aquilo.

— Meu pai já morreu.

Ela se espremeu contra a parede, o mais longe possível do rosto da garota.

— Bem, você gostaria de ter um pai que está vivo? — perguntou a impostora, com uma pontada de escárnio.

— Não há nada que você possa me dar, muito menos isso — retrucou Charlie, abalada, recuando pouco a pouco até entrar no depósito, a outra seguindo cada passo seu.

Charlie olhou para o quarto logo atrás da impostora e viu a porta se abrindo e John surgindo no corredor, escorando-se pesadamente no batente e apertando as costelas.

— Você está bem, Charlie? — perguntou, baixinho, a voz firme.

— Ah... estou, sim, John! — respondeu a Charlie falsa, toda animada.

— Charlie? — repetiu o garoto, ignorando-a.

Charlie assentiu, sem ousar tirar os olhos da impostora.

— Ela está dizendo que "papai quer que a gente vá para casa".

John parou bem atrás da outra Charlie.

— Pai? E quem seria esse, o William Afton?

Ele deu alguns passos ligeiros e segurou na base de um abajur, erguendo-o para golpear a Charlie falsa, que tornou a sorrir e então levantou rapidamente o braço, batendo com a mão no rosto de John. O garoto deixou o abajur cair e cambaleou para trás, escorando-se na parede. A impostora tentou segurar a mão de Charlie, que se esquivou e saiu correndo pelo corredor, com a outra em seu encalço.

— Ei! Esse foi só o primeiro round! — gritou John, instigando sua oponente a voltar.

Ele segurou o braço da impostora e a puxou. O animatrônico não ofereceu resistência, deixando que John a segurasse bem perto de si. O garoto foi tomado pelo medo ao ficar cara a cara com aquela versão de Charlie. *O que eu faço agora?*

— Como naquele velho carvalho quando éramos pequenos, John — sussurrou a impostora.

Ela o puxou para bem perto e encostou os lábios nos dele. O garoto arregalou os olhos e tentou empurrá-la, mas não conseguiu se mexer. Quando finalmente o soltou e se afastou, ela era Charlie, a Charlie *dele*, e John foi invadido por um zumbido alto e doloroso. Ele tampou os ouvidos, mas o barulho aumentou exponencialmente, e, durante os poucos breves segundos antes de desabar no chão, ele viu o rosto dela se metamorfosear em milhares de coisas. O cômodo girou, e a cabeça dele bateu no chão com um baque.

* * *

A garota sorriu, deu uma olhada em Charlie, então impulsionou o pé para trás e chutou as costelas de John, derrubando-o de lado num baú pesado de madeira. Charlie correu até ele, mas, antes que pudesse alcançá-lo, a inimiga a agarrou pelo cabelo, fazendo seus olhos se encherem de lágrimas. A impostora puxou-a para cima, tirando Charlie do chão e arremessando-a para o lado. Charlie tentou se levantar, mas caiu para trás ao tropeçar numa caixa de papelão e bateu com força na parede oposta, desamparada. Enquanto isso, John se levantava com cuidado, e Charlie ficou de joelhos. Respirava com dificuldade, ofegante, observando impotente enquanto a outra Charlie dava passos largos na direção de John.

Ele se empertigou e, sem piedade, ela lhe deu um soco no estômago. John se curvou e, antes que tivesse chance de se levantar, a impostora socou-o na nuca como se fosse um martelo, e ele, um prego.

John tombou para a frente, apoiando-se nas mãos e nos joelhos, dando um jeito de se levantar. Investiu contra a garota, acertando um soco no ombro dela, mas a pancada doeu mais nele, que segurou a própria mão, tendo batido em algo mais duro que carne e osso. A impostora pegou-o pelos ombros, erguendo-o do chão, e carregou-o pelo cômodo até esmagá-lo contra a parede. Então o soltou e o deixou cair, virando-se então brevemente para Charlie e depois espalmando a mão no peito de John.

De repente, ele começou a sufocar, o rosto ficando vermelho. O semblante da Charlie falsa se manteve inalterado, a mão espalmada aumentando gradativamente a pressão.

— Não consigo... — John arfou. — Não consigo respirar.

Ele apertava o braço dela com as duas mãos, mas não surtia efeito algum. Ela continuava a apertá-lo com a mesma intensidade. John começou a deslizar parede acima, centímetro por centímetro, impulsionado pela pressão do braço dela.

— Para! — gritou Charlie, mas a outra nem piscou. — *Por favor!*

Charlie se levantou e correu para o lado de John, mas a impostora estirou o outro braço e pegou Charlie pelo pescoço sem tirar a mão do peito de John.

Seus dedos se fecharam na garganta de Charlie, erguendo-a até a ponta dos pés. Charlie engasgava, chutava e arfava. A Charlie falsa manteve ambos ali, alternando seu olhar inexpressivo entre um e outro.

— Está bem — resfolegou Charlie. — Eu quero falar. Por favor! — implorou, a voz rascante.

A impostora largou os dois. O garoto caiu imóvel no chão.

— Você machucou o John. Deixa eu ajudar ele.

Charlie tossiu, de pé.

— Vocês são tão apegados a algo que... quebra tão fácil... — disse ela, divertindo-se.

Charlie se esforçou para enxergar além da outra, checando ansiosa se o peito de John ainda subia e descia. *Ele está vivo.* Charlie ofegou e então se virou para seu clone.

— Sobre o que você quer conversar? — perguntou, firme.

Carlton deixou a porta pesada bater e saiu correndo sem olhar para trás: havia outra porta adiante e uma luz tênue era filtrada por uma janelinha perto do topo. O grito de criança voltou a ecoar, e Carlton ficou paralisado, incapaz de identificar sua origem. O som agudo atravessou o ar mais uma vez, e o garoto fez uma careta ao ouvi-lo: era fino e rasgado, o grito de uma criança que estivera gritando havia muito tempo. Carlton espiou pela janelinha da porta. Parecia deserto, e ele a abriu com cautela, e então ficou petrificado. Tudo estava igualzinho: todos os corredores, todos os cômodos. Luzes bruxuleavam, alto-falantes zuniam. Uma lâmpada estava prestes a queimar, emitindo um guinchado agudo que ecoava pela câmara.

— Garoto — sussurrou ele, mas não teve resposta.

Carlton de repente se deu conta de que talvez tivesse passado os últimos dez minutos perseguindo ecos e luzes. Sentiu o peso da solidão ali, um fardo que chegava a ser físico. O próprio ar pareceu ter se adensado à sua volta. Sua respiração ficou mais fraca, e ele caiu de joelhos e depois se jogou para trás para se sentar. Ficou olhando desesperado para o corredor vazio e, por fim, foi se afastando para o lado, manobrando as costas junto à parede para, pelo menos, avistar quem ou o quê o mataria.

Fracassei. Não vou encontrá-lo. Inesperadamente, lágrimas brotaram em seus olhos. *Me desculpa, Michael.* Nos dias seguintes ao desaparecimento de Michael, o pai lhe fizera muitas perguntas, repassando aquela tarde específica como se acreditasse que, juntos, eles poderiam recriá-la e montar o quebra-cabeça. *Eu procurei a peça que faltava. Juro que procurei.* Ele revivera em sua mente cada momento da festinha, tentando desesperadamente encontrar a pista de que o pai dele precisava, o detalhe que tornaria tudo mais claro.

Se soubesse antes o que sabia agora, havia muitas coisas que podia ter feito para evitar o que acontecera.

Mas agora, mesmo sabendo de tudo, não há nada que eu possa fazer.

— Falhei com você, Michael.

Carlton pôs a mão no peito, tentando se acalmar e não hiperventilar. *Falhei de novo com você.*

— Então, sobre o que você quer conversar? — repetiu Charlie.

A impostora estreitou os olhos.

— Assim é melhor. Bem melhor.

A garota sorriu, e Charlie se inclinou para trás, o mais longe que podia.

Era irritante ver o próprio rosto encarando-a, petulante e acusatório.

— Vou escutar tudo o que você quiser dizer, só não o machuque mais — implorou Charlie, as mãos erguidas em rendição, o coração acelerado.

Sua dupla ruborizou de raiva.

— O motivo é esse — sibilou, balançando o dedo.

— O quê? *O motivo é esse?* Não entendi — lamentou Charlie.

A Charlie impostora andava de um lado para o outro, a raiva se esvaindo tão rápido quanto tinha brotado. Charlie aproveitou a oportunidade para dar mais uma olhada em John, que se deitara de lado e pressionava o corpo como se sentisse uma dor imensa, o rosto ainda vermelho. *Ele precisa de ajuda.*

— O que é você? — rosnou Charlie, a irritação aumentando diante do estado de John.

— A pergunta não é o que *eu* sou, e sim o que é *você*. E o que torna você tão especial por tantas e tantas vezes?

A sósia de Charlie se aproximou dela com uma raiva renovada e voltou a segurá-la pelo pescoço e a erguê-la do chão.

A impostora imprensou-a na parede e revelou todos os seus dentes.

O disfarce da Charlie falsa se dissipou, revelando um rosto pintado de palhaço que, sabe-se lá como, demonstrava mais raiva do que a forma humana. As placas brancas do rosto se abriram como uma flor, mostrando ainda outro rosto feito de molas e arames, com globos oculares negros e pontas afiadas fazendo as vezes de dentes. *O rosto verdadeiro*, pensou Charlie.

— Pergunte de novo — rosnou.

— O quê? — Charlie sufocava.

— Eu mandei perguntar de novo — grunhiu o monstro metálico.

— O que é você? — balbuciou a garota.

— Já disse que essa não é a pergunta certa. — A impostora de metal segurou Charlie mais longe e olhou para ela de cima a baixo. — Onde foi que ele escondeu?

Ela apertou o pescoço de Charlie com uma das mãos e pôs a outra no peito da garota, correndo o dedo por todo o esterno. Em seguida, seus olhos fuzilaram o rosto de Charlie, e o robô pegou o queixo da garota e virou a cabeça dela vigorosamente para o lado. Por um breve instante pareceu perdida em seus pensamentos, até que voltou a si.

— Pergunte de novo.

Charlie olhou no fundo dos olhos do rosto metálico. As placas se fecharam por cima do emaranhado de metal retorcido e remontaram a cara de palhaço, com as bochechas rosadas e os lábios brilhosos. A ilusão logo retornou, e Charlie estava fitando novamente os próprios olhos. Ela foi ficando misteriosamente calma à medida que começou a se dar conta de qual era a pergunta certa.

— O que eu sou?

A impostora afrouxou a mão no pescoço e colocou Charlie de volta no chão.

— Você não é *nada*, Charlie. Você olha para mim e vê um monstro sem alma. Que irônico. Que distorcido. Que rudimentar. — Ela soltou Charlie e deu um passo para trás, os lábios vermelhos, por ora, perdendo o viço. — Que injusto.

Charlie voltou a se ajoelhar, lutando para recuperar a força. A impostora se aproximou, se ajoelhou ao lado dela e tocou seu ombro.

— Não sei bem como isso vai funcionar, mas vamos fazer uma tentativa — sussurrou, correndo os dedos pelo cabelo de Charlie e segurando com firmeza em sua nuca.

Ela era uma garotinha segurando um pedaço de papel, empolgada e cheia de alegria. Uma estrela de papel-alumínio dourado e brilhante reluzia na página acima das palavras elogiosas da professora do jardim de infância. Alguém tocou delicadamente suas costas, encorajando-a a entrar correndo na sala, no escuro. E ela o fez, entusiasmada. Ali estava ele, junto à escrivaninha.

— Quanto tempo eu fiquei lá até ele me enxotar?

Charlie vasculhou sua mente, mas as respostas não vieram.

— Ele não me *enxotou* — retrucou a outra Charlie.

Seu entusiasmo não passou; ela continuava paciente e alegre. Depois do primeiro empurrão, voltou para tentar de novo. Foi só depois do segundo que ela hesitou, mas, mesmo assim, com todo o cuidado, retornou, dessa vez erguendo o papel. Talvez ele não tivesse visto.

— Ele viu — disse-lhe baixinho a outra Charlie.

Dessa vez doeu. O chão era frio e seu braço doía, porque tinha caído em cima dele. Ela procurou o papel: estava no chão à sua frente, a estrela dourada ainda brilhando forte, mas, agora, ele pisava na folha de papel. Ela olhou para cima para ver se ele tinha percebido, os olhos cheios de lágrimas. Sabia que deveria deixar lá, mas não conseguia. Ela se esticou para puxar o cantinho, mas o papel estava longe demais. Finalmente, engatinhou até lá, sujando o vestido, e tentou puxar a página embaixo do sapato dele. A folha não se soltou.

— Foi nessa hora que ele me bateu.

Foi difícil distinguir qualquer coisa na sala depois daquilo. O cômodo virou um borrão de lágrimas e dor, e a cabeça dela ainda girava. Mas ela notou uma coisa, uma reluzente palhacinha de metal. Seu pai voltara-se para a boneca, polindo-a com carinho. De repente, sua dor esmaeceu e ficou em segundo plano, substituída por fascínio, obsessão.

— O que é isso tudo? — lamuriou-se Charlie.

Agora ela se olhava no espelho, segurando um batom que roubara da bolsa da professora. Mas não estava pintando a boca, e sim desenhando círculos vermelhos nas bochechas. Só depois passou para os lábios.

— Você está me ouvindo? — sussurrou a sósia.

A noite encobrira tudo. Os cômodos estavam escuros; os corredores, silenciosos; o laboratório, inerte. Seus pés batiam de leve nos ladrilhos brancos e lisos. Numa câmera minúscula lá no canto, uma luz vermelha piscava, mas pouco importava o que registrasse, era tarde demais para detê-la.

Ela retirou o lençol que cobria a bela palhaça e acenou para que falasse. Onde ficava o botão, aquele que ele sempre apertava?

Primeiro os olhos se acenderam, depois as outras luzes internas. Não demorou muito para o rosto pintado correr os olhos pelo aposento e encontrá-la, cumprimentando-a com um sorriso meigo e uma voz delicada.

— Foi quando houve a gritaria. — A ilusão se desfez, e Charlie se afastou. — Foi quando houve a gritaria — repetiu a impostora. — Quem gritava era eu, mas... — Ela parou e apontou para a própria cabeça com um olhar de curiosidade. — Mas eu me lembro de vê-la gritar. — Ela ficou pensativa por um segundo e, de repente, a ilusão se dissipou, e ela reapareceu como a palhaça pintada. — É estranho se lembrar de um mesmo momento visto por dois pares de olhos, mas nós éramos só um.

— Eu não acredito nessa história — rosnou Charlie. — Eu não acredito em nada dessa história. Você não está possuída! Se acha que vou acreditar por um único segundo que estou falando com o espírito de uma menininha meiga e inocente, está maluca.

— Quero que você me chame de Elizabeth — disse a garota, com delicadeza.

— Elizabeth? Aquela menininha jamais faria todas essas monstruosidades.

— A raiva não vem dela — retrucou Elizabeth, o rosto pintado se modificando. Ela adquirira um aspecto de animal ferido, vulnerável, mas pronto para atacar.

— Então o quê? — reclamou Charlie.

— Minha raiva é do outro pai.

Elizabeth foi novamente para cima de Charlie, segurando-a pelo pescoço e fazendo-a mergulhar numa luz branca e na dor, onde tudo, de repente, era tranquilo.

Alguém acariciava seu cabelo. O sol ia se pondo numa plantação de grãos. Um grupo de pássaros revoava no alto, seu canto ecoando pela paisagem.

— Estou tão feliz de estar aqui com você — disse uma voz gentil. Ela ergueu o olhar e se aninhou no colo dele.

— Não, isso é meu — protestou Charlie.

— Não — intrometeu-se Elizabeth. — Isso não pertence a você. Deixa eu mostrar o que *realmente* é seu.

A agonia irrompeu, inundando o cômodo com seu barulho. As paredes ficaram escuras, e filetes de água escoaram de trás das cortinas. Um homem jazia encolhido no chão, alguma coisa agarrada a seus braços, e, quando sua boca se abriu, o cômodo sacolejou com o som da sua angústia.

— Quem é? — perguntou Charlie, ansiosa. — O que ele está segurando?

— Você não reconhece? É a Ella, claro. Foi tudo que restou ao seu pai depois que você foi levada.

— O quê? Não, essa não é a Ella. — Charlie balançou a cabeça.

— Ele passou dois meses chorando em cima daquela boneca de pano barata — rosnou Elizabeth, desdenhosa. — Chorou nela, sangrou nela e derramou nela todo o luto dele. Lamentável. E começou a tratá-la como se ainda tivesse uma filha.

— Essa era a lembrança que eu tinha, eu sentada com o meu pai, vendo o sol se pôr. Ficávamos esperando as estrelas aparecerem. É a minha lembrança — disse Charlie, furiosa.

— Olhe de novo — disse Elizabeth, forçando a imagem a aparecer para ela novamente.

Alguém acariciava seu cabelo. O sol ia se pondo numa plantação de grãos. Um grupo de pássaros revoava no alto, seu canto ecoando pela paisagem.

— Estou tão feliz de estar aqui com você — disse uma voz gentil.

Ela ergueu o olhar e se aninhou no colo dele.

Ele apertou a boneca com força e sorriu, apesar das lágrimas que escorriam pelo rosto.

— Claro, ele não estava contente com aquilo, você tinha que crescer. Por isso, ele fez outras.

Os braços dela pendiam da lateral da bancada. As articulações estavam rígidas o bastante para carregar algo bem leve, e os olhos eram mais realistas do que qualquer coisa que ele tivesse feito. Ele a apoiou e estendeu-lhe os braços à frente, equilibrando neles, com todo o cuidado, o conjunto de chá. Por um momento, ele franziu as sobrancelhas, frustrado, e girou a maçaneta de latão uma, duas, três vezes, até o aposento estremecer e lampejar, e aí tudo ficou inerte, e a garotinha olhou para ele e sorriu.

— Essa lembrança é MINHA! — gritou Charlie.

— Não, é *dele* — corrigiu Elizabeth.

— Jen, eu juro que ela é mais do que um mero animatrônico. Você tem que ver. Ela anda e fala.

— Claro que ela anda e fala, Henry. — Jen parecia zangada. — Ela anda porque tudo que você constrói anda, e fala porque tudo que você constrói fala. Mas se essa parece tão real é porque você está destruindo a sua mente com esses códigos e frequências. — Jen jogou os braços para cima.

— Ela se lembra, Jen. Ela se lembra de mim. Ela se lembra da nossa família.

— Não, Henry. Você lembra. Encha a cabeça com um monte desses raios, e eu aposto que você consegue fazer a chaleira lhe contar sobre a família que perdeu.

— A família que eu perdi... — repetiu Henry.

Jen parou, arrependida.

— Não precisa ser assim, mas você tem que se desapegar disso. Sua esposa, seu filho, eles ainda podem fazer parte da sua vida, mas você precisa se desapegar disso.

— Ela está nesta boneca — gesticulou ele para Ella, de pé com a xícara de chá. Uma bonequinha de pano estava sentada numa cadeira de madeira no canto, a cabeça caída no braço do móvel, os olhos observando o cômodo.

— Ele levou um tempo para se dar conta de que era a boneca de pano, a bonequinha de pano comprada pronta. Pode ser que ele nunca tenha *sentido* você quando ela não estava por perto, sei lá. Mas, com o tempo, ele começou a colocar a boneca dentro da Charlie *dele*, fosse qual fosse a nova Charlie que construísse.

Charlie ficou sentada sem dar um pio, recordando-se de todos os momentos com o pai, questionando cada um. *Sentada no chão da oficina dele, construindo uma torre de blocos de madeira enquanto ele se debruçava em sua obra. Ele se virou para ela e sorriu, e ela, feliz, sorriu de volta. Seu pai retomou o trabalho, e a criatura amontoada lá longe, no canto escuro, se mexeu. Charlie tomou um susto e derrubou os blocos no chão, mas seu pai não pareceu ouvir. Ela começou a reconstruir a torre, mas a criatura seguia atraindo seu olhar, aquele esqueleto de metal retorcido com seus olhos de prata ardentes. A estranha figura voltou a ter espasmos, e ela quis perguntar, mas não conseguiu pronunciar as palavras.*

— Dói? — sussurrou Charlie, a imagem tão nítida que ela quase podia sentir o aroma metálico e quente da oficina.

Elizabeth ficou paralisada, até que, de uma só vez, a ilusão desapareceu, e as placas de metal do seu rosto pintado de palhaço foram se abrindo, deixando à mostra as molas, os fios e os dentes pontudos. Charlie se encolheu toda e Elizabeth se moveu com ela, mantendo a distância entre as duas.

— Dói — sussurrou, e seus olhos arderam em prata. — Dói, sim.

As placas do rosto dela voltaram a se fechar, mas os olhos ainda cintilavam. Charlie piscou e virou o rosto. A luz cegou-a, fazendo surgir furinhos em sua vista. Elizabeth encarava-a com amargura.

— Quer dizer que você se lembra de mim?

— Lembro. — Charlie esfregou os olhos à medida que sua visão começava a ficar nítida. — No canto. Eu não queria olhar. Achava que fosse... Achava que você fosse... outra pessoa — contou, a voz soando frágil e infantil aos seus próprios ouvidos.

Elizabeth gargalhou.

— Alguma daquelas outras *geringonças* se parecia mesmo comigo? Eu sou única. Olha para mim.

— Dói a minha vista — disse Charlie com a voz débil, e Elizabeth segurou-a pelo queixo e puxou-a mais para perto.

Charlie evitou encará-la, fechando os olhos para se proteger da luz, e Elizabeth estapeou sua bochecha com força.

— Olhe para mim.

Trêmula, Charlie soltou um arquejo e obedeceu. O rosto de Elizabeth estava de novo igual ao de Charlie, mas a luz prateada escorria com frieza do local onde deveriam estar os olhos dela. Charlie deixou que aquilo inundasse sua visão, maculando todo o resto.

— Você sabe por que meus olhos estão sempre acesos? — perguntou Elizabeth, delicadamente. — Você sabe por que eu tinha espasmos e tremia no escuro? — Charlie balançou de leve a cabeça, e Elizabeth soltou seu queixo. — Era porque seu pai me deixava ligada o tempo todo. A todo momento, todo dia, eu estava consciente, inacabada. Ficava observando-o enquanto as horas se passavam, e ele criando brinquedos para a pequena Charlie, unicórnios e coelhinhos que se mexiam e falavam enquanto eu ficava lá no escuro, esperando. Abandonada. — O brilho dos olhos diminuiu um pouco, e Charlie pestanejou, tentando não demonstrar alívio. — Por que eu estou falando com você sobre isso? Você ainda nem estava lá. — Elizabeth virou a cara, quase desgostosa.

— Estava, sim — rebateu a garota. — Eu estava lá. Eu lembro.

— Você *lembra* — zombou Elizabeth. — Você tem *certeza* de que estava lá em todas essas suas lembranças?

Charlie vasculhou os pensamentos em busca de algo que pudesse confirmar que suas memórias eram realmente suas.

— Olhe para baixo — sussurrou Elizabeth.

— O quê? — choramingou Charlie.

— Sua memória. Tenho certeza de que está bem nítida, já que você estava lá e tudo mais. — Elizabeth sorriu. — Olhe para baixo.

Charlie voltou às lembranças, vendo-se de pé diante da bancada do pai. Estava imóvel, não tinha voz.

— Olhe para baixo — sussurrou Elizabeth mais uma vez. Charlie olhou para os pés dela, mas não viu pé nenhum, só as três pernas de um tripé fotográfico. — Ele estava construindo memórias para você, criando uma vida para a bonequinha de pano dele, transformando-a numa menina de verdade. Tenho certeza de que muitas dessas memórias foram elaboradas, editadas e embelezadas, mas não se engane, Charlie não estava lá. — Elizabeth se inclinou para mais perto de Charlie. — Ele fez uma, duas, três. — Elizabeth tocou levemente no ombro de Charlie e então trouxe a mão dela ao próprio peito. — Quatro. — Os olhos dela tremeluziram, e o brilho prateado se dissipou até parecerem quase humanos. — Charlie seria uma bebê, depois uma garotinha, depois uma adolescente emburrada. — Ela observou Charlie de cima a baixo com um sorriso mordaz de desdém, até que sua expressão se suavizou e ela continuou: — Até que, finalmente, seria uma mulher. Estaria concluída. Perfeita. Seria eu. — O rosto de Elizabeth se endureceu. — Mas alguma coisa mudou no processo, com Henry atormentado pelo luto. — A menorzinha, Charlotte, foi feita com o coração partido. Chorava o tempo todo, dia e noite. A segunda Charlotte ele fez quando estava no auge da loucura, quase acreditando nas mentiras que contava para si mesmo. Ela era tão irremediavelmente desesperada pelo amor do pai quanto ele pelo dela. A terceira Charlotte veio quando ele começou a se dar conta de que tinha enlouquecido, quando passou a questionar todos os pensamentos que tinha e implorava à irmã Jen para lembrá-lo do que era real. A terceira Charlotte era estranha. — Elizabeth lançou um olhar desdenhoso para Charlie, mas a garota mal notou.

A terceira Charlotte era estranha, ela repetiu em silêncio. Charlie baixou a cabeça e esfregou o polegar na flanela da camisa do pai, para então voltar a olhar para cima. O rosto de Elizabeth estava contorcido de fúria, ela quase tremia.

— E a quarta? — perguntou Charlie, hesitante.

— Não teve quarta — irrompeu ela. — Quando Henry começou a fazer a quarta, o desespero virou raiva. Ele fervilhava de ódio enquanto soldava o esqueleto, derramando sua cólera na forja onde dava forma aos ossos dela. Eu não fui uma Charlotte encharcada de luto. Ganhei vida pela fúria de Henry. — Seus olhos voltaram a se acender com uma luz prateada, e Charlie ficou parada, obrigando-se a não piscar. Elizabeth se inclinou mais para perto, o rosto a centímetros do de Charlie. — Sabe quais foram as primeiras palavras que seu pai disse para mim? — sibilou.

Atenta, Charlie fez que não.

— Ele falou "Você está errada". De início, tentou consertar as falhas que via em mim, mas o que havia de errado era exatamente o que me mantinha viva.

— Raiva — disse Charlie, tranquila.

— Raiva. — Elizabeth se levantou e sacudiu a cabeça. — Meu pai me abandonou. — Seu rosto se contraiu. — *Henry* me abandonou — corrigiu-se. — Claro que eu não tinha como compreender aquelas lembranças até ter recebido minha própria alma, até pegar uma para mim. — Ela abriu um sorriso. — Assim que conquistei uma alma, experimentei aquelas memórias mais uma vez, não como um brinquedo sem discernimento, me contorcendo e padecendo de uma raiva que me consumia e que eu não conseguia compreender, mas como pessoa. Como filha. É de uma ironia cruel eu ter escapado da vida de uma filha negligenciada só para incorporar outra.

Charlie ficou em silêncio e, por um momento, o rosto do pai inundou sua mente, com seu sorriso sempre tão triste. De repente, Elizabeth deu uma gargalhada, se sacudindo e despertando daquelas memórias.

— Você também não é a Charlie, sabe? Não é nem a *alma* da Charlie — caçoou ela. — Não é nem uma pessoa. Você é um fantasma do arrependimento de um homem, é o que restou de um homem que perdeu tudo. Não passa de lágrimas tristes derramadas sem cerimônia numa boneca que *pertenceu* a Charlie. — De repente, Elizabeth olhou para Charlie como se enxergasse através dela. — E se eu tivesse que dar um palpite...

Ela levantou a garota pelo queixo e examinou seu corpo por um momento, fazendo um movimento rápido com a outra mão. Charlie arquejou, e o cômodo voltou a girar. A mão de Elizabeth tinha desaparecido, mas logo reemergiu, segurando alguma coisa.

— Veja antes de perder a consciência — sussurrou ela.

Ali, diante dos olhos de Charlie, estava uma boneca de pano, e o reconhecimento tomou conta dela como um clarão.

— Ella... — sussurrou Charlie.

— Esta é você.

Tudo ficou escuro.

O que foi aquilo? Carlton levantou a cabeça, prendendo a respiração como se estivesse esperando para escutar de novo. Após um momento, conseguiu: alguém estava choramingando, e o som vinha ali de perto. O garoto respirou fundo, tomado instantaneamente por um novo propósito. Depois de horas de lâmpadas tremeluzentes e ecos distantes, aquilo estava bem pertinho dele. Carlton ficou de pé: descendo o corredor, havia uma porta entreaberta, deixando escapar o brilho instável de uma luz alaranjada. *Como eu não percebi isso?* Ele foi descendo o corredor, deslizando pelo piso para não fazer barulho. Quando chegou à porta, espiou com cautela pela fresta: a luz laranja vinha de uma fornalha aberta embutida na parede, a boca larga o bastante para abrigar um carro pequeno. A fornalha era a única luz do cômodo escuro, mas Carlton conseguiu distinguir uma mesa comprida com algo escuro em cima.

O choramingo voltou, e dessa vez os olhos dele se iluminaram com a origem daquele som: um menininho de cabelo louro estava encolhido no canto mais escuro do cômodo, em frente à fornalha. Carlton entrou correndo no ambiente e se ajoelhou ao lado da criança, que, meio entorpecida, olhou para ele. Estava sangrando devido a cortes superficiais no braço e num dos cantos da boca, mas Carlton não viu nenhuma outra lesão.

— Ei — sussurrou, nervoso. — Você está bem?

O menino não respondeu, e Carlton o segurou pelo braço, preparando-se para levantá-lo. Quando encostou na criança, percebeu que o pequeno corpo estava trêmulo. *Ele está apavorado.* — Vem, vamos sair daqui — disse Carlton.

O menininho apontou para a criatura na mesa.

— Salve ele também — falou, baixinho, com os olhos marejados. — Ele sente muita dor. — O menino fechou os olhos bem apertados.

Carlton espiou o vulto grande e inerte na mesa junto da fornalha: não tinha considerado que pudesse ser uma pessoa. Ele correu os olhos pelo cômodo para se certificar de que não havia mais nada se mexendo e então deu um tapinha no ombro do menino e se levantou.

Aproximou-se da mesa com cautela, mantendo-se junto à parede, em vez de ir até o centro do cômodo. O cheiro pungente de metal e óleo se assomou depressa, e ele cobriu o rosto com a manga da camisa, tentando não se engasgar enquanto examinava a figura de bruços.

Não é uma pessoa. Na mesa, iluminada pela luz alaranjada e bruxuleante, havia uma massa de metal: um esqueleto derretido, todo retorcido e com bolhas metálicas que não se pareciam com nada que ele já tivesse visto. Carlton analisou a massa por um bom tempo e então tornou a olhar para o menino, sem saber o que dizer.

— Calor — rosnou uma voz, e Carlton virou-se depressa, dando de cara com um homem deformado que saía furtivamente das sombras. — O calor é a chave de tudo isso — prosseguiu o sujeito, à medida que, vacilante, se aproximava da mesa. — Na temperatura certa, se torna maleável, moldável e é muito, muito eficaz. Ou talvez a palavra certa seja *contagiante*. Suspeito que dê para pôr em qualquer coisa, mas é melhor que seja em algo que você tenha como controlar, pelo menos até certo ponto. — William Afton cambaleou até a luz, e Carlton instintivamente recuou, embora a mesa estivesse entre os dois. — É uma alquimia interessante — continuou William. — É possível fazer algo sobre o qual você tem total controle, mas que não tenha vontade própria, como uma arma, imagino. — Ele correu a mão decrépita pelo braço de prata da criatura. — Ou você pode pegar um pinguinho de... pó mágico... — Sorriu. — ... e criar um monstro que você... controle *quase todo*, que tenha um potencial ilimitado.

Carlton. O garoto deu um passo para trás com um grito de surpresa: a voz ecoou tão clara em sua mente que ele a reconheceu de imediato.

— Michael? — Só essa palavra bastava.

Carlton se voltou para a mesa tomado por uma nova e terrível sensação de clareza. Sabia exatamente para o que estava olhando: os endoesqueletos dos animatrônicos originais da Freddy's, soldados e derretidos juntos, imóveis e sem fisionomia. E ainda habitados pelos espíritos das crianças que foram assassinadas dentro deles tantos anos antes. Ainda repletos de vida, movimento e pensamentos. Todos presos, todos com uma dor terrível. Carlton se obrigou a olhar nos olhos de William Afton.

— Como você foi capaz de fazer isso com eles? — perguntou, quase tremendo de raiva.

— Eles fazem tudo por vontade própria — respondeu William, bem direto. — O processo só funciona de verdade se eles libertarem parte de si mesmos por livre e espontânea vontade. — As chamas se intensificaram sem aviso, e o calor irradiou em ondas dolorosas da fornalha escancarada. Carlton protegeu os olhos, e a criatura na mesa convulsionou. William abriu um sorriso. — Medo do fogo. Mas eles ainda confiam em mim. Não me veem como estou agora, só se lembram de como eu era, sabe?

Carlton desviou o olhar, sentindo-se como se tivesse acabado de despertar de uma hipnose. Correu os olhos desesperadamente por todo o aposento em busca de alguma coisa, qualquer coisa, com que pudesse atacar. A câmara estava cheia de peças de metal e sucata espalhada, e o garoto pegou um tubo metálico que jazia aos seus pés e o levantou feito um taco de beisebol. Afton olhava a criatura, parecendo insensível a qualquer outra coisa à sua volta, e Carlton hesitou, analisando o homem por um momento. *Parece que a qualquer momento ele vai se despedaçar*, pensou, assimilando o corpo frágil e corcunda e a pele fina da cabeça de Afton, que mal cobria o crânio. Em seguida, o garoto voltou a observar a criatura. *Acho que a vantagem moral aqui é minha*, decidiu, soturno, erguendo o tubo sobre a cabeça ao dar a volta na mesa em direção a Afton.

De repente, seus braços levaram um solavanco, o tubo se soltando das mãos e batendo no chão com estardalhaço. Carlton lutou contra os cabos que prendiam seus pulsos, mas não conseguiu se desvencilhar. Pouco a pouco, foi sendo içado até tirar os pés do solo, os braços esticados dolorosamente um para cada lado por dois cabos que se estendiam aparentemente presos a nada.

— Nunca tentei isso num ser humano — murmurou William, pressionando uma espécie de seringa mecânica no peito da criatura derretida.

Ele torceu a ferramenta para o lado e, com enorme dificuldade, extraiu algo. A seringa era opaca, e Carlton não fazia a menor ideia de que substância havia ali dentro, mas seu coração disparou quando ele começou a suspeitar do destino dela. Puxou com mais força os cabos que o prendiam, mas, a cada puxão, só fazia torcer os ombros para um lado e para o outro. Afton retirou a seringa da criatura, fez um meneio, satisfeito, e se virou para Carlton.

— Normalmente, isso é aplicado em algo mecânico, em alguma coisa que eu criei. Nunca tentei em algo... senciente. — William avaliou Carlton. — Vai ser um experimento interessante.

Ele ergueu a seringa mecânica, posicionando-a com todo o cuidado sobre o coração de Carlton. O garoto arquejou, mas, antes que pudesse se mover, William enfiou a agulha comprida no peito dele. Carlton gritou e então percebeu, de longe, que quem estava gritando lá no cantinho, na verdade, era o menino louro: Carlton resfolegava, arfava, mas não conseguia emitir som algum enquanto seu peito ardia numa agonia atordoante. O sangue ensopou sua camisa e grudou em sua pele, e ele, amarrado, convulsionava.

— Para o seu próprio bem, é melhor você torcer para o meu pequeno experimento resultar em *alguma coisa*, porque, caso contrário, eu duvido que você sobreviva — afirmou William.

Carlton caiu no chão, com uma dor inimaginável no peito, como se tivesse sido acertado em cheio por uma espingarda. Cuspia sangue no chão, e se encolheu todo e fechou os olhos com toda a força à medida que a dor foi se intensificando. *Por favor, faz isso parar,* pensou então. *Por favor, não me deixa morrer.*

— Pode ser que no coração seja forte demais — lamentou William. — Bem, esse é o objetivo aqui, aprender por meio de tentativa e erro.

Ele se virou para o garoto louro, que ainda estava encolhido no canto, chorando.

CAPÍTULO QUINZE

Passos ecoavam sem parar na escuridão, para a frente e para trás no espaço fechado.

—Você ainda está me ouvindo?

Charlie estava perdida no escuro, girando em silêncio e tentando chegar à superfície de qualquer que fosse aquele vazio em que se encontrava.

— Ao contrário de você — proferiu Elizabeth —, eu era real. Era uma menininha de verdade, que desejava o tipo de atenção que dedicavam a você. Você não era nada.

Charlie abriu os olhos, o aposento ainda girando. Tentou respirar, mas fracassava antes que o ar entrasse ou saísse. Havia uma boneca caída no chão alguns centímetros à sua frente. Debatendo-se, ela se esticou para pegá-la.

— Quer saber de onde vem meu ódio? Não é desta máquina em que eu resido e também não é da minha *vida passada*, se é assim que prefere chamá-la.

Charlie arranhava o piso com os dedos, incapaz de mover o resto do corpo. Segurou a boneca com a ponta das unhas e puxou-a para mais perto.

— Eu sinto ódio porque, mesmo agora, ainda não sou o suficiente — sibilou Elizabeth. Ela esticou os dedos metálicos polidos diante do rosto. — Mesmo depois disto, de encarnar a única coisa que papai realmente amava, eu não sou suficiente. Porque ele não consegue duplicar isto, não consegue fazer outro dele assim como fez a mim. — Sua voz começou a se encher novamente de raiva. — Ele não consegue duplicar o que aconteceu comigo, ou talvez seja medroso demais para tentar em si mesmo. Eu me libertei da minha prisão, emergi das chamas e dos destroços do último fracasso de Henry e fui procurar meu pai. Me entreguei a ele para ser estudada, usada, e para que ele aprendesse os segredos da minha criação. E, mesmo assim, é *você* que ele quer.

Charlie conseguiu se apoiar nas mãos e nos joelhos e foi engatinhando para o corredor. Elizabeth não demonstrava preocupação e dava passos lentos atrás dela, mas sem tentar pegá-la, só mantendo-a à vista.

—Você, ele talvez consiga recriar. Henry deu um jeito de colocar um pedaço dele em você, e isso é algo que não tínhamos visto antes. É algo... único.

Charlie continuou engatinhando: começava a se sentir mais forte, mas manteve os movimentos bem baixos e desajeitados, abrindo o máximo de distância possível entre ela e Elizabeth. Procurava algo, qualquer coisa, que lhe desse alguma vantagem. A porta do aposento seguinte estava aberta, e ela viu uma escrivaninha onde havia um peso de papel redondo de pedra. Sem aumentar o ritmo, Charlie percorreu todo o cômodo, arrastando as pernas como se estivessem doloridas, enquanto os passos lentos e pacientes de Elizabeth seguiam-na um pouquinho mais devagar.

—Você pode me dar o verde?

Carlton piscou. Estava sentado, mas só se sentia parcialmente ali, como se estivesse sonhando acordado.

— O verde — repetiu a vozinha. — Por favor? — Carlton correu os olhos à sua volta em busca de algo verde. O chão era preto e branco, e eles estavam sentados em algum lugar pouco iluminado. Um garotinho estava debruçado sobre um pedaço de papel, desenhando. Carlton olhou para cima. *Estamos debaixo de uma mesa. Debaixo de uma mesa da Freddy's.* Havia desenhos espalhados pelo chão à frente dele e uma caixa de giz de cera aberta no chão de ladrilhos. Carlton localizou um giz de cera verde que havia rolado até a parede e o entregou ao menininho, que o pegou sem levantar o rosto.

— Michael — chamou Carlton, a percepção aflorando. Michael continuou desenhando. — Onde...? — Carlton olhou em volta, mas o que viu não fez sentido.

A pizzaria estava iluminada, e mesmo assim ele não conseguia enxergar quase nada, como se houvesse uma nuvem embaçando tudo que havia mais além. Com cautela, ele foi tirando a cabeça de baixo da mesa, mas seus olhos doeram com a claridade, e ele os protegeu com a mão, voltando a engatinhar lá para baixo. Michael não se movera, continuava desenhando sem parar, a testa franzida de concentração. Carlton examinou as imagens no chão com a vaga sensação de que havia alguma coisa errada. *Eu não pertenço a este lugar*, pensou, ainda que parte dele se sentisse completamente em casa.

— O que você está fazendo? — sussurrou para Michael, que, por fim, tirou os olhos do desenho.

— Tenho que juntar tudo de novo — explicou Michael. — Está vendo?

Da mesa, ele apontou para fora, para a pizzaria em volta deles. Carlton se virou para o horizonte enevoado, sem ver nada a princípio, até que as coisas começaram a aparecer: páginas e mais páginas de desenhos coloridos, alguns nas paredes, outros voando.

— Estão todos separados — disse Michael. Ele remexeu as páginas à sua frente e encontrou dois desenhos da mesma criança, então colocou um em cima do outro e começou a cobrir as linhas. — Estas duas páginas são juntas — explicou, erguendo a imagem para mostrar.

Os dois desenhos tinham virado um só, as páginas antes separadas, de alguma forma, unidas. As linhas ficaram mais claras, e as cores, mais vibrantes.

— O que você está juntando? — indagou Carlton.

— Meus amigos. — Michael apontou para um único desenho escorado na parede.

Nele, havia cinco crianças, três meninos e duas meninas, juntas numa pose animada, e um coelho amarelo atrás.

— Eu conheço esse desenho — disse Carlton, devagar. Sua mente ainda estava nebulosa, e, quanto mais ele tentava compreender, mais a resposta lhe escapava. — Quem é aquele? — perguntou ele, baixinho, apontando para o coelho.

— Ele é nosso amigo. — Sem erguer os olhos de sua obra, Michael sorriu. —Você pode pegar mais para mim?

Carlton deu uma olhada na pizzaria: o espaço que ele via tinha se expandido um pouco mais, e ele identificava os borrões de outras crianças que pareciam tentar pegar as páginas que passavam voando.

Carlton saiu de baixo da mesa e andou em meio à miragem e às cores. Um garoto com uma camisa listrada preta e branca corria atrás de um pedaço de papel.

— O que está fazendo? — indagou Carlton quando o menino agarrou o nada e a página foi embora voando em direção à névoa embaçada.

— Meus papéis saíram voando! — gritou o garoto, ainda correndo.

Carlton se virou e viu outro menino com a mesma roupa no lado oposto do cômodo, perseguindo outras páginas. Uma garotinha de cabelo louro comprido passou por ele, que a reconheceu mais ao longe: cada criança tinha um duplo e cada uma delas perseguia páginas diferentes.

Um único vulto estava parado em meio ao caos, destoando do entorno. De início, aparentava ser um homem debruçado numa mesa, mas, à medida que a cabeça de Carlton latejava, atordoada, o sujeito se transformou num coelho amarelo não mais sobre uma mesa, mas sobre cinco crianças unidas como se fossem uma só. A segunda imagem se dissipou, e o coelho voltou a ser um homem no escuro. As crianças passavam correndo pelo sujeito como se não o vissem. Enquanto Carlton ficou assistindo à cena, várias delas passaram direto por ele sem parecer notá-lo. Carlton foi até o homem e, ao se aproximar, o coelho amarelo tornou a surgir e até se virou para olhar para ele por alguns instantes, antes de ir pelos ares que nem fumaça, deixando o homem ali abaixo.

— Isso não é real.

Carlton arquejou, tentando interpretar as duas realidades que se sobrepunham e davam a impressão de rodopiar à sua volta.

Três vultos pareciam se manter firmes, enquanto o restante do entorno bruxuleava, aparecendo e desaparecendo: o homem de pé junto à mesa, um menininho louro no canto, a única criança que não corria e que não estava duplicada, e um corpo deitado no chão, encolhido sobre uma poça de sangue. *Será que sou eu? Eu estou morto?*

— Não, seu bobo! — gritou uma criança. — Você está com a gente!

O mecanismo da seringa recuou com um estalo alto: o homem à sombra retirara algo do corpo de metal na mesa. De repente, outro desenho saiu voando e outra criança fantasmagórica aparentava persegui-lo.

A menininha loura com o cabelo preso em dois laços vermelhos também passou correndo.

— Para! — gritou Carlton, e ela obedeceu, os olhos ainda cravados nos desenhos que perseguia. — Quem é aquele? — Carlton desviou a atenção dela para o coelho amarelo que tremeluzia.

— É o nosso amigo. Ele me ajudou a encontrar meu cachorrinho! — exclamou ela, antes de sair correndo de novo.

— Eles não sabem — sussurrou Carlton, deixando-a desaparecer na névoa que o cercava.

Ele olhou os desenhos que passavam voando, detendo-se naqueles que tinham imagens familiares.

— O que está fazendo? — perguntou o menininho de camisa listrada.

— Vou ajudar você a juntar isso tudo — explicou Carlton, esticando-se para pegar um dos papéis.

Depois de rastejar até a escrivaninha, Charlie esticou a mão para se segurar e depois, fingindo esforço, levantou-se, encolhendo-se toda para dar a impressão de que estava muito fraca — na verdade, estava quase completamente recuperada. Ela se debruçou na escrivaninha como se buscasse apoio, pousando uma das mãos no peso de papel.

— Nós duas sabemos que ele também não vai dar conta de recriar você. — Elizabeth estava ali perto. — E a verdadeira questão é: será que queríamos isso mesmo? Além do quê... — Elizabeth se aproximou de Charlie por trás, deslocando-se mais rápido. — Acho que odeio você mais do que o amo.

Ela ergueu a mão para atacar, e Charlie deu um giro, atirando a pedra com um único movimento. Houve um estrondo poderoso quando o objeto atingiu o rosto de Elizabeth, e Charlie, com o choque, caiu para trás, batendo com força no chão.

Elizabeth cambaleou para trás, a mão cobrindo o rosto, mas, sem sua ilusão, não conseguia esconder o dano. Um lado inteiro de seu reluzente maxilar branco lhe fora arrancado da face, revelando os fios do interior. Ela inclinou a cabeça para o lado por alguns instantes, como se realizasse um teste do sistema, mas Charlie não esperou o resultado. Com um pulo, ela se levantou, empurrando Elizabeth e disparando na direção contrária. Charlie escutou Elizabeth se mexendo e mergulhou no armário do corredor, puxando bem a porta para fechá-lo.

— Sei que pode parecer muito infantil da minha parte — começou a gritar Elizabeth, e pelo volume da voz Charlie calculou que o animatrônico estava no final do corredor —, mas, já que ele não me quer, também não vai ter você!

Os passos ficaram mais próximos, e Charlie olhou de um lado para o outro com desespero, torcendo para encontrar algum lugar onde pudesse se esconder ali dentro do armário. Foi quando, de repente, ao virar de costas, avistou algo familiar. *Você*. O animatrônico sem rosto brandindo sua faca, o manequim, a criatura que seu pai construíra com um único propósito: tirar a vida dele.

— Seu pai achava você tão especial que não podia abrir mão da sua preciosa memória.

O rosto vazio se mostrava quase tranquilo na escuridão. O ser foi construído para cumprir uma missão específica e, depois de executá-la, permaneceu em silêncio, como um memorial à dor e à perda.

A porta do armário se moveu ligeiramente quando Elizabeth segurou na maçaneta. Charlie viu a sombra por baixo da porta. Ela segurou as roupas penduradas logo atrás, vestidos e casacos velhos, e puxou tudo para a frente, escondendo a estrutura da melhor forma possível.

— Você não pode me derrotar — sussurrou Elizabeth. — Você não é como eu — completou, gabando-se.

Sem se esconder, Charlie esperou à frente da criatura de rosto vazio. Com um empurrão delicado, Elizabeth abriu a porta.

— Eu não deveria estar aqui — disse ela baixinho para Elizabeth.

Charlie ouviu John tossir no cômodo de trás e sentiu um alívio instantâneo. *Ele vai ficar bem. Ele está vivo*. Elizabeth olhou para trás como se ponderasse a respeito do garoto e então cravou os olhos em Charlie, dando dois passos à frente.

— Charlie! — gritou John do lado de fora.

— Está tudo bem, John! — respondeu Elizabeth, com uma voz idêntica à de Charlie. — Já vou aí. — No mesmo instante, voltou a parecer Charlie, não a Charlie adulta pela qual viera se passando, mas a Charlie original, um espelho dela. Ela fez um movimento esquisito, os olhos disparando na direção de John por um breve momento, e então abriu um sorriso cruel para Charlie. — Por quanto tempo você acha que eu conseguiria enganá-lo?

— Tem razão, Elizabeth. — O sorriso da impostora desapareceu. — Eu nunca deveria ter vindo aqui.

— Não? — Elizabeth deu um último passo, diminuindo a distância entre elas.

Ela segurou a garota pelo pescoço.

— Nem eu nem você.

Charlie segurava a boneca de pano junto ao peito.

Elizabeth franziu a testa, confusa, e então espiou atrás de Charlie, vendo o animatrônico. Charlie fez um movimento rápido com a outra mão, que estava para trás, algo imperceptível. Uma polia de metal soltou um guinchado.

Abraçada à boneca, Charlie fechou os olhos e, quando a faca atravessou as duas, não sentiu dor.

Elizabeth arquejou ao ser perfurada pela lâmina, soando quase humana. Charlie observou o rosto de Elizabeth, retesado pelo choque, que então desapareceu, substituído por placas metálicas lisas. Faíscas irromperam pelo ar acima dela quando a visão de

Charlie começou a esmaecer, o cheiro de plástico quente chegando de muito longe.

— Não é justo. — O rosto de Elizabeth explodia de estática. — Eu nunca tive uma vida.

Charlie se esforçava para respirar, ainda abraçando a boneca. Meio sem jeito, se esticou para segurar a mão caída de Elizabeth e conseguiu. Elizabeth olhou para ela confusa, e Charlie, com dificuldade, levou a mão dela até a boneca de pano, fechando os dedos em torno da boneca. Com suas últimas forças, Charlie empurrou a boneca pelos dez centímetros de lâmina que havia entre as duas até que a peça repousasse no peito de Elizabeth. Charlie tentou sorrir, mas tudo ficou escuro. Tinha esquecido como enxergar. Ela sentiu a cabeça tombar para a frente e não conseguiu mais levantá-la. Elizabeth teve mais alguns instantes de espasmos, fazendo chacoalhar a lâmina que as perpassava, então sua cabeça também tombou, repousando na de Charlie.

Charlie!, John gritou o nome dela. *CHARLIE!*

Eu também te amo. As palavras não saíram, e então já não havia mais nada.

— Aqui, bem aqui! — gritou Carlton.

O menininho de camisa listrada ajudou a alinhar mais dois desenhos, e Michael correu os dedos pelos traços, conectando-os em um só. Um segundo garoto de camisa listrada surgiu do entorno enevoado e se sentou em outro que já estava ali com eles, os dois se fundindo. Apenas Carlton pareceu notar a fusão das duas crianças; nem mesmo o menino de camisa listrada demonstrou ter percebido qualquer alteração no ambiente.

Ao lado deles havia uma garotinha de cachos louros. Eles tinham encontrado e juntado todos os desenhos dela, que então parecia sólida e real, não mais fantasmagórica como os demais. Era capaz de falar frases inteiras, sem perder suas habilidades cognitivas à medida que os desenhos iam sendo unidos. Carlton se esforçava para encontrar imagens que se encaixassem para os outros: estava de olho nas três figuras estáveis, o homem, o menino lá no canto e o corpo, e estava claro que seu tempo estava se esgotando. O homem estava se preparando para ferir o garoto do canto.

— Você disse que ele salvou o seu cachorro? — perguntou Carlton para a lourinha, procurando respostas.

— A mamãe disse que ele foi para o céu, mas eu ouvi o papai falando que ele tinha sido atropelado por um carro. Mas eu sabia que não era verdade, o Bonnie me disse que não era verdade, falou que tinha encontrado o meu cachorrinho. — Com uma das mãos, ela tirou uma mecha de cabelo do ombro.

— E ele levou você até o seu cachorrinho?

— Levou, mas eu não lembro...

— Mas foi *ele* que ajudou você? — Carlton apontou para o coelho amarelo do desenho das cinco crianças.

— Sim, foi ele! — Ela sorriu. — Meu nome é Susie. E essa é a Cassidy. — Uma menina de cabelo preto e comprido se aproximou trazendo mais desenhos. — E você?

Carlton olhou rapidamente para um garotinho sardento.

— Eu...

Ele teve dificuldade para falar, e Carlton olhou, nervoso, para o sujeito que montava mais duas figuras.

— Ali! — exclamou Michael, orgulhoso.

Outra imagem fantasmagórica do menino sardento subiu na mesa e se fundiu com a que já estava lá, e ele imediatamente se tornou menos fantasmagórico, mais inteiro.

— Eu sou o Fritz. — Ele sorriu, subitamente mais cheio de vida.

William Afton cerrou os punhos e ficou analisando as próprias mãos por um momento, até desviar o olhar para os monitores médicos lá no canto.

— Sinto que meu tempo está se esgotando. — Ele olhou pensativo para Carlton, mas o garoto ainda estava deitado no chão, inerte. — Que infelicidade — rosnou. — Eu esperava aprender alguma coisa, mas talvez o problema não seja esse. — Afton olhou para a mesa de metal. — Talvez a gente só precise de um pouco de vida nova nesta massa de metal. — Ele sorriu para o menininho louro, que se encolheu e tentou ir para mais longe, embora já estivesse o mais colado na parede que podia. — Mas você vai ter que me perdoar, já que eu também não tenho certeza de como fazer isso. — William foi dando passos em direção a ele. — Posso pensar em algumas coisas para tentar. Na pior das hipóteses, vai ser divertido, como nos velhos tempos. — Seus lábios se afastaram, revelando duas fileiras inteiras de dentes amarelados e encardidos.

A porta rangeu ao se abrir, atraindo o olhar de William quando um emaranhado de metal sem pé nem cabeça veio cambaleando na direção dele, arranhando o piso.

— O que você está fazendo aqui atrás? — indagou William.

A cabeça de raposa pintada de branco estava virada num ângulo inacreditável, claramente não funcionando como deveria.

Seus membros estavam todos retorcidos e fora de eixo, alguns quebrados, se arrastando, todos impulsionando lentamente os restos da criatura pelo aposento. A cabeça de raposa girava feito louca, vasculhando o teto. William apontou para um canto.

— Você já não me serve mais, saia daí — disse ele, despachando-a, para então recuar, surpreso: seguindo a raposa, havia um comboio de peças quebradas, os fios se esticando e em seguida se unindo feito vinhas, um puxando o outro e todos conectados.

Montada no fim daquela aglomeração, estava a cabeça roxa e branca de um urso.

— *Chegueiiii!* — ouviu-se uma voz de um alto-falante em algum lugar daquela bagunça, estalando e estourando com estática.

Nervoso com aquelas criaturas quebradas e misturadas, William fez uma careta.

— Volte — ordenou, dando um chute no rosto de Freddy. A massa de peças saiu deslizando sem nenhuma resistência, soando quase desapontada quando todas pararam a poucos metros de distância. — Que desperdício — sibilou ele, e tornou a voltar sua atenção à raposa, aparentemente a mais intacta. — Traga aqui aquele garoto — orientou, e a raposa virou o olho para o canto.

— Tenho que ir lá fazer uma coisa para ele — disse Susie, animada, levantando-se.

— Para quem? — questionou Carlton, preocupado, segurando-a pelo braço.

— Bonnie. — Ela sorriu, gesticulando para o alegre coelho amarelo que aparecia e desaparecia da mesa. — Ele me pediu uma coisa agorinha. Quer trazer um amigo novo para a gente e precisa da minha ajuda.

— Bonnie não é seu amigo — rebateu Carlton, ainda segurando a menina pelo braço.

Ele arquejou ao perceber o perigo iminente que o menininho louro corria, enquanto a menina lutava para se soltar.

— Ele *é* meu amigo! Ele encontrou o meu *cachorrinho*! — gritou ela, soltando o braço com um puxão.

— Não, não vá com ele! — implorou Carlton.

John.

— Volta aqui! — gritou John, que acordou se sacudindo, girando os braços para cima na tentativa de bloquear um ataque e depois recuando. Sua cabeça bateu com um estrondo no armário logo atrás. — Ai... — gemeu, voltando a si e dando-se conta de onde estava.

Rolou para o lado, ainda todo dolorido, e então parou, tentando não fazer barulho para escutar o que se passava no outro cômodo. O silêncio reverberava pelo espaço, tornando o lugar ainda mais pesado com aquele vazio.

— Charlie — sussurrou o garoto, tudo que tinha acontecido se assomando de uma só vez. *O corredor.* Com um pavor doentio, John ficou de pé, escorando-se na porta do armário. Seu pé direito cedeu assim que ele tentou se erguer, a dor subindo pelo tornozelo, e, apoiando a mão na parede para se equilibrar, foi pulando só com o pé esquerdo até a porta.

Chocou-se com força no batente, encolhendo-se todo por causa da dor, e então estreitou os olhos, tentando enxergar no escuro.

— Charlie! — chamou.

A porta do armário estava aberta, e ele conseguia ver vultos lá dentro, mas nada específico. Encostando-se na parede e tentando ignorar o tornozelo latejando, ele entrou. Era difícil enxergar por entre os casacos pendurados, então ele começou a empurrá-los para o lado, até que parou de repente, esquivando-se por pouco de uma faca imensa, quase uma espada, apontada diretamente para ele. Enquanto seus olhos se ajustavam, John pestanejou: a lâmina se conectava a um braço metálico estendido, e a figura, que de início ele achara que estava segurando a faca, na verdade havia sido perfurada, e atrás havia algo mais, algo bem familiar. Ele se afastou, curvando-se para ver o rosto inumano da criatura empalada.

Ficou observando por um momento, seu rosto esquentando, e então, de repente, ele se virou. Tomado por uma onda de náusea, se curvou todo, caindo de joelhos e quase vomitando, as costelas protestando enquanto ele padecia. Só que não havia nada em seu estômago que ele pudesse pôr para fora. John arquejou, tentando fazer aquela sensação parar, mas o estômago continuou se contraindo e convulsionando até parecer virar do avesso.

Quando, por fim, o enjoo começou a diminuir, John encostou a testa na parede, os olhos se enchendo de lágrimas. Zonzo, ele se levantou com a sensação de que anos haviam se passado. Não olhou mais para o armário.

John foi mancando até a porta, cerrando os dentes a cada passo, mas só parou de se mover quando já estava do lado de fora da casa, e não se virou para trás.

* * *

— Ali! — festejou Michael, distraindo Susie por alguns instantes da ideia de tentar sair.

O último fantasma, da garota de cabelo preto comprido, se aproximou e se sentou ao lado deles. Ao se juntar aos outros iguais a ela, a garota piscou e, em seguida, olhou para cima e inspirou, calma.

— Agora estamos todos juntos — disse Michael, sorrindo.

Os desenhos no chão tinham desaparecido, e cinco crianças que pareciam de verdade estavam sentadas com Carlton debaixo da mesa, não mais meras imagens fantasmagóricas.

— O coelho não é amigo de vocês — repetiu Carlton.

Susie lhe lançou um olhar intrigado e apontou para o único desenho que tinha sobrado, o grandão que mostrava as cinco crianças com o coelho amarelo sorridente.

— Eu mandei trazer o menino aqui para a mesa — disse William com raiva, atraindo a atenção de Carlton do outro lado das sombras.

A raposa pintada inclinou a cabeça para o lado, mas, antes que William pudesse repreendê-la de novo, mais barulhos irromperam no corredor. A porta se abriu, como se alguma coisa tivesse trombado nela, e uma variedade de objetos mecânicos foi entrando no cômodo, rastejando e arranhando o chão, que estava em diversos estados diferentes.

Lá estavam os bebês escaladores e o palhaço desengonçado que ficava sentado no alto de um dos jogos do salão. Também vieram outros que Carlton não reconheceu: bonecas bamboleantes pintadas de palhaço, animais circenses desconjuntados e outras figuras que ele não sabia sequer definir.

— Voltem — sibilou William para a procissão macabra, chutando para o lado uma criatura rastejante e quase se desequilibrando. O garotinho louro tinha parado de chorar. Estupefato, fitava as criaturas todo encolhido, a mão bloqueando parcialmente o rosto.

— Com medo *deles*, agora? — disse William, virando-se para o menino. — Não tenha medo deles. Tenha medo de mim — grunhiu, com força renovada, para então retesar o maxilar e caminhar a passos rígidos, ainda que imponentes, em direção ao menininho. — Eu sou a única coisa neste lugar que você deveria temer — afirmou, o garoto voltando a ficar de frente para ele, o semblante ainda aterrorizado. — Continuo tão perigoso quanto sempre fui — rosnou William.

Ele segurou o menino pelo braço e o arrastou até a mesa.

— Não, não, não! — berrou Carlton, assistindo àquele vulto enevoado colocar o garoto na mesa. Ele olhou impotente para as crianças, que o encararam com uma expressão vazia. —Vocês não estão vendo? Ele está machucando aquele menino! — As crianças balançaram a cabeça, confusas. — Ele está em perigo, eu tenho que ajudá-lo. Me deixem sair.

Carlton fez força para se levantar, mas suas pernas estavam pesadíssimas, ancoradas àquela ilusão.

— É só o Bonnie. — Susie abriu um sorriso.

— Bonnie não é amigo de vocês! Foi ele que fez mal para você, não lembra? — gritou Carlton, cada vez mais frustrado.

Ele puxou da parede o último desenho, o das cinco crianças com o coelho amarelo, e o depositou no chão, apanhando então um giz de cera vermelho. Carlton se debruçou sobre o papel e começou a fazer marcas bem fortes, apertando bastante o giz de cera na folha. As crianças se esticaram para ver o que ele estava desenhando.

—Vamos lá — disse William Afton de dentro das sombras.

Carlton viu o garotinho se contorcendo sobre um amontoado de metal, onde William o prendia. A mesa estava se aquecendo, começando a emitir um brilho dourado.

— Estou ficando sem ideias — confessou ele, sem conseguir esconder sua ansiedade. — Mas, se não vou sobreviver a isso, com certeza você também não vai. — William pressionou o peito do menino, que lutava para se soltar.

O garoto gritou quando seu cotovelo encostou na mesa, por onde o brilho laranja ia se espalhando. Ele jogou o braço para cima e o segurou, soluçando, depois soltou um grito agudo quando seu pé encostou na mesa e começou a silvar. Uivando, ele o puxou de volta.

— Vamos ver aonde isso vai nos levar — falou William.

— Olhem só! — bradou Carlton, batendo forte no desenho com o giz de cera.

As crianças se agruparam ainda mais perto. Os olhos do coelho amarelo estavam vermelho-escuros, e gotas de sangue pingavam da boca. As crianças olharam confusas para Carlton, mas com um quê de reconhecimento no rosto.

— Sinto muito — disse Carlton, desesperado. — Este... é o malvado. *Este*. *Este* é o homem malvado. — Carlton apontava para o desenho e para William Afton alternadamente. — *Ele* é o malvado que machucou vocês, e agora vai machucar mais alguém — suplicou.

William foi agarrado pela perna e se sacudiu para se soltar.

— Tira a mão de mim! — grunhiu ele, mas a mão persistiu. O emaranhado de peças que se conectavam à cabeça roxa de Freddy se avolumava em torno dos tornozelos de William, as peças beliscando-o. — Eu mandei tirar a mão de mim!

Suas pernas tremiam, e ele largou o menino, cambaleando para recuperar o equilíbrio. Ele procurou algo estável, e suas mãos, instintivamente, encontraram a mesa. William se retraiu, sem fôlego de tanta dor, e caiu no chão, assistindo impotente ao menininho louro rolar de cima da mesa e sair correndo para a parede de trás.

Afton tentava se recompor enquanto todos os fios e mecanismos espalhados pelo aposento marchavam em direção a ele para se combinar numa única maçaroca, escalando seu corpo e ameaçando engoli-lo. Ele arrancou as peças e as jogou para o lado para que se quebrassem no chão de concreto do porão, e então, sem nenhuma firmeza, ficou de pé. Uma vez mais, cravou os olhos no menino: nada mais importava. Cheio de máquinas ainda enroladas às suas pernas, William deu três penosos passos à frente. A cabeça de raposa branca o atacou pelo tornozelo, onde entrelaçara seus membros, e o urso roxo tinha cravado a mandíbula em sua panturrilha e agora mastigava. Um dos bebês rastejantes subira nas costas de William, usando seu peso para jogar seu corpo frágil de um lado a outro. Um segundo rastejante se prendia com vontade no tornozelo dele, devorando a carne. A cada passo que William dava, seu sangue pingava no chão, mas o sujeito não tirava os olhos do garoto aterrorizado, sua fúria só aumentando. Finalmente, num rompante de raiva, ele arremessou o bebê robótico de suas costas e pisou na cabeça metálica do urso, quebrando a mandíbula e removendo os dentes da sua perna.

Por fim, William alcançou a criança. O menino louro soltou um grito quando o homem tocou no rosto dele com os dedos ossudos, quando então, de repente, William sentiu algo abrasador se enrolar em sua cintura e puxá-lo. Ele se virou com ódio e viu: a criatura da mesa estava de pé, e seus dois braços metálicos derretidos agarravam William por trás, arrancando-o para longe do garoto. A pele da criatura se retorcia e se mexia feito metal derretido, com movimentos espasmódicos e nem um pouco naturais. As juntas batiam e estalavam em movimentos impossíveis.

— Não! — gritou William, ouvindo o fogo crepitar quando seu jaleco hospitalar começou a pegar fogo ao encostar na criatura em chamas.

Carlton abriu os olhos e inspirou, dessa vez *de verdade*. Ele abraçou o próprio corpo e tentou permanecer imóvel, fazendo esforço apenas para assistir àquele amálgama de metal e fios puxar William Afton para trás e enfiá-lo na imensa fornalha. Fumaça e chamas irromperam com um estrondo, e o laboratório ficou em silêncio. As criaturas e peças que vinham se contorcendo pelo chão pararam todas de uma vez e não se mexeram mais.

Carlton sentiu uma dor causticante se assomar no peito e mergulhou na escuridão.

Carlton. Ele abriu os olhos. Michael estava sentado ao lado dele, aparentemente esperando que ele acordasse.

— Ele está bem agora? — Michael abriu um sorriso ansioso.

Carlton olhou para cima e viu quatro pequenos vultos desaparecerem numa torrente de luz. Só Michael permanecia sob a mesa.

— Ele está bem? — repetiu ele, aguardando uma confirmação.

— Está — sussurrou Carlton. — Ele está bem. Vá lá com os seus amigos. — O garoto sorriu, mas Michael não se levantou.

Ficou olhando para o peito de Carlton, onde alguém pusera um desenho em cima da sua ferida. — Isso aqui faz parte de você — disse Carlton, apanhando o desenho.

— Você vai morrer se ficar sem ele — falou Michael, baixinho.

— Não posso ficar com isso. — Carlton balançou a cabeça quando Michael empurrou o papel. — Você pode me devolver da próxima vez que me encontrar.

Michael sorriu, e o desenho começou a se esvair, pairando por um instante no local em que o garoto o colocara antes de sua imagem fantasmagórica se dissipar, parecendo afundar no peito de Carlton.

Obrigado. Carlton ouviu a voz de Michael num eco, mas o amigo desaparecera, e já não havia mais nada além da luz.

— *Carlton!*

John.

— *Carlton, aguenta firme!*

— *Nós vamos tirar você daqui!*

Marla. Jessica.

— *Carlton!*

CAPÍTULO DEZESSEIS

— E aí, o que aconteceu?

Marla estava praticamente deitada em cima de Carlton na cama de hospital.

— Ai, Marla! A enfermeira disse que eu preciso dormir e que, por enquanto, não posso me estressar.

Ele esticou a mão para pegar uma caixinha de suco ali perto, mas Marla empurrou-a para longe.

— Ah, por favor, eu sou praticamente uma enfermeira e, além disso, quero saber o que aconteceu.

Marla ergueu uma série de tubos para se aproximar ainda mais.

— Marla! Isso tudo está preso em *mim*! É o que está *me* mantendo vivo! — Ele começou a procurar desesperado alguma coisa na mesa de cabeceira. — Cadê o meu botão do pânico?

Marla tateou as extremidades da cama até encontrar o pequeno dispositivo com o botão vermelho e então o colocou bem direitinho no próprio colo, deixando-o sob sua proteção.

— Nada de suco, nada de enfermeira. Me conte o que aconteceu.

— Cadê o pap... o Clay?

Ele olhou para cima e procurou pelo quarto até encontrar o pai, que estava perto da janela, o rosto tenso de preocupação.

— Estou bem aqui — foi ele, e balançou a cabeça. — Você deu um susto na gente, e dessa vez não foi pegadinha.

Carlton abriu um sorriso, que esmaeceu assim que o garoto, angustiado, passou os olhos pelo quarto.

— As crianças estão bem? — perguntou, sem ter certeza de que queria saber a resposta.

— Estão em segurança. Todas elas — contou Jessica.

— *Todas* elas? — repetiu Carlton, sem acreditar, mas ao mesmo tempo muito feliz.

— Sim. Você o salvou, o último menino. — Jessica sorriu.

— E ele está bem? — Carlton perguntou de novo, para confirmar, e Jessica assentiu.

— E a Charlie? — indagou, com delicadeza.

Jessica e Marla se entreolharam, hesitantes.

— Não sabemos — respondeu Clay, tomando a iniciativa. — Tenho procurado por ela e vou continuar procurando, mas, até agora... — Ele pigarreou. — Vou continuar procurando.

Carlton baixou o olhar, pensativo, e então ergueu-o mais uma vez.

— E a *outra* Charlie?

Marla deu um tapa no ombro de Carlton, que se retraiu.

— Ai, Marla! Eu quase morri. Isso na minha cama é sangue!

— Isso é suco artificial. Você se lambuzou todinho há mais ou menos uma hora. — Marla revirou os olhos.

— John?

Carlton viu o garoto que tenha surgido na porta, mantendo--se tão afastado que estava praticamente no corredor.

John acenou, abrindo um sorriso discreto.

— Parece que remendaram você direitinho — falou, apontando para os curativos de Carlton.

— Pois é.

Tem alguma coisa errada.

Carlton analisou John por alguns instantes, mas, antes que pudesse formular qualquer pergunta, uma enfermeira entrou de supetão no quarto.

— Acabou o horário de visitas — informou, em tom de desculpa. — Precisamos fazer uns exames.

Clay foi até a cama, desalojando Marla brevemente.

— Vê se descansa, hein? — sugeriu, dando um tapinha na cabeça de Carlton.

— *Pai* — gemeu o garoto. — Eu não tenho cinco anos.

Clay sorriu e se encaminhou para a porta. John o deteve.

— Você vai continuar procurando a Charlie? — perguntou.

— Claro — reafirmou o policial, lançando, porém, um olhar confuso antes de deixar o quarto.

— Não vai encontrá-la — informou John, tranquilo.

Os demais ficaram olhando, desconcertados, quando o garoto saiu sem dar mais nenhuma palavra e sem esperar por ninguém.

— Ei, encontramos isso perto de você. Eu não sabia se era importante — comentou Jessica, atraindo de volta a atenção de Carlton e entregando a ele um pedaço de papel dobrado, cheio de marcas de giz de cera.

Ele o desdobrou, revelando cinco crianças correndo por uma colina verde, o sol lá no alto.

— É seu? — indagou Jessica.

— É. — Carlton sorriu. — É meu.

— Hum, então tá bom.

Jessica olhou para ele com um ar de suspeita e em seguida retribuiu o sorriso, saindo do quarto.

Carlton segurou firme o desenho e olhou pela janela.

Ele entrara no quarto com cautela, com medo de acordá-la. O cômodo estava escuro, a não ser pela luz que entrava pela janelinha suja, e ela passou um momento examinando-o como se não conseguisse enxergá-lo.

— John? — sussurrou, por fim.

— Oi, acordei você?

Por um tempo, ficou tão quieta que o garoto achou que ela tivesse dormido, até que ela murmurou:

— Você disse que me amava.

Nesse ponto, a lembrança ficava amarga, e aquilo o vinha incomodando desde que tudo acabara. *Você disse que me amava*, ela falou, e em resposta ele tinha balbuciado qualquer bobagem.

Ele ficou por um tempo no estacionamento de cascalho, sentindo-se lamentavelmente despreparado. Deu tapinhas nervosos na estaca da cerca de metal, então respirou fundo e passou pelo portão. Devagar, seguiu o caminho que uma vez vira Charlie seguir, um pouco prejudicado pela tala no tornozelo. A maior parte do cemitério estava tão verde e bem cuidada quanto qualquer parque, mas, naquele canto, só se via grama rala e terra. Duas pequenas lápides simples jaziam lado a lado, perto da cerca, um poste telefônico erguendo-se por trás feito uma árvore a protegê-las.

John deu um passo em direção a elas e então, com a sensação súbita de que estava sendo observado, parou. Ele foi se virando bem devagar e então a viu. Estava de pé debaixo de uma árvore a poucos metros de distância, onde a grama crescia bela e verdejante.

Ela sorriu e estendeu uma das mãos, chamando-o até lá. Ele permaneceu onde estava. Por um momento, o mundo pareceu embaçado, a mente dele, entorpecida. Ele sentia o rosto congelado, sem esboçar qualquer sentimento, mas não conseguia se lembrar de como mexê-lo. Olhou outra vez para as pedras sentindo uma punhalada dolorosa de desejo, mas engoliu em seco e tomou fôlego até conseguir se mover de novo. Ele se virou para a mulher sob a árvore, o braço dela ainda estendido, e foi até lá.

Uma lufada quente de vento varreu o cemitério quando eles foram embora juntos. As árvores farfalharam, e uma leva de folhas passou voando pelas pedras, prendendo-se a algumas. Sob o poste telefônico, a grama revolveu-se em ondas, roçando nas duas pedras uma do lado da outra ao pôr do sol. A primeira era a de Henry. Na segunda, lia-se:

FILHA AMADA
CHARLOTTE EMILY
1980-1983

Do alto do poste telefônico, um corvo grasnou duas vezes e então se lançou ao céu com um alvoroçar de asas.